D1321368

Over de grens

Pat Barker

Over de grens

Uit het Engels vertaald door Edith van Dijk

UITGEVERIJ DE GEUS

De vertaalster ontving voor deze vertaling een werkbeurs van de Stichting Fonds voor de Letteren

Oorspronkelijke titel *Border Crossing*, verschenen bij Viking
Oorspronkelijke tekst © Pat Barker, 2001
Nederlandse vertaling © Edith van Dijk en Uitgeverij De Geus bv, Breda 2001
Omslagontwerp Uitgeverij De Geus bv
Omslagillustratie © Michael Trevillion
Lithografie TwinType, Breda
Drukkerij Haasbeek bv, Alphen a/d Rijn

ISBN 90 445 0015 5
NUGI 301

Verspreiding in België via Libridis nv,
Industriepark-Noord 5a, 9100 Sint-Niklaas

Voor David

I

Ze liepen over het pad langs de rivier, weg van de stad, en voorzover ze wisten waren ze alleen.

Ze waren die ochtend wakker geworden in een wonderlijke stilte. Boven de rivier hingen laagwolken en de modderbanken zweetten mist uit. De rivier was geslonken tot zijn vaargeul in het midden en zeemeeuwen scheerden laag over het water. Uit huizen, tuinen en de kleren van de weinige voorbijgangers was alle kleur weggetrokken.

Ze hadden de ochtend in huis doorgebracht, met wroeten in hun onverkwikkelijke problemen, maar opeens had Lauren, vlak voor lunchtijd, gezegd dat ze er even uit moest. Misschien hadden ze er beter aan gedaan naar de kust te rijden, maar ze hadden regenjassen en laarzen aangetrokken voor een wandeling langs de rivier.

Ze woonden aan de rand van wat ooit een bruisend gebied met dokken, kaden en pakhuizen was geweest, maar dat thans verlaten was, rijp voor de sloop. In sommige gebouwen zaten krakers. In andere hadden niet bedoelde of heel goed van pas komende branden gewoed, en er stonden prikkeldraadhekken omheen met foto's van Duitse herders en bordjes met GE-VAARLIJK TERREIN. NIET BETREDEN.

Tom hield zijn blik naar omlaag gericht, hij hoorde Laurens stem onafgebroken doorgaan, zacht en aanhoudend als de getijden, die klotsend tegen afbrokkelend steen en rottend hout stukjes Newcastle loswerkten. Praat maar door, zei hij tegen patiënten die hulp bij hem zochten om hun huwelijk te redden of – wat meer voorkwam – permissie om er de brui aan te geven. Maar nu, geconfronteerd met het fiasco van zijn eigen huwelijk, dacht hij: hou je mond, Lauren. Alsjeblieft. Hou alsjeblieft je mond.

Stukken blauw plastic, halve bakstenen, de afgerukte vleugel van een zeemeeuw. Toms uitzicht was beperkt tot een stukje grond met kuilen en gaten waar zijn voeten regelmatig indrongen. Alle andere begrenzingen waren verdwenen. Hoewel hij zijn hoofd niet hief om ze op te sporen, was hij zich bewust van hun afwezigheid: de brug, de andere oever, de pakhuizen met de schilferende, afgebladderde namen van vroegere eigenaren. Alles was in de mist verdwenen.

Een meeuw, groter en donkerder dan de rest, vloog over en Tom sloeg zijn ogen op om hem na te kijken. Misschien verklaarde deze concentratie op de vlucht van de vogel wel waarom hij, wanneer hij in later jaren terugkeek op deze dag, een beeld voor zich zag dat hij onmogelijk gezien kon hebben: het pad in meeuwenperspectief. Een moeizaam voortploeterende man en vrouw; de man voorop met grote passen, erop gebrand te ontsnappen, handen diep in de zakken van een zwarte jas; de vrouw, blond, in een beige jas die overvloeide in het grindpad, en die praatte, aan een stuk door praatte. Hoewel de rode lippen bewegen, komt er geen geluid uit. In zijn herinnering schenkt hij geen aandacht aan haar, net als in werkelijkheid. Het perspectief wordt breder en omvat nu het hele landschap, tot en met de in mist gehulde pakhuizen die als kliffen boven hen oprijzen, en nu verschijnt er een derde figuur, hij komt tussen de verlaten gebouwen uit.

Hij staat stil; hij kijkt naar de rivier, of liever gezegd naar een kleine steiger die over de modderbank naar het diepe water gaat, en loopt daar met grote passen naartoe. En op dit moment, als zijn geheugen ziet wat hij in het echt niet zag, zet Tom het beeld stil.

In werkelijkheid was het Lauren die de jongeman het eerst zag. 'Moet je zien', zei ze met een tikje op Toms arm.

Ze stonden naar hem te kijken, blij dat ze werden afgeleid van hun eigen problemen, blij dat ze enigszins geïnteresseerd, enigszins geïntrigeerd waren door het gedrag van een ander mens, want er was iets vreemds aan deze jongen, dat ze allebei onderkenden, vlak voor hij echt iets vreemds deed. Zijn sneakers boorden zich in het grind – het enige geluid behalve hun eigen ademhaling – en vervolgens liep hij slippend en glippend over de verrotte planken van de steiger. Aan het eind stond hij stil, in balans, een zwarte gestalte in een waas van mist. Ze zagen dat hij zijn jas liet vallen, met zijn tenen zijn sneakers van zijn voeten schoof en zijn T-shirt over zijn hoofd trok.

'Wat is hij van plan?' zei Lauren. 'Hij gaat toch niet zwemmen?'

Er werd wel gezwommen hier. 's Zomers zag je jongens van de steiger afduiken, maar op zo'n gure, grauwe dag als vandaag zou toch zeker geen mens zin hebben om te zwemmen. Hij scheen pillen uit een flesje in zijn hand te schudden en in zijn mond te proppen. Hij gooide het flesje weg, ver weg het water in, maar zijn lijf was daar eerder. Een lage, krachtige duik die nauwelijks water deed opspatten. Even later verscheen zijn hoofd en dobberde op het water terwijl hij verder van de oever vandaan werd gesleurd.

Tom rende al, zijn voeten knerpten over glasscherven, ontweken stukken baksteen, sprongen over hopen afval. Een keer verloor hij zijn evenwicht en viel bijna, maar hij hervond het meteen en rende door, het spekgladde hout van de steiger verraderlijk onder zijn voeten.

Aan het eind, morrelend aan zijn knopen, keek hij het doodwater in en dacht: shit. En realiseerde zich: dat denken mensen bij een plotselinge gewelddadige dood. Shit. Ik ben er geweest. Ach barst. Lauren kwam hijgend aan maar zei gelukkig niets, geen 'niet doen' of 'wees voorzichtig' of iets van dien aard, en daar was hij blij om. 'Het is september', zei hij, reagerend op een van de opmerkingen die ze had kunnen maken, hij bedoelde dat het water niet levensgevaarlijk koud zou zijn.

Een seconde later omsloot het water hem als een doodskist van ijs. Zijn hersenen krompen ineen van angst, waren alleen nog een woordeloze speldenprik van bewustzijn terwijl hij vocht tegen de rivier die hem kopje onder duwde, hem in de rondte draaide, hem alle kanten op smeet en hem om zijn oren sloeg als een ondervrager die zijn slachtoffer murw wil maken.

Na de eerste spartelende slagen raakte hij gewend aan de kou. Kouder kon hij het in elk geval niet krijgen. Hij speurde om zich heen naar het zwarte hoofd, besefte dat hij het niet kon zien en dacht: mooi zo, dan kan ik eruit en de politie bellen, laat die maar dreggen of wachten tot het lichaam boven komt drijven. Maar toen zag hij de jongen, langzaam mee-drijvend met de stroom, een meter of tien van hem af.

Hij kreeg water in zijn mond, het schuurde door zijn keel en toen duwde de stroom hem onder. Luchtbelletjes van ont-snapte adem borrelden langs zijn ogen. Hij zette zich af en kwam dichter bij de jongen boven. Een blauw gezicht ver-scholen achter een waterval van zwart haar. De stroom dreigde Tom langs de jongen heen te sleuren en hij raakte in paniek, krabbelde naar het water als een verdrinkende hond, liet zich toen zakken. Wazig zag hij in het dichte bruinige licht de jongen rechtstandig hangen, aan zijn gapende mond ontsnap-te een stroom luchtbelletjes.

Tom pakte hem bij de armen en stuwde hem omhoog, hapte naar lucht toen ze boven water kwamen en ronddob-berden met een wild schommelende hemel rond hun afdrij-vende hoofden. Diep ademen. De rivier leek zijn borst samen te drukken. Het kon hem niet meer schelen of de jongen levend of dood was. De drang hem eruit te halen was net zo stompzinnig geworden als die van een hond die een stok apporteert. De stroming maakte het keren moeilijk, maar opeens zag hij Lauren over het pad hollen en met de jongen op sleeptouw, zijn blikveld een en al lucht en rivierwater, zwom hij op de oever aan. Hij schoot aanvankelijk niet erg op, maar opeens was daar een miraculeuze andere stroming die hem naar de kant trok. Op het laatst dreven ze in een stinkende binnenplas tussen een zooi afval die bij vloed aan land was geworpen. Een winkelwagentje, dichtgeknoopte condooms, foliebakjes, plastic flessen.

Tom duwde zijn hoofd door de troep om de modderlaag te bereiken. Dik, zwart, vet, stinkend slik, niet de inerte massa die je op landweggetjes aantreft en van je schoenen schraapt aan het eind van de dag, maar een zuigend moeras, God weet hoeveel meter diep. Lauren stak haar arm naar hem uit.

'Niet het water ingaan', riep hij.

Er lag een aangespoelde boom aan de kant en die omklemde ze terwijl ze haar hand naar hem uitstak. Hij begon zich moeizaam naar haar toe te bewegen, zorgde dat zijn lichaamsgewicht gelijkmatig verdeeld was en sleurde de jongen achter zich aan. De modder zoog zich vast aan zijn ellebogen en knieën. Laurens gespreide hand leek een mijl van hem af en ze zou de kracht niet hebben om hem eruit te trekken ook al lukte het hem haar te bereiken. De stank en de vieze smaak van de modder vulden zijn neus en zijn mond. Hij was zich ervan bewust dat hij niet dood wilde, en met name dat hij niet op deze manier wilde sterven. Met bevend hart wriggelde hij vooruit en merkte dat de nieuwe bodem steviger was dan hij verwacht had. Lauren, nog steeds de boom omklemmend, was tot haar knieën het water ingelopen. Zijn uitgestrekte vingers grepen de hare en gleden er weer af. 'Pak mijn mouw', zei ze. Hij wist dat hij de mond van de jongen boven water moest houden, maar dat kon onmogelijk als hij hem er tegelijkertijd uit moest trekken. Nog een paar centimeter, toen kon hij Laurens jas beetpakken. De inspanning had hem uitgeput en hij bleef even hijgend liggen en begon toen over Lauren heen naar boven te kruipen tot hij zijn hand om een boomtak had. Hij trok eraan, voelde dat de tak stevig verankerd zat in een oeverpaal en kwam langzaam overeind, de jongen met zich meetrekkend, hem losrukkend uit de modder die hem abrupt, met een boer uit protest, prijsgaf. Tom lag naar adem te happen, hoofd en schouders op het gras, voeten over het slik sleurend. Toen zei hij tegen zichzelf dat het karwei nog niet geklaard was en keek naar de jongen naast zich.

Zwart en glanzend lag hij daar, een schepsel dat zo te zien geschapen was uit modder. Lauren knielde naast hem en ondersteunde het hoofd terwijl Tom zijn wijsvinger door de mond haalde om te controleren of de luchtweg vrij was. Toen drukte hij twee vingers tegen de glibberige nek, maar zijn handen waren verkleumd van de kou en hij voelde niks. Hij verplaatste zijn vingers en drukte harder.

'Ja?' vroeg Lauren.

'Nee', zei hij.

'Shit.'

Onmiddellijk zette ze haar handen boven elkaar op het borstbeen van de jongen en drukte erop. Tom hield het hoofd achterover en kneep met een lichte huivering van afkeer, die hem zelf verbaasde, de neus dicht, zette zijn mond op de weke lippen en blies. Door de gespreide vingers van zijn linkerhand voelde hij de borstkast uitzetten, hij richtte zich op, haalde diep adem, telde en blies nog eens. De mond van de jongen schokte onder de zijne toen Lauren opnieuw drukte. Hij hoorde haar steunen van inspanning. Toen hij zich weer op-richtte keek hij naar haar. Haar blik was glazig, naar binnen gekeerd. Alsof ze aan het bevallen was, dacht Tom, de ironie even bitter als de modder op zijn tong. De jongen leek wel een baby: blauw hoofd, nat haar, het drenkelingenuiterlijk van een pasgeboren baby die op de plots verkreukelde, sponzige buik van zijn moeder is geworpen. Omdat hij er met zijn gedachten even niet bij was, blies Tom te hard, merkte aan een slag in de borst van de jongen dat het ritme verloren was, herstelde zich, telde, en blies nog een keer. Zijn adem scheurde door het keelgat van de jongen. Hij drukte zijn vingers weer op de halsslagader en meende een lichte trilling te constateren. 'Hebbes.'

Ze wachtten af. Lauren met haar handen nog op elkaar, klaar om opnieuw te beginnen. De jongen haalde adem, en nog eens. En nog eens. Onmogelijk te zien of hij weer kleur kreeg. Zijn gezicht ging schuil onder een moddermasker. 'Goed', zei Lauren. 'We kunnen hem wel omdraaien.'

Samen sjorden ze hem in de stabiele zijligging. Ze stond op, veegde steentjes van haar knieën en speurde het pad in beide richtingen af, maar de mist hield mensen thuis en er was niemand die ze om hulp konden sturen.

'Ik kan beter even snel naar huis lopen', zei ze.

'Nee, ik ga wel.'

'Ik denk dat jij beter hier kunt blijven.'

Iets in haar stem deed hem schrikken. Hij keek omlaag en constateerde dat hij een rode handschoen droeg. Er zat opgedroogd bloed op zijn vingers, die stijf en plakkerig aanvoelden. Hij kon zich niet herinneren dat hij gewond was geraakt, had geen pijn, maar hij moest er beroerd uitzien, want Lauren vroeg: 'Hou je het nog even?'

'Ja, ga nou maar.'

Hij keek haar na, een lange, fletse, blonde gestalte die al snel opgeslorpt werd door de mist die dichter was geworden en alles bedekte, metalig rook, naar ijzer of zo, tenzij dat luchtje van het bloed op zijn handen kwam. De ogen van de jongen waren gesloten. Tom voelde zijn pols en keerde, strompelend over de scherpe kiezels, op zijn schreden terug naar het eind van de steiger, waar hij zijn jas en het hoopje kleren van de jongen opraapte. Hij bleef even naar het water staan kijken. De modderlucht was sterk en doordringend. Hij was zich bewust van tegen zijn huid schurende natte kleren, en hij liep over van vreugde.

Die vervoering ebde weg terwijl hij terugliep, over bunge-
lende mouwen struikelde als een bruidegom in een ouderwetse klucht. De wond in zijn arm begon pijn te doen. Hij
knielde bij de jongen neer, wikkelde de dikste van de twee
jassen om hem heen, dook zelf in elkaar in de andere en
mompelde al heen en weer wiegend telkens: schiet op, Lauren.
Schiet op. Hij had het te koud om ook maar iets te denken of
te voelen.

Na een paar minuten hoorde hij motorgeronk, daarna
stemmen. Hij keek op en zag twee in het zwart geklede ambu-
lanceverplegers een brancard de bouwvallige trap af manoeu-
vreren. Ze baanden zich een weg langs de oever, duwden
wilgentakken opzij met hun ellebogen. Godzijdank, nu kon
hij afnokken, een warm bad nemen, een whisky, twee whisky's, en zijn eigen leven weer inklimmen.

Een stevige vrouw met zwaar geprononceerde wenkbrauwen was het eerst bij hem, direct gevolgd door een man met
een oranje snor en een stierennek, nog buiten adem van de toer
om de brancard de trap af te krijgen.

'Mijn god', zei de vrouw terwijl ze neerknielde. 'Je had je
zaterdagochtend niet, hè jongen?'

Ze werkten snel. Binnen de kortste keren hadden ze de jas
van hem afgehaald, zijn hartslag en ademhaling gecontroleerd,
hem in dekens gewikkeld en vastgesteld dat Tom noch Lauren
wist wie hij was.

'We gingen gewoon een eindje om', zei Lauren.

'Heeft hij even geluk gehad.'

Voorzichtig legden ze hem op de brancard. Ze liepen achter
elkaar, in een kleine processie, de oever op. Het hoofd van de
jongen zat nu verborgen in de plooien van een rode deken: het
enige kleuraccent in de zwarte moddervlakte. Toen ze bij de
trap kwamen, werkte Tom zich naar voren en hielp ze discreet
bij het tillen. De modder op het gezicht van de jongen begon
op te drogen en te barsten, als een ritueel masker of de ergste

vorm van psoriasis die je je kunt voorstellen.

De ambulance stond niet ver van de trap. Ze ploeterden over het grindpad en zetten de brancard even neer om de deuren open te maken. Op het laatste moment, net toen ze hem in de auto wilden schuiven, kwam er beweging in de jongen en kreunde hij.

'Het komt allemaal wel goed met je', zei Tom en hij legde zijn hand op zijn schouder, maar uit niets bleek dat de jongen het gehoord had.

'U moet die wond laten verzorgen', zei de vrouw, naar Toms arm gebarend. 'U kunt wel meerijden als u wilt.'

'Nee, dank u, dat hoeft niet. Ik ga wel naar mijn eigen dokter.'

'Waar brengt u hem heen?' vroeg Lauren.

'Naar het Algemene Ziekenhuis.'

De motor liep. Tom maakte een bundel van de kleren van de jongen en reikte die haar aan. De deuren sloegen dicht. Tom en Lauren zagen de ambulance langzaam het pad afhobbelen, zigzaggend om de ergste kuilen te ontwijken, bij het bereiken van het gladde asfalt optrekken en rond een bocht in de weg verdwijnen.

Nadat de ambulance uit zicht was ging Tom terug naar de steiger en slaagde erin om, op zijn knieën aan het uiteinde, genoeg water op te scheppen om de ergste modder van zich af te spoelen. Er steeg een vieze lucht op van de rivier: iets van kou, vis en verrotting – en toen realiseerde hij zich dat het niet alleen van het water kwam, maar ook van zijn kleren, zijn huid en zijn haar.

Ze zeiden geen woord op de terugweg. Hij had niet de moeite genomen zijn schoenen weer aan te trekken en de steentjes deden pijn aan zijn voeten. Zodra ze binnen waren nam Lauren hem mee naar boven om de wond te bekijken. 'Het valt wel mee', zei ze, terwijl ze de wond nauwkeurig bekeek.

'Het lijkt altijd erger dan het is', zei hij, popelend om het achter de rug te hebben.

Ze maakte zijn arm schoon met een steriele oplossing, totdat beide kanten van de kleine snee wit gaapten, drukte de randen toen tegen elkaar en deed er een doorzichtige waterdichte pleister op. Ze praatte niet terwijl ze bezig was en haalde hoorbaar adem, zoals kinderen doen wanneer ze zich concentreren. Het deed hem vaag denken aan het doktertje spelen met zijn iets oudere nichtjes. Hij was altijd de patiënt geweest, herinnerde hij zich, al was het in de spelletjes in het verre verleden nooit zijn arm die verzorgd moest worden. Laurens geconcentreerde, onpersoonlijke strakke blik had iets erotisch en hij legde zijn vrije hand op haar heup.

'Warm bad', zei Lauren terwijl ze de deksel van de verbandtrommel dichtdeed. 'Dat zal je meer goed doen dan een whisky.'

Berustend trok hij zijn natte kleren uit. Zij boog zich over het bad, roerde in het water, haar gezicht glad van de damp.

'Denk je dat hij het haalt?'

'Hangt ervan af wat hij geslikt heeft. Prozac, ja. Paraceta-mol, nee.'

'Vind je niet dat we moeten bellen?'

'Nee', zei hij. 'Wij hebben gedaan wat we konden. Het is ons probleem niet meer.'

Ze raapte zijn kleren op. 'Ik doe deze even in de was.'

Hij kon zien dat ze teleurgesteld was. Zij wilde praten, de gemeenschappelijke-maar-verschillende ervaring oppoetsen tot die een eendere glans had aangenomen, het hun ervaring werd en niet die van haar en die van hem. Maar hij was eraan gewend de knop om te draaien, zijn leven op te delen in verschillende vakken. Hij had al vroeg geleerd, in de eerste maanden van zijn praktijk, dat degenen die de ellende mee naar huis nemen gauw opbranden en van geen enkel nut meer zijn voor anderen. Hij had de afstandelijkheid leren respec-teren, de ijssplinter in het hart van de psycholoog. Pas veel later had hij die ook leren wantrouwen – ze konden aangroei-en en je persoonlijkheid overnemen. IJssplinter? Hij had collega's meegemaakt die de Titanic tot zinken hadden kun-nen brengen.

Behoedzaam liet hij zijn pijnlijke schouders in het water zakken. Keek langs zijn lijf naar beneden en zag zijn pik, licht gezwollen door de warmte, als een cilindrische vis glinsterend op en neer dansen in het badschuim. Hee, halló daar, dacht hij, vervallend in de lijzige Amerikaanse tongval die hij aan-wendde om pijn op een afstand te houden.

'Ben je al wat warmer geworden?' vroeg Lauren, die met een armvol handdoeken terugkwam.

'Een beetje. Waarom kom je er ook niet in. Je bent vast ijskoud.'

Ze liet haar kleren op een hoopje bij de deur vallen, klom achter hem het bad in en liet zich behoedzaam in het water zakken. 'Au.'

'Sorry.' Hij vergat altijd weer dat wat voor hem een 'warm bad' was, voor Lauren iets was waarin ze levend gekookt werd. 'Zal ik er wat koud bij doen?'

'Nee, laat maar. Ik zit er nu in.'

Haar adem kwam in explosieve stootjes tegen zijn rug. Hij voelde haar borsten tegen zijn schouderbladen drukken, en toen kroop haar hand naar voren, groef zich tussen zijn benen tot ze zijn ballen vond en omvatte.

'Dat is niet eerlijk', zei hij. 'Ik kan nergens bij.'

Hij graaide onder zijn arm, vond een tepel en voelde haar lach vibreren in zijn borst. Een herinneringsflits van zuigend koud slik.

'Kom op,' zei hij, 'dan gaan we naar bed.'

Ze droogden elkaar af, hij joeg haar de trap op en ze vielen op bed neer, waar ze even naar adem bleven happen. Haar oog, een duimbreed van het zijne, was een grijze vis gevangen in een warnet van rimpels. Voor het eerst in maanden was hij zich niet bewust in welk deel van haar cyclus ze zich bevond en het kon hem geen barst schelen. Dit had niets te maken met ovulatie of bevruchting en als hij eerlijk was, ook niet met liefde. Het had alles te maken met het moment waarop hij het lichaam van de jongen rechtstandig had zien hangen als een foetus op sterk water, uit zijn slappe mond een navelstreng van zilveren belletjes, die hem met de lucht verbond. Hij zag hem nu. De omtrekken van het lichaam leken te vervagen. Hij staarde naar zijn eigen dood.

Na afloop gingen ze naast elkaar liggen, een middeleeuwse ridder met zijn dame op een graftombe.

'Het spijt me', zei hij. Hij wist dat ze niet klaargekomen was.

'Geeft niet.'

Hij voelde aan het schudden van het bed dat ze huilde. 'Lauren…'

Ze kwam overeind. 'Besef je verdomme wel dat je daarstraks je leven hebt gewaagd voor een volkomen vreemde?'

Als dit met ook maar een greintje bewondering was gezegd dan had hij het genoegzaam af kunnen doen, had erop kunnen wijzen dat hij om de andere dag grotere afstanden zwom, maar haar toon was agressief en de zijne deed er niet voor onder. 'Er was geen keus.'

Een koppig stilzwijgen.

'Als ik niet zo'n ervaren zwemmer was, was ik er niet ingegaan. Maar dat ben ik wel. Trouwens, er mankeert me niets.'

Ze was niet kwaad om zijn duik in de rivier. Ze was kwaad om de mislukte vrijpartij en om zijn onvermogen haar zwanger te maken. 'Zullen we een borrel nemen?'

Hij verwachtte niet dat ze mee naar beneden zou komen, en dat deed ze ook niet. Was het een kind willen maken maar niet zo'n obsessie geworden. Ze deed hem denken aan die vrouwtjesvissen die zich, in tijden van ontbering in hun habitat, ontdoen van de mannetjes en hun geslachtsklieren in een zijzakje met zich meedragen. Nou, ze doen maar, dacht hij, maar ik ben het meer dan zat om een wandelende, pratende spermabank te zijn.

Zijn moeder (niet dat ze alles tot in de details wist, goddank!) weet hun moeilijkheden aan hun nieuwe leefpatroon. Lauren had het afgelopen jaar in Londen gewerkt, ze gaf les aan de Sint-Margaretsacademie en kwam alleen de weekends thuis. 'Man en vrouw horen samen te blijven', zei zijn moeder snuivend boven de theedoek waarmee ze een glas opwreef. 'Papa en jij woonden ook apart toen hij in het leger was.' 'Nou, dat heeft ons reuzegoed gedaan', schamperde ze.

Hij legde haar uit dat huwelijken tegenwoordig anders waren. Dat vrouwen niet meer als vanzelfsprekend hun carrière opgaven voor hun echtgenoten.

'Het huwelijk verandert niet zoveel als jij denkt', zei ze, nog eens snuivend. 'Jullie zouden er beter aan toe zijn als je samen bleef.'

Hij had haar toen voor ouderwets versleten. Maar zo eenvoudig leek het momenteel niet meer. In zijn somberder momenten vroeg hij zich af of Lauren en hij eigenlijk niet al uit elkaar waren zonder het zelfs maar aan zichzelf toe te geven. Hij had best met haar mee kunnen gaan naar Londen. Hij had verlof van de universiteit om een onderzoeksproject van drie jaar op papier te zetten en boeken kun je overal schrijven. Er was niets op tegen geweest om de hoofdstukken ter beoordeling naar zijn collega's te e-mailen en wanneer er behoefte was aan een persoonlijke bespreking had hij terug kunnen gaan voor een paar dagen of één nachtje overblijven. Hij was niet naar Londen gegaan omdat hij in Newcastle wilde blijven. En sindsdien was hun seksleven maand na maand achteruit gegaan. Hij gaf de schuld aan de thermometers, de tijdschema's en de potten urine, en dat gedoe was inderdaad een afknapper, maar er was nog iets, iets wat hij niet wilde toegeven. Misschien was de rek uit zijn... Nou ja, niet uit zijn sokken.

'Hoe komt dat toch?' vroeg Lauren na een van zijn niet zeldzame fiasco's.

'Geen idee.'

Maar dat pikte ze niet. Hij was psycholoog, verdomme. Hij moest het beroepshalve weten.

Hij had een glas whisky naar binnen geslagen en begon net aan de tweede toen Lauren de keuken in kwam en haar armen om hem heensloeg. 'Hoor eens', zei ze. 'Wat je gedaan hebt was erg dapper en het spijt me.'

'Wat spijt je?'

'Dat ik de smoor in had omdat je het deed.'

Opeens moesten ze allebei lachen en eventjes was alles weer goed.

's Avonds na het eten schoot hem opeens de post te binnen. Hij was gisteren overhaast van huis gegaan, omdat hij bang was te laat te komen voor Laurens trein en hij niet wilde dat ze op het station moest rondhangen. Een paar meter van de voordeur was hij tegen de postbode aangelopen en die had hem een stapeltje post overhandigd. Zonder er ook maar een blik op te werpen had hij de enveloppen in zijn jaszak gepropt en was later zo in beslag genomen door de discussie over de huwelijksproblemen, dat hij ze compleet vergeten was.

Lauren was de vaatwasser aan het inladen. 'Waar heb je mijn jas gelaten, liefje?' riep hij naar beneden.

'In de bijkeuken.'

Zodra hij hem van de hanger pakte, wist hij het. Rivierslik, maar vermengd met een vleugje muffe tabak. Hij stak zijn hand in de rechterzak en trok er een pakje sigaretten uit. Het was hem meteen duidelijk wat er gebeurd was. Hij had zijn eigen jas om de jongen heen gedaan omdat die warmer was en had die jas met de ambulance meegegeven. Hij moest hem onmiddellijk zien terug te krijgen, er zaten reservesleutels in de zak en, o jezus ja, zijn adres op de enveloppen. Goed, de jongen was nauwelijks in een toestand om een inbraak te beramen, maar je wist maar nooit. Je wist niet wie of wat hij was. Het kon wel een drugsverslaafde in geldnood zijn.

'Ik heb de verkeerde jas, liefje. Ik zal naar het ziekenhuis moeten.'

'Kan dat morgen niet?'

'Nou nee, eigenlijk niet. Er zaten brieven in.'

Hij wilde haar niet alarmeren en zei niets over de sleutels. Het was maar een kort ritje naar het Algemene, maar eenmaal daar moest hij een kwartier rondrijden om een parkeerplek te vinden. Bezoekuur. Auto's stonden bumper aan bumper op alle officiële en verboden plekken.

Het was druk op de EHBO-afdeling. Op een bank bij de deur zat een jongen met een gescheurd oor waaruit bloed in zijn hals liep, met een lege uitdagende blik om zich heen te kijken. Een eindje verderop probeerde een jonge jongen met een stem die uitschoot tot in ongewild hoge registers een vrouw van middelbare leeftijd te kalmeren. 'Laat hem nou niet merken dat je van de kook bent, mam.' 'Van de kóók? Van mij maggie in zijn sop gaarkoken.' Op een brancard daar vlakbij lag een oude man, met de blauwe littekens van een mijnwerker op zijn handen, zijn laatste adem uit te blazen.

'Afdeling achttien', zei een verpleegster, terwijl ze even opkeek tussen twee calamiteiten.

Hij liep de lange gang door naar afdeling achttien en bleef staan bij de zusterspost. Bij de ingang van een van de zalen greep een oude man in een rolstoel de billen van een langslopende verpleegster. 'Foei, Jimmy', zei ze. 'Niet zo stout doen, joh.' De kindse grijsaard kakelde van plezier en bepotelde de volgende zuster. Straks spuiten ze je plat, ouwe, dacht Tom.

Een lange, slanke vrouw met een knotje op haar hoofd waaraan plukjes uiterst fijn haar ontsnapten, een bril aan een gouden ketting om haar nek, die deed denken aan een welwillend paard, kwam piepend op rubberzolen op hem af. 'Tom, wat doe jij hier?'

Mary Peters. Hij had het niet beter kunnen treffen. 'Hallo, Mary. Ik ben op zoek naar een zelfmoordpoging die vanochtend is binnengebracht. Een vrij jonge knaap.'

Ze knipoogde naar hem. 'Ja hoor, is me bekend. Klantje van jou?'

'Nee, ik kom eigenlijk niet beroepshalve.' Hij voelde zich opgelaten. 'Ik ben degene die hem eruitgevist heeft. Maar bij al dat gedoe zijn onze jassen verwisseld. Hij heeft de mijne en ik de zijne.'

'Ja, we hebben je jas gevonden. En de brieven. Je hebt geluk gehad', zei ze terwijl ze hem de gang door loodste. 'De zuster las naam en adres op de enveloppen en nam aan dat het zijn naam was. Je was bijna opgenomen geweest.' Ze stopte bij een deur. 'Gelukkig kwam hij net bijtijds weer bij. Hij heet Ian Wilkinson.' Ze tikte zachtjes op haar keel. 'En hij zal wel geen zin hebben om te praten.'

'Wat had hij geslikt?'

'Temazepam. Een stuk of tien, denkt hij.'

De jongen in het bed staarde Tom aan en de kleur trok weg uit zijn gezicht. Die reactie bevreemdde Tom, evenals zijn eigen gevoel dat hij die jongen kende. Nou had hij natuurlijk met honderden gestoorde jongeren per jaar te maken. Maar toch, meestal herinnerde hij ze zich wel. Hij was niet goed in gezichten, maar herinnerde zich wel de namen. Ian Wilkinson. Het zei hem niets.

'Dit is dr. Seymour', zei Mary. 'Je redder. Ik neem aan dat je...' Haar stem stierf weg toen ze de sfeer in de kamer proefde. 'Nou', zei ze na een paar tellen. 'Ik laat jullie maar alleen.' Bij de deur keek ze nog even om. 'Je jas hangt in de kleerkast, Tom, als je zover bent.'

'Dank je', zei hij en hij maakte zijn blik van de jongen los om nog net de deur te zien dichtvallen.

De jongen hees zich overeind in bed alsof hij er liefst vandoor wilde gaan. De kleur was nog niet terug in zijn gezicht. 'U herkent me niet, hè?' zei hij. 'Nou ja, dat zou eigenlijk een geruststelling voor me moeten zijn.'

'Je zat onder de modder.'

'Nee, van daarvoor.' Zijn stem was schor. 'Van toen ik tien was. Weet u nog, u...'

O mijn god, dacht Tom. Hij liet zich moeizaam op de stoel bij het bed zakken. 'Danny Miller.'

Het uitspreken van de naam bewerkstelligde dat hij zijn waarneming van het gezicht kon bijstellen. Onder de scherpe lijnen en vlakken van het volwassen gezicht doken nu geleidelijk de ronde trekken van een kind in zijn prepuberteit op en kwamen boven water als een reeds lang verzonken lijk. 'Sorry', zei Tom. 'Ik wist niet eens dat je vrijgelaten was.'

'Dat is ook behoorlijk stilgehouden, zoals u zult begrijpen. Plus...' Hij knikte naar de deur.

'Ja, natuurlijk. Een nieuwe naam.'

'Ian was de naam van de directeur. Wilkinson was de meisjesnaam van de vrouw van de kapelaan.' Zijn stem was uitdrukkingsloos.

'Hoelang ben je al op vrije voeten?'

'Tien maanden.'

'Ik zal maar niet vragen hoe het met je gaat.'

Danny – hij kon niet aan hem denken als Ian – keek geschokt, heel even, en barstte toen in lachen uit. Een seconde later greep hij naar zijn keel. 'Maagpomp.'

'Dat zal nog wel een paar dagen pijn doen.'

Toen Danny weer kon praten, zei hij: 'Hoe groot schat u de kans dat zoiets gebeurt?'

'Dat wij elkaar op deze manier weer tegenkomen? Eén op een miljoen.'

'Dat geeft te denken, hè?'

Dat deed het zeker. Tom vroeg zich al af of er echt sprake was van toeval of van een dramatisch gebaar dat verkeerd, bijna fataal was uitgepakt. Dramatische gebaren van dat soort zijn niet ongewoon en ze lopen dikwijls verkeerd af omdat de mensen die ze maken gewoonlijk een ontstellend gebrek aan inzicht vertonen. Maar wilde hij geloven dat deze ontmoeting gepland was dan zou hij moeten geloven dat Danny hem om een of andere duistere reden had opgespoord en in plaats van aan de deur komen, had besloten zich bekend te maken door in de rivier te springen. Dat was onzin.

'Als er zoiets als dit gebeurt,' zei Danny, 'realiseer je je pas dat dingen niet zomaar gebeuren. Het heeft een bedoeling.'

Kan best, dacht Tom. Maar voor wie? 'Zo denk ik er niet over.'

'Die kapelaan waar ik het net over had, hè? Die zei altijd dat coïncidentie de kier in menselijke aangelegenheden is waardoor God of de duivel binnenglipt.'

Tom glimlachte. 'Ik vind dat we in menselijke aangelegenheden beter wat meer rationaliteit kunnen toelaten.'

Een pauze. Ze waren wel erg snel erg ver gegaan. Bijna alsof hij Toms gedachten had geraden, zei Danny: 'We praten tenminste niet over het weer terwijl u al de druiven opeet.'

Er waren geen druiven. Geen bezoek. Niets. Terwijl hij de deprimerende, kale kamer rondkeek, besefte Tom dat hij onmogelijk gewoon zijn jas kon pakken en weggaan. 'Wanneer mag je hier weg?'

'Morgen.'

'Ga je naar huis?'

'Nee, ik woon op kamers. Ik studeer.'

'Wat studeer je?'

'Engels.'

'Heb je iemand om mee te praten?'

Een schouderophalen. 'Mijn reclasseringsambtenaar. Martha Pitt.'

'O, Martha, ja, die ken ik. Zal ik haar opbellen en zeggen dat je hier bent?'

'Nee, doe geen moeite, het is weekend. Ze heeft al genoeg met me te stellen. Vorig weekend is ze nog het Penninegebergte door gejakkerd om mij op te halen. Ik was weggelopen, naar de gevangenis.'

'Je bent naar de gevangenis teruggegaan?'

'Ja, ik weet 't. Klinkt bezopen, hè?'

'En toen?'

'Ze zeiden dat ik op moest hoepelen. De directeur heeft Martha gebeld en die is me komen halen.'

'En was dat het moment waarop je...'

'Besloot een duik te nemen? Nee.' Hij wendde zijn blik af. 'Ik weet het niet. Misschien ook wel. Ik zag het in elk geval niet meer zitten.'

Tom dacht even na. 'Weet je, je kunt wel een keertje met mij komen praten, als je denkt dat het zin heeft. Niks officieels hoor. Gewoon een praatje maken.'

Danny glimlachte. 'Over de tijden van weleer?'

'Wat je maar wilt.'

De glimlach verdween. 'Ja, dat zou ik fijn vinden.'

'Ik zal je het adres geven.' Tom scheurde een blaadje achter uit zijn agenda en schreef het op, en voegde er bij nader inzien zijn telefoonnummer aan toe. Hij kon maar beter zo gauw mogelijk afspreken, dan had Danny een datum om naar uit te kijken. De periode na een ziekenhuisopname vanwege een zelfmoordpoging was precair. 'Maandagavond om een uur of acht, is dat goed? Als er iets is, bel je maar.'

'Dank u.' Danny vouwde het papiertje op. 'Uw brieven liggen in de kast. Ik was van plan ze terug te brengen. Met de jas.'

In de verdediging nu, erop gebrand een verklaring van zijn eerlijke bedoelingen te geven. Nou ja, hij had gedurende twaalf jaar verzekerde bewaring de tijd gehad om zich te rehabiliteren. Ruim de helft van zijn leven. Wat hadden ze van hem gemaakt? Wat hadden ze met hem gedaan? Toms belangstelling was deels professionele nieuwsgierigheid. Je kreeg niet vaak de kans op een follow-up bij een geval als dat van Danny, maar hij was ook bezorgd voor deze onbekende jongeman, in wiens gezicht en persoonlijkheid het kind dat hij eens was onaangetast aanwezig leek.

Tom pakte zijn jas uit de kast, waarbij een sterke walm van riviermodder en verrotting vrijkwam.

'Die zal u eerst moeten laten stomen voor u hem weer aan kan.'

'Dat geldt ook voor deze', zei Tom, terwijl hij Danny's jas in de kast stopte. 'Nou, tot maandag dan.'

Danny stak een hand op, maar hij lag weer achterover in de kussens en leek niet bij machte nog iets te zeggen. Tom deed de deur zachtjes achter zich dicht.

Mary Peters stond bij de zusterspost met de hoofdzuster te praten en het leek niet meer dan beleefd om even dag te zeggen.

'En, wat hadden jullie nou daarnet?'

'O, niks bijzonders. Hij bleek een oud-patiënt van me te zijn. Had hem in geen jaren gezien.'

Ze leek er genoegen mee te nemen. En Danny wás veranderd. Er was geen enkele reden om te veronderstellen dat iemand die dertien jaar geleden alleen zijn schoolfoto in de krant had zien staan hem zou herkennen. Hij had hem zelf niet eens herkend en hij had veel meer met Danny te maken gehad.

Het duizelde hem toen hij over het parkeerterrein liep en hij bleef even onder de verkleurde bomen staan. Hij moest denken aan een andere parkeerplaats, in juni, tijdens een hittegolf. Hij was twintig minuten voor de afgesproken tijd aangekomen bij het observatiehuis waar Danny vastgehouden werd en had liever buiten willen wachten dan in een of ander somber hok in de gevangenis. De zon brandde en de auto veranderde al gauw in een oven. Hij liet de portieren openstaan en wandelde heen en weer langs de omheining terwijl hij naar een cricketmatch op de radio luisterde. Hij hoefde de verslagen die uit de mappen op de achterbank puilden niet meer door te nemen. Hij kende ze ondertussen zowat uit zijn hoofd, en in zekere zin was het nu zijn plicht ze te vergeten. De grootste valkuil bij het beoordelen van de geestesgesteldheid van een geweldpleger is een rapport uitbrengen dat afgestemd is op de misdaad in plaats van op de symptomen van het individu dat die gepleegd zou hebben.

Het zweet van de lange reis wasemde uit zijn oksels en zijn kruis. Hij was omgeven door perken met gloeiende kermesbessen, honderden bessen in koraalrode en gele trossen, trots overeind of half gerijpt, geknakt over het pad hangend. Uit de autoradio klonk een beleefd applausje. Zijn hoofd vulde zich met de beelden van het pathologielab – de foto's van het lijk van Lizzie Parks op de snijtafel. Het was haast niet te geloven dat een kind dat had aangericht. Hij bleef maar ijsberen, en de kermesbessen leken zijn afgrijzen en ongeloof in te ademen en uit te wasemen als stof en hitte.

En hier was Danny, dertien jaar na dato, volwassen, uit de gevangenis, levend onder een valse naam waarin was voorzien door Binnenlandse Zaken en de politie. Hij kon dit niet aan Lauren vertellen. Evenmin als Martha Pitt het aan hem had kunnen vertellen, hoewel ze samenwerkten in het Jeugd en Geweld Project en ze elkaar minstens eenmaal per week spraken. Ze had Danny al maanden onder haar hoede. Ze wist dat Tom betrokken was geweest bij zijn proces, maar ze had hem niet één keer ter sprake gebracht. Enfin, dat was alleen maar goed van Martha. Die mate van geheimhouding was een eerste vereiste.

Hij liep naar zijn auto, stelde het alarm buiten werking en opende het portier. Toeval is de kier in het menselijk leven waardoor God of de duivel binnenglipt. Typisch godgeklaagd geneuzel, dacht hij, al was zijn eigen paranoïde verdenking dat Danny hun ontmoeting in scène had gezet ook verre van rationeel. Het is nu eenmaal zo dat de menselijke geest, indien geconfronteerd met een aantal verstorende ervaringen, per se een patroon wil vinden. We kunnen het niet laten om de zwarte kralen aan één draad te rijgen. Sommige gebeurtenissen berusten nu eenmaal op louter toeval.

Waarschijnlijk. Bij het bijstellen van de spiegel ving hij zijn eigen blik op en staarde zichzelf aan, alert, sceptisch, onvoldaan.

'Nee, ik ga naar mijn ouders. Dat heb ik je toch verteld?'
Daarna stonden ze naast elkaar, zonder een woord of blik te wisselen, tot de trein binnenkwam.

Weer thuis trok Tom het dekbed over het gekreukte onderlaken, het toneel van zijn laatste falen dat niet te loochenen viel. Hij wou dat hij de energie had om het bed te verschonen, want hij wist dat wanneer hij vanavond in bed kroop, de lucht van Laurens parfum er nog in zou hangen en die begon hem tegen te staan. Hij vond het nu een weeïg, hypersensueel luchtje, ofschoon hij het vroeger, toen hij nog van haar had gehouden, heerlijk had gevonden. Opeens was hij ontzet, stond met een kussen in zijn hand in de spiegel te staren omdat hij onwillekeurig de voltooid verleden tijd gebruikte.

Hij hield van haar. Ze hadden problemen, ja, maar het was hem niet helemaal duidelijk hoeveel. Negen maanden geleden – toen ze zich aanpraatten dat enige stagnatie bij het zwanger raken niet ongewoon was op haar leeftijd – waren ze nog wel gelukkig geweest. Er waren veel momenten in hun huidige bestaan waarop dat geluk nog vluchtig opflikkerde en het mogelijk leek het weer te grijpen. Niet alleen mogelijk – makkelijk. En toch lukte hun dat nooit helemaal.

Hij zette een pot koffie en nam hem mee naar zijn werkkamer. Hij had een van de zolderkamers als werkkamer gekozen omdat hij het uitzicht op de rivier zo mooi vond, hoewel hij bijna elke ochtend een opening in de beslagen ruit moest vegen om naar buiten te kunnen kijken. Niet veel uitzicht vandaag. De zeemist was het hele weekend blijven hangen en de boog van de brug rees, los van de weg en de rivier, op uit de mist alsof hij nergens toe diende, net als Stonehenge.

Aan de slag. Hij was momenteel bezig met het doorlezen van de gefictionaliseerde praktijkgevallen die hij voor het boek had gebruikt om te controleren of ze voldoende afweken van de originele om de identiteit van de kinderen te beschermen.

De meesten had hij in geen maanden gezien, maar hun stemmen lagen vast op de band.

Michelle. Tien jaar. Opgenomen in de onderzoeksgroep – als enige meisje – omdat ze de neus had afgebeten van het eigen kind van haar pleegmoeder.

'Waarom heb je dat gedaan?' had Tom tijdens de eerste visite gevraagd.

'Omdat se me moeder door het slijk haalde.'

Een kernachtige uitspraak die getuigde van zelfvertrouwen, de zekerheid van een misbruikt kind dat precies wist wat wat was en wat de strafmaat was. Hij was ervan overtuigd dat ze haar kansen om hem uit de broek te krijgen, daar ter plekke op de spreekkamervloer, heel hoog had ingeschat. Michelle zou van niets waartoe een man in staat was opgekeken hebben, behalve van zelfbeheersing.

Ze had het woord 'gerechtigheid' zeven keer gebruikt in de loop van hun eerste gesprek, en dat intrigeerde hem. Haar leraren beschouwden haar hooguit als matig begaafd. Je kon Michelle met de beste wil van de wereld geen studiehoofd noemen, en toch kwam ze telkens weer terug op dit abstracte begrip.

'Hij was een beest', zei ze over haar moeders vriend, die haar verkracht had toen ze acht was. 'Hij deê 't niet alleen met mij, hoor, maar hij heb ook me oma gepakt enzo – en de hond.'

'Heeft die hem niet gebeten?'

Ze keek hem argwanend aan, bang dat hij haar voor de gek hield. 'Nee, maar ik wel. En toen ging m'n mam naar het ziekenhuis en ze mocht geen slok meer drinken vanwege haar rotte lever enzo, maar hij goot wodka in haar sinaasappelsap. Ik hep 't zelf gezien. Hij had haar kenne vermoorden. Hij kwam altijd stomdronken thuis en dan timmerde hij haar in mekaar, en ik wachtte hem vaak op in de keuken met de lamp uit, liet het raam open en als hij dan z'n vingers op de vensterbank had sprong ik op en sloeg het raam met een klap naar beneden. Dat was om je te bescheuren.' De lach verdween van haar gezicht. 'Maar toen moes ik naar een pleeggezin.'

'Herinner je je waarom je naar een pleeggezin moest?'

Een koppig zwijgen.

'Weet je nog waarom?'

'Omdat me moeder ons liet vallen.'

'Waarom deed ze dat?'

'Omdat ze ons niet geloofde.'

'Dat hij jullie verkracht had?'

'Ja, ze zegt dat ik het uit m'n duim zoog, maar dat was niet zo.'

'Ja, dat weet ik.'

'Ze wil er nóg niks van weten, hoor. Voor haar ken die klerelijer niks verkeerd doen. Het is niet eerlijk.'

'Wat niet?'

'Die klerelijer. Twee jaar goddomme, tijdje eraf voor goed gedrag, en hup daar is-ie weer, de uitvreter. Ik ben m'n moeder kwijt en m'n broertje – die bracht ik 's avonds altijd naar bed, maar hij is pas twee, dat weet-ie niet meer – en die arme hond hep ze af laten maken. Ze zei dat ze hem niet meer kon zien na wat ik verteld had. Is dat gerechtigheid?'

'Geloofde ze je oma dan niet?'

'Nee, ze zegt gewoon dat vrouwen van die leeftijd waan-ideeën krijgen.'

Tom had Michelle nodig voor de discussie over het moraaldenken van kinderen met gedragsstoornissen. Er werd te lichtvaardig aangenomen dat die kinderen gewoon geen geweten hebben. En bij een minderheid was dat ook zo. Vastgelegd op een band, ergens in de doos, was Jason Hargreave, die met zijn hoge schelle stemmetje zegt: 'Geweten is een klein mannetje in je hoofd dat zegt dat je iets niet mag doen. Maar dat heb ik niet.' Er waren vier mensen omgekomen bij de brand die Jason had gesticht en hij had geen greintje berouw getoond. Maar Jason was geen typisch voorbeeld. Dat was

Michelle wel, in alles behalve in sekse. Veel van de kinderen en de meeste volwassenen met wie hij praatte, waren voortdurend bezig met – nee, bezeten van – kwesties als loyaliteit, verraad, gerechtigheid, rechten (de hunne), moed, lafheid, reputatie, schaamte. Het was een krijgsmoraal, primitief en veeleisend. Niet veel overeenkomsten met de normen van de hoofdstroom in de samenleving, maar zij kwamen dan ook van plaatsen die verdreven waren naar de rand: zinkputten van woonwijken, stadsgetto's. De jonge mannen waren werkloos, seksueel actief, namen nauwelijks enige verantwoordelijkheid op zich voor hun kinderen (de moeders vaak wel), waar ze zich het meest van alles om bekommerden was de reputatie 'een harde' te zijn. Het waren krijgers. De jonge jongens in het onderzoeksproject wisten dat dit hun voorland was en bereidden zich daar wijselijk op voor. School speelde geen rol – de meesten gingen ook niet.

Tom werkte drie uur, klikte op 'Afdrukken' en vertrok naar het ziekenhuis waar hij een lunchafspraak had met Roddy Taylor. Roddy was het hoofd van de halfgesloten achttienbeds afdeling waar Michelle momenteel verbleef.

Roddy was een imposante figuur, onstuitbaar, Hendrik de Achtste in een krijtstreeppak, en achter op schema, als gewoonlijk. Hij keek op toen Tom de kamer binnenkwam.

'Nog één telefoontje en ik sta tot je beschikking.'

Tom legde de stapel papier op zijn bureau en ging zitten.

'Is dat de moraalperceptie?' vroeg Roddy, terwijl hij doorverbonden werd.

'Ja…'

Roddy hield zijn hand op, luisterde aandachtig. 'Goed dan, stuur hem maar.' Luisterde verder. 'Ja, ja. Ja, ik weet het.' Hij legde de hoorn neer. 'Weet je, ik geloof echt dat ze denken dat ziekenhuisbedden jongen als konijnen. Enfin…'

'Dit is nog niet de definitieve versie, maar het is leesbaar. Er staan drie klantjes van jou in. Michelle, Jason, Brian.'

Ze praatten een poosje over de gevallen, toen stond Roddy op en pakte zijn colbert van de rugleuning van zijn stoel. 'Kom. Zullen we gaan lopen? Ik kan wel wat frisse lucht gebruiken.'

Het was maar vijf minuten naar de pub, door een park waar jonge mensen lagen te zonnen op het gras. Naast het pad lag een meisje met slanke, bruine, gespierde armen en kort, geblondeerd haar.

'Moet je die tieten zien', mompelde Roddy, waarbij hij nauwelijks moeite deed zijn lust te verbergen. Met zijn enorm wijde flappende broekspijpen zag hij er veel ouder uit dan veertig. Hij had inmiddels drie kinderen en bracht het grootste deel van zijn werkzame leven door met jongere mensen. Maar hij wist tenminste tot welke generatie hij behoorde. Een van Toms angsten was dat mensen die kinderloos bleven nooit echt volwassen werden. Wanneer hij aan de kinderloze huwelijken in zijn omgeving dacht, kwam het hem voor dat in bijna alle gevallen een van de partners het kind was geworden. Ergens in een ver verschiet, zag hij dat beeld van pure zelfzucht voor zich, dat vreselijk krampachtige jongensachtige gedoe van mannen die denken de eeuwige jeugd te hebben.

Tom had Lauren met een betraand gezicht een cadeautje zien inpakken voor de doop van Toby, de jongste van Roddy en Angela. 'Laten we niet gaan, Lauren', had hij gezegd. 'We hoeven niet per se.' 'Ja, dat moet wel', had ze gezegd, en daar had ze natuurlijk gelijk in. Al hun vrienden hadden inmiddels kinderen. Dat was een feit, ze zouden eraan moeten wennen en proberen zich aan te passen, anders zouden ze hun leven geïsoleerd in een kindervrije zone moeten verkeren. Hij deed een bewuste poging zijn depressie van zich af te schudden. Een biertje zou hem goeddoen.

Ze haalden twee grote glazen pils en gingen buiten onder de bomen zitten. In een impuls vertelde Tom aan Roddy hoe teleurgesteld ze waren dat Lauren nog steeds niet in verwach-

34

ting was. Roddy hoorde het aan, knikte begrijpend, kuchte en zei: 'Tja, ach, wat zal ik zeggen', en leek nogal verlegen met de situatie. Tom vroeg zich af waarom. Roddy was immers gewend om intieme gesprekken te voeren, maar misschien wilde hij dat niet met vrienden? Maar opeens, zonder dat er iets was gezegd, wist Tom het. Lauren moest Angela verteld hebben dat hij impotent was en naderhand, misschien wel in de nasleep van een van hun onesthetische, maar vruchtbare paringen, had Angela het Roddy verteld.

Hierna wilde hij alleen maar weg. Hij voelde zich verraden. Onvermijdelijk, hoewel hij zichzelf voorhield dat hij niet het recht had Lauren iets te verwijten. Waarom zou ze geen steun zoeken bij haar beste vriendin? Bij hem vond ze die nauwelijks. En hij pijnigde zichzelf, zag in zijn verbeelding Roddy en Angela erom giechelen, terwijl hij best wist dat ze dat niet gedaan hadden, dat ze even meelevend waren geweest als Lauren en hij zouden zijn als de rollen omgedraaid waren. Maar hij wist ook dat Roddy de volgende ochtend in de badkamer zijn speeltje in ogenschouw had genomen – het moest jaren geleden zijn dat hij het gezien had zonder de hulp van een spiegel – en onwillekeurig iets van leedvermaak had gevoeld. Dus die arme Tom kan hem niet meer overeind krijgen? zou hij gedacht hebben. Nee, niets eens gedacht – hij zou de gedachte slechts als een mogelijke reactie in zijn hoofd hebben toegelaten, de hypothetische reactie van iemand die in alle opzichten onbeschaafder en minder meelevend was dan hij. Nou ja zeg, stel je voor. En dan zou hij naar zijn ontbijt gekuierd zijn, zachtjes fluitend door zijn tanden op die irritante manier van hem, en zich er meer mans door gevoeld hebben.

Hij had het recht niet om Lauren te verwijten dat ze over hun seksuele problemen had gepraat, maar hij deed het toch. Ergens in zijn achterhoofd zag hij, terwijl hij afscheid nam van Roddy, het beeld van een versleten stuk touw dat langzaam in rafels uiteenviel.

4

Die avond nam Tom het rapport door dat hij na zijn bezoek aan Danny in het observatiehuis had geschreven.

Een droog, officieel verslag van zijn beoordeling van het kind. Niets over het te vroeg komen. Niets over de hitte of over het prikkende zweet op de achterkant van zijn dijen of over de foto's die uit een map op de achterbank gleden. Niets over de kermesbessen die daar, blind en doofstom, van dit alles getuige waren.

Niets ook over de schok die hij kreeg toen hij Danny de kamer in zag lopen. Hij wist dat het een kind was en toch was hij niet voorbereid op de aanblik van de kleine jongen die naast de bewaker de gang door liep en binnenkwam. Gezien zijn leeftijd was Danny gevraagd of hij wilde dat er iemand bij het onderhoud aanwezig was: zijn maatschappelijk werkster misschien, of een van de bewakers, maar hij had nee gezegd. Dus toen de bewaker zich terugtrok en de deur achter zich dichtdeed, waren ze op elkaar aangewezen.

Danny ging zijdelings op zijn stoel zitten en pakte de radiator achter zich beet. Merkwaardig met die hitte, dacht Tom, totdat hij zelf de radiator aanraakte en merkte dat het het koelste voorwerp in de kamer was. De ramen waren hoog en van matglas. Niemand kon naar buiten of naar binnen kijken, maar toen Tom voorstelde een raam open te zetten, fluisterde Danny, die tot dan toe niets had gezegd: 'Nee. Dan kan iemand het horen.'

Hij haalde zijn handen van de radiator en legde ze op zijn oren, drukte ze op en neer. Toms stem, als die hem al bereikte, zou hem bereiken als een dof gerommel, overstemd door het ruisen van zijn eigen bloed. Hij schermt zich af tegen geluid, dacht Tom. Geluiden zijn dus belangrijk voor hem – stemmen zijn belangrijk. Hij deed een bewuste poging zacht en vriendelijk te praten en eenvoudige vragen te stellen. Hoe wilde hij het liefst genoemd worden? Daniël of liever Danny of Dan?

'Danny.'

'Heb je een huisdier, Danny?'

'Een hond.'

'Hoe heet die?'

'Duke.'

'Wat voor soort hond is het?'

'Een buldog.'

'Ging je wel eens met hem wandelen toen je nog thuis woonde?'

Hij schudde zijn hoofd.

'Waarom niet?'

Een schouderophalen. 'Nergens om.'

Zo ging het tien minuten door.

'Heb je een eigen kamer?'

'Ja.'

'Hoe is die?'

'Oké.'

'Waar kijk je op uit?'

'Een muur.'

'Wat doe je allemaal?'

Een schouderophalen.

'Krijg je les?'

'Ja.'

'Samen met de andere jongens?'

'Nee, alleen ik.'

'Hoe vind je dat?'

'Lastig.'

'Waarom is het lastig?'

'Omdat ik alle vragen moet beantwoorden.'

Danny was niet op zijn achterhoofd gevallen. Hij wist dat

de lastige vragen nog kwamen, en dat ook hier niemand anders was om ze te beantwoorden.

'Wat doe je na de lessen?'

'Televisie kijken.'

'Waar kijk je het liefst naar?'

'Voetbal.'

'Ga je naar buiten?'

'Ja.'

'Alleen?'

'Nee, met een bewaker.'

'Speel je met de andere jongens?'

'Nee.'

'Waarom niet?'

'Ze zijn te groot. Ze zouen niet eens met me willen spelen.'

'Zou jij wel met hen willen spelen?'

'Nee.'

'Waarom niet?'

Eindelijk, oogcontact. Een boos gegrauw. 'Omdat ze m'n kop in mekaar zouen trappen.'

'Waarom zouden ze?'

Danny opende zijn mond om Tom eens even precies te vertellen waarom en klemde zijn kaken toen weer op elkaar. Hij haalde weer zijn schouders op, dit keer slechts een miniem rukje. 'Daarom.'

Het was een kind. Hij leefde in het heden, en het heden werd beheerst door zijn angst voor de grote jongens. Hij was bang dat de bewakers op een dag zijn deur niet op slot zouden doen en dat de grote jongens hem dan te grazen zouden nemen.

'Maar dat zouden de bewakers toch nooit doen?'

'Weet je veel. Zou best kunnen.'

'Dat doen ze echt niet, Danny.'

Hij keek weg, niet overtuigd.

'Is er nog iets waar je over inzit?'

Hij mompelde iets en Tom moest hem vragen het te herhalen.

'De rechtszaak.'

'Iets speciaals?'

'Dat iedereen naar me zit te kijken.'

'In de beklaagdenbank? Maar daar zit dan iemand naast je. Je zult niet alleen zijn.'

'Jawel.'

Dit antwoord, het feit dat Danny het niet hoefde te benadrukken en wist dat dat niet nodig was, was een keerpunt. Hij haalde zijn handen van zijn oren, leunde naar voren en begon wat meer vrijuit te praten. Hij had het die dag eindeloos over zijn vader, hoe goed die dingen in elkaar kon zetten, en dat ze samen op konijnenjacht gingen.

'Maar hij woont niet meer bij jullie, hè?'

'Nee.'

'Wanneer is hij weggegaan? Ik bedoel, hoelang geleden?'

'Een jaar en...' Hij telde. 'Vier maanden.'

'Hoe voelde je je toen?'

Niets, zelfs geen schouderophalen. Danny deed niet aan gevoelens.

In de daaropvolgende twee uur, terwijl Tom uitputtend de volwassenheid van zijn emoties en moraal peilde, zijn verstandelijke vermogens, of hij terecht kon staan als volwassene, kwam Danny met een paar opmerkelijke standpunten. Opmerkelijk voor een kind.

'Is het verkeerd om iemand te doden?

'Niet altijd.'

'Wanneer mag het wel?'

'Als je soldaat bent.'

'Maar als je geen soldaat bent, is het dan verkeerd?'

Danny schokschouderde. 'Op de hele wereld worden de hele tijd duizenden mensen vermoord. En de mensen kijken ernaar op de televisie en dan zeggen ze: "Ooo, is dat niet verschrikkelijk?" Maar ze menen er niets van.'

'Het doden van mensen heeft dus niets meer te betekenen?'

'Niet veel.'

'En mevrouw Parks dan? Lizzie. Vind je het erg dat zij vermoord is?'

'Ik heb haar niet vermoord.'

'Dat vroeg ik niet.'

Het duurde zo lang voordat Danny antwoordde dat Tom al dacht dat hij het niet zou doen. 'Ja', zei hij ten slotte.

'Heel erg?'

'Ze was oud.'

'Niet zo heel erg dus?'

Danny schudde zijn hoofd.

'Ik wil dit graag volkomen duidelijk hebben, Danny. Je zegt dus dat het wel erg is dat ze dood is?'

'Ja.'

'Maar niet zo heel erg omdat ze oud was?'

'Ze had haar leven achter de rug.'

Voor het eerst scheen hij iemand anders te citeren, al zou geen mens dat tegen hem gezegd hebben in verband met Lizzie. Tom leunde achterover en nam even de tijd om na te denken. Onmiddellijk leunde Danny ook achterover op zijn stoel, een precieze, bijna synchrone afspiegeling van Toms beweging. Tom veranderde terloops nog eens van houding, legde dit keer zijn handen op de armleuningen van zijn stoel. Danny deed hetzelfde. Dit was welbewuste na-aperij, niet het onbewust aannemen van de houding van de ander wat in een goed lopend gesprek wel gebeurt.

'Je vertelde dat je vroeger met je vader op konijnenjacht ging. Heb jij wel eens een konijn doodgemaakt?'

'Ja.'

'Vind je dat het doodmaken van een dier iets anders is dan het doodmaken van een mens?'

'Ja.'

'Wat is het verschil?'

Danny keek Tom recht in zijn gezicht. 'Konijnen lopen harder.'

Wat een pedant rotjong. 'Maar denk je dat mensen meer lijden?' Stilte. 'Als iemand de verstikkingsdood sterft heeft hij waarschijnlijk veel te lijden. Stilte. 'Of niet soms?' Heeft zij, zou hij willen zeggen.

'Ja, maar dan is-ie dood.'

'En dan geeft het niet meer?'

'Nee, dan zijn ze dóód.'

'Als mensen of dieren sterven, blijven ze dan dood?'

Danny keek hem aan of hij gek geworden was. 'Tuurlijk. Als je een kip zijn nek omdraait loopt hij heus de volgende dag niet op je erf te scharrelen.'

Tom wierp een blik op zijn nagels. 'Lizzie kan dus niet terugkomen?'

Bij die vraag raakte Danny zo van streek dat Tom even dacht dat hij het gesprek zou moeten opschorten. Hij pakte Danny bij zijn polsen en zei: 'Kom, zuchten. Rustig maar, Danny. Zuchten.' Ten slotte, toen hij redelijk gekalmeerd was, zei Tom: 'Je kunt het mij wel vertellen, hoor.'

Danny fluisterde: 'Ze komt wel terug.'

'Wanneer?'

''s Nachts.'

'Bedoel je dat je van haar droomt?'

'Nee, ze is er echt.'

'Zie je haar als je net uit je slaap komt?'

'Ja.'

'En wat doe je daaraan?'

'Er is niks aan te doen. Ik kijk alleen maar naar haar.'

'Probeer je wakker te blijven?'

Ja, hij dwong zichzelf de tafels van vermenigvuldiging van achter naar voren op te zeggen en hij zette speelgoedsoldaatjes om zijn bed heen. 'Ik doe alsof ze mijn vader zijn.'

'Zie je haar wel eens overdag?'

'Ja.' Een tel later: 'Maar anders.'

'Hoe gaat het overdag?'

'Dan komt het als het ware als een klap. Zo...' Hij bracht beide handen naar zijn gezicht alsof hij zich op de ogen ging slaan.

'Wat zie je dan?'

'Haar.'

'Maar hoe precies?'

'Ze ligt onderaan de trap.'

Danny pleitte niet schuldig, dus kon Tom in de loop van het beoordelingsgesprek geen vragen over de moord stellen. Danny gaf echter wel toe dat hij in Lizzies huis was geweest, kort na de moord. Zijn verhaal luidde dat hij naar Lizzie toe ging omdat ze hem had verteld dat een van haar poezen gejongd had en hij de jonkies wilde zien. De achterdeur stond open, hij dacht dat ze die voor hem opengelaten had, hij was dus naar binnen gegaan en had haar dood aangetroffen onderaan de trap, met het kussen dat gebruikt was om haar te doden nog op haar gezicht. Hij had haar aangeraakt – ze was nog warm – hij had het kussen van haar gezicht gehaald en het onmiddellijk weer teruggelegd omdat ze er zo akelig uitzag. En toen hoorde hij boven voetstappen, besefte dat de moordenaar nog in huis moest zijn en was er als een haas vandoor gegaan. Hij had de hele weg naar huis hardgelopen en zich in de schuur verstopt. Hij had het aan niemand verteld omdat hij bang was dat de man hem anders zou komen vermoorden.

Daar was helemaal niets van waar. Het forensisch bewijs voor Danny's schuld was overweldigend, maar hij kon goed liegen.

'De haren op je trui waren dus van Lizzie?'

'Ze waren grijs. Ben ik soms opeens in een oude man veranderd?'

Tom wachtte even en zei toen: 'Soms moet je je wel een beetje zo voelen.'

Danny zei niets. Sloeg alleen zijn armen om zich heen en omklemde zijn magere lijf.

Er waren dingen waar Danny niet over wilde praten. Hij wilde absoluut niet over zijn moeder praten. Op een zeker moment probeerde Tom poppen te gebruiken om hem wat losser te maken, maar Danny vond het zo gênant om daar mee te spelen dat hij die poging moest staken. Aan het eind van de sessie was Tom geen steek wijzer dan bij de aanvang wat betreft de krachten in Danny's achtergrond die hem ertoe gebracht konden hebben zo'n gruweldaad te plegen.

Aan de andere kant kwam er wel een duidelijk beeld boven van Danny's huidige geestestoestand. Hij sliep slecht, hij had nachtmerries, hij leed aan flashbacks, hij kon zich niet concentreren, hij voelde zich als verdoofd, hij klaagde dat alles om hem heen onwerkelijk was. Maar geen van deze symptomen was een leidraad naar zijn geestesgesteldheid ten tijde van de moord.

Tegen het eind van de drie uur durende sessie vroeg Tom naar zijn brandstichtingen. Waarom hij telkens vuurtjes stookte.

'Voor de gein. Iedereen doet 't.'

'Iedereéén steekt zijn slaapkamer in brand?'

Stilte. Tom haalde een doosje lucifers uit zijn zak en schoof het over tafel naar Danny, die zijn handen stevig onder zijn oksels stopte.

'Ga je gang', zei Tom. 'Steek er maar een aan.'

Langzaam reikte Danny naar het doosje, zijn hand kroop als een klein beestje over de tafel. Een schrapend geluid en een flits toen hij de lucifer afstreek. In zijn ogen verscheen een verdubbelde reflectie van de vlam, zijn pupillen hadden zich niet vernauwd zoals je zou verwachten, maar werden juist groter alsof ze behoefte hadden aan licht.

'Blaas hem uit als je zover bent.'

Danny slikte. De vlam lekte aan het hout.

'Danny...'

Hij verroerde geen vin. Tom leunde naar voren en blies. Een bijtend luchtje, een spiraal van blauwe rook die als een vraagteken in de lucht hing.

'Deed dat geen pijn?'

Danny schudde zijn hoofd.

'Laat eens kijken.'

Langzaam ging het knuistje open en onthulde gladde, glimmende vingertoppen waar de huid verbrand was. Danny staarde hem aan en Tom had geen idee of het opzettelijk uitdagend handelen was geweest of dat hij zo gefascineerd was door vuur dat hij de lucifer niet had kunnen uitblazen.

Toen Tom van oordeel was dat het zo wel genoeg geweest was voor Danny, waarschuwde hij de bewaker. Danny keek geschrokken op, alsof het einde van het gesprek als een on-aangename schok kwam. Tom stak zijn hand uit, zoals hij altijd deed na de eerste sessie met een kind, maar in plaats van handen te schudden wierp Danny zich in Toms armen. Heel even verroerde Tom geen vin, maar het lag niet in zijn aard om een dergelijk gebaar van een kind dat in de knoei zat af te wijzen en hij beantwoordde de omarming. 'Stil maar, Danny. Niet huilen, het komt allemaal wel goed.' Hoewel hij wist dat het niet zo was en dat Danny alle reden had om te huilen.

'Allemachtig', zei de bewaker toen ze samen door de gang liepen. 'U moet een sterke maag hebben.' Toen hij Toms gezicht zag betrekken voegde hij er defensief aan toe: 'Nou, dat joch is anders pas echt wat je noemt een deugniet, laten we wel wezen.'

Het was zo normaal voor moeders om hun kinderen lief-kozend 'kleine deugniet' te noemen, dat het opviel het woord te horen in de letterlijke, bijna archaïsche betekenis. Tom zocht het meteen op toen hij thuiskwam.

44

Hij krabbelde de definitie met potlood in de marge van zijn aantekeningen.

1 slecht mens 2 zeer ondeugende jongen 3 (scherts.) lief-kozende ben. voor iemand die een beetje plaagt

Een slecht mens, bedoelde de bewaker, iemand die niet deugt, maar volgens Tom had het geen enkele zin om in dergelijke termen te denken over Danny of welk kind ook. Zijn taak was simpelweg om de mate van Danny's mentale en morele vol-wassenheid vast te stellen. Er zaten enorme hiaten in zijn informatie – hij had bijvoorbeeld geen duidelijk beeld van Danny's familie – maar hij meende voldoende te hebben om de belangrijkste vragen te beantwoorden. Kon Danny fantasie en werkelijkheid uit elkaar houden? Begreep hij dat doden verkeerd was? Begreep hij dat de dood een blijvende staat was? Kortom, was hij in staat om als een meerderjarige terecht te staan voor moord? En al die vragen had Tom beantwoord met Ja. Niet zonder enige twijfel, niet zonder voorbehoud, niet zonder vele uren gewetensonderzoek, maar uiteindelijk, Ja.

5

Tom ging laat naar bed, verwachtte een onrustige nacht, maar viel zowaar als een blok in slaap. Tegen de ochtend werd hij wakker, lag even versuft in het schemerlicht, zakte toen weer weg en droomde over zijn vader. Hij was in een drukke pub, bewoog zich voorzichtig tussen de tafeltjes door met twee volle bierglazen in zijn hand, toen hij opeens neerkeek op brede schouders in een visgraattweedjasje en een achterhoofd met grijze krullen. 'Papa?' zei hij. De man keek op. Het was zijn vader, al moest hij met de logica die eigen is aan een droom naar het ontbrekende topje van de rechtermiddelvinger kijken om zeker te zijn.

De droom veranderde. Ze liepen nu door een straat met links van hen een hoge muur. De vreugde en de opluchting om weer met hem te kunnen praten. Toen ging er iets mis. 'Ik moet er vandoor', zei zijn vader. 'Mijn konijn is aan de haal.' En hij slonk, niet langzaam, maar catastrofaal als een lekgeprikte luchtballon, en werd een vodje, een snipper papier, iets dat over Toms hoofd over de muur vloog en uit het zicht verdween. Tom greep de bovenkant van de muur beet en klauterde moeizaam omhoog. Hij zag een oud kerkhof, de zerken half verscholen onder het hoge gras, en tussen de graven holde een konijn. Een stem zei: 'Dat is wat er van een grote liefde overblijft – een konijn dat tussen graven holt.'

Bij het horen van de stem besefte Tom dat hij wakker was, al duurde het enkele minuten eer het tot hem doordrong dat de stem nog bij de droom hoorde. Hij was hevig aangedaan door de droom. Het blije gevoel over het samenzijn met zijn vader en het verdriet hem weer te verliezen bleven hem de hele dag bij.

'Wanneer kom je weer eens thuis?' had zijn moeder gevraagd, ofschoon de bungalow waarin zij nu woonde nooit zijn thuis was geweest. Niet die half mythische plek waar dorre bladeren onder een rododendronstruik hem terugbrachten naar de tijd toen hij twee was, klein genoeg om onder de struik te kruipen en te geloven dat hij onzichtbaar was, terwijl volwassen voeten, die van zijn moeder in sandalen en die van zijn vader in de gebarsten bruine schoenen die hij bij het tuinieren droeg, heen en weer liepen en volwassen stemmen luid en gemaakt vroegen: 'Waar is Tom? Heb jij Tom gezien? Waar kan hij nou toch gebleven zijn? Heb jij enig idee?' En dan had hij zenuwachtig gegiecheld, toch een beetje bang dat hij wel eens echt zoek kon zijn, onzichtbaar, opgelucht als zijn vader hem plotseling in de smiezen had en door de glimmende groene bladeren riep: 'Ik heb hem! Hier is hij!'

Ze waren een jaar voor zijn vaders dood naar de bungalow verhuisd, toen het duidelijk werd dat de rolstoel, die hij hardnekkig als een tijdelijk ongemak bleef beschouwen, dat absoluut niet was. Het huis stond aan de rand van een dorp, slechts vijf minuten rijden van een knooppunt van snelwegen. 'We kunnen overal binnen een halfuur zijn', had zijn moeder trots gezegd. Maar ze was nooit ergens heen geweest toen zijn vader nog leefde. Even snel heen en weer naar de dorpswinkels, verder kwam ze niet.

Tom ging vroeg van huis. Terwijl hij afdaalde in de Vale of York kwam er een lichte mist de weg over drijven, bleef in de kommen hangen en dwong hem stapvoets te rijden. Koeien, hun horens gehuld in witte damp, kwamen aan de afrastering knauwen. Toen, even snel als hij gekomen was, trok de mist op en scheen de zon. Het zag ernaar uit dat het een warme dag zou worden.

Hij kwam langs de pub waar hij met zijn vader was geweest om, naar later bleek, voor het laatst samen wat te drinken. Alleen hadden ze niet gelopen zoals in de droom, hij had zijn vader voortgeduwd, iets waaraan hij tegen die tijd akelig gewend was geraakt. Zijn vader zat voorovergebogen, nog steeds niet verzoend met de rolstoel. Dat hij er zich überhaupt in vertoonde, kwam omdat hij in dit dorp betrekkelijk onbekend was. Hij, die zijn patiënten jarenlang bits had voorgehouden dat ze ermee moesten leren leven, was nooit gewend geraakt aan de gevolgen van zijn hersenbloeding, had de schade nooit geaccepteerd, wendde altijd zijn gelaat af, zelfs van hen die hem het naast stonden, om de ontsierende scheve grijns te verbergen. Hij wilde zich niet aanpassen, wilde niet aanvaarden dat de veranderingen blijvend waren, en daarin had hij gelijk gekregen, hoewel het de dood en niet zijn herstel was die de rolstoel naar de garage had verbannen. Waar hij nog steeds stond. Niet uit vals sentiment, maar omdat nog niemand de energie had opgebracht hem weg te geven.

Tom minderde vaart en sloeg rechtsaf de oprit op. Tijger, zijn moeders kat, kwam langzaam aanzetten over het grasveld om hem te begroeten, de witte punt van zijn staart in de lucht, hij schurkte met zijn kopje langs Toms enkel nog voor hij de auto uit was. 'Hallo kat', zei hij en hij bukte om Tijger achter zijn oren te krauwen.

Zijn moeder moest op de auto gewacht hebben. Hij zag haar onscherpe iele gestalte door het matglas nog voor hij op de bel had kunnen drukken. Bij het opendoen kwamen de tranen, maar ze hield ze weer in. Hij gaf haar een kus en de rimpelige huid van haar wang voelde te zacht aan zijn lippen. De manier waarop haar lichaam verslapte beviel hem niet, hij wist dat het te vlug ging, dat ze gewicht verloor, dat ze zichzelf waarschijnlijk verwaarloosde, maar hij wist niet wat hij ertegen doen moest of hoe hij het ter sprake kon brengen zonder een zeur te lijken.

'Hoe gaat het met je, mam?'

'Best hoor.'

Dat was het altijd. Best hoor. Hij was ervan overtuigd dat

hij die woorden nog vanuit haar doodskist zou horen. Vanwege de hitte – de grote ramen maakten van elke warme dag een snikhete – droeg ze een wit T-shirt met korte mouwen en hij zag dat het vlees van haar armen los aan het bot hing. Ze was pas tweeënzestig, maar sommige mensen verwelken snel bij het gebrek aan lichamelijke liefde, en hij wist intuïtief hoe goed het liefdesleven van zijn ouders was geweest. Dat was een van de redenen waarom hij zich als tiener anders had gevoeld dan de andere jongens. Zij dachten over hun ouders als mensen die daar niet meer aan deden – hij wist dat het voor hem nog moest beginnen. (Nog steeds trouwens, en de klok tikte door.)

'Ik dacht, we eten maar een slaatje', zei ze. 'Het is een beetje warm voor warm eten, vind je niet?'

Hij schonk de eerste van de twee sherry's die ze zich voor de lunch permitteerde voor haar in, en nam zelf een straffe gin-tonic. Ze gingen met hun glazen naar de patio. Tijger sprong op de tafel, kneep zijn gele ogen een paar maal tot spleetjes als blijk van vriendschap, alvorens de belangstelling voor de gebeurtenissen geheel te verliezen en in slaap te vallen.

De tuin strekte zich niet zozeer voor hen als wel boven hen uit, want Toms vader had in het laatste jaar van zijn leven verhoogde bloembedden laten aanleggen, waar hij vanuit de rolstoel, die hij niet als blijvend accepteerde, bij kon. 'Minder belastend voor je moeders rug', zei hij zonder blikken of blozen, al had ze toen alleen nog maar last van de bij de middelbare leeftijd horende lichte slijtage.

Inmiddels was haar artritis zo erg, zei zijn moeder, dat de verhoogde bloemperken een zegen waren. Ze stond op met een van wat zij haar 'ongemak' noemde vertrokken gezicht en liet hem met het altijd binnen handbereik liggende schepje zien hoe gemakkelijk het zo voor haar was om de aarde om te woelen. Daarna viel ze moeizaam terug in haar stoel, zijn vaders uitvlucht waarmakend, en Tom vroeg zich af hoever loyaliteit kon gaan.

Het was half september. De late rozen waren nog op hun best; haar armen zaten vol rode krassen op plekken die haar tuinhandschoenen niet bedekten. Hij wist dat ze opzag tegen de winter, wanneer er weinig of niets te doen zou zijn, behalve op de middagen dat ze in het buurthuis werkte.

Een jaar geleden had ze zich er dapper op ingesteld om stil te gaan leven. 'Jij zult altijd bezig blijven', had hij gezegd. 'Ik wil wedden dat je na een halfjaar niet meer weet hoe je overal tijd voor moet vinden.' Wat hij bedoelde was: je bent gewend aan verlies het hoofd te bieden. Je bent er goed in. Nu sloeg hij haar gade en betwijfelde óf ze er wel tegen opgewassen was.

Onderweg had hij zich zitten afvragen of hij haar van de droom over zijn vader zou vertellen, en had min of meer besloten dat niet te doen, maar nu hij hier zat, kijkend naar de tuin die zijn vader was begonnen en niet had kunnen voltooien, vertelde hij het toch. Ze hadden er een gewoonte van gemaakt de naam van zijn vader geregeld in de mond te nemen, niet geobsedeerd, maar terloops, vanzelfsprekend, zoals niet aanwezige vrienden ter sprake komen. Maar toen hij aan de bespottelijke gevolgtrekking toe was: dat is wat er van een grote liefde overblijft, een konijn dat tussen de graven holt, kon hij het niet over zijn hart verkrijgen die te herhalen.

'Wat een merkwaardige droom', zei ze toen hij uitgesproken was en daarna, bijna in één adem door: 'De konijnen zijn natuurlijk wel een probleem.'

Tom kreeg het er koud van, een kleine rilling alsof er een wolk voor de zon langs dreef, maar realiseerde zich toen dat ze het gewoon weer over de tuin had. Konijnen uit de met gaspeldoorn bedekte heuvels achter de bungalow aten geregeld haar jonge planten op. Je kon de hoopjes glimmende keutels over het hele grasveld zien liggen.

Komende oktober was zijn vader twee jaar dood. Sommige leerboeken spreken bij langer dan een halfjaar rouwen van verlenging. Zij zaten helemaal in blessuretijd, hoewel ze volgens de regels van de kunst gerouwd hadden: ze hadden het lichaam mee naar huis genomen, de kist opengelaten, hem dikwijls bezocht in de koude kamer met wijdopen ramen en een enkel lampje bij zijn hoofd. Ze hadden zijn handen gestreeld, waren vertrouwd geraakt met de densiteit van dood vlees, hadden nauwlettend de minieme veranderingen in de gelaatsuitdrukking gevolgd terwijl de rigor mortis geleidelijk wegtrok. Toch was dit alles niet voldoende geweest om hen de realiteit van zijn dood te doen accepteren. Hij was, ook tijdens zijn terminale ziekte, te sterk aanwezig geweest. Zij hoorde nog steeds het gesis van de rolstoelbanden op de natte paden, zijn stem die haar riep vanuit een ander vertrek, want tijdens die laatste ziekte was hij volkomen afhankelijk van haar, niet alleen voor de noodzakelijke fysieke levensbehoeften, maar ook voor haar nabijheid, haar aanraking, haar stem, haar geur. Naarmate de hechte seksuele band verslapte, werd die vervangen door die andere, moederlijke band, even fysiek, waardoor zij zich niet los kon maken uit de witgloeiende lichamelijke intimiteit die hun leven gekenmerkt had. Het gat was te groot om op te vullen.

Maar ze zetten dapper door. Zodra ze het konden verdragen haalden ze het fotoalbum te voorschijn, lachten en huilden bij de beelden uit het verleden, loodsten elkaar voorzichtig langs de laatste foto's van hem in de rolstoel, en haalden herinneringen op aan vakanties en aan de honden die ze in Toms jeugd hadden gehad.

Een jaar na zijn vaders dood dekte ze nog steeds af en toe de tafel voor twee.

Op zijn eerste sterfdag ging ze naar het asiel van de dierenbescherming en adopteerde Tijger, een driejarige cyperse kater wiens vroegere eigenaar gestorven was. De vier andere katten van deze eigenaar hadden zonder moeite een ander thuis gevonden, maar Tijger treurde onafgebroken, ontroostbaar, draaide – letterlijk – iedereen die vriendschap wilde sluiten de rug toe. Op het laatst was hij bij een thuisverzorger geplaatst, waar hij zich installeerde in een poppenhuis en dreigend door de kanten gordijntjes naar buiten keek, hij kwam er alleen uit om te eten en op de kattenbak te gaan. 'Dat is hem', zei zijn moeder. 'Kom maar mee, Tijger, kunnen we ons lekker samen miserabel voelen.' Fase vier van het rouwproces: overbrenging van gevoelens naar een ander object, schepsel of een andere activiteit. Toms moeder maakte daarbij sneller vorderingen dan Tijger, die zich gedurende de eerste drie maanden terugtrok achter de bank en blies.

Het natuurlijke liefdesobject, een dat enorm zou kunnen bijdragen tot haar herstel, was een kleinkind, en met het verschaffen daarvan bleef hij nu juist grandioos in gebreke.

'Hoe gaat het met Lauren?' vroeg ze.

'Prima. Prima. Ze schijnt het erg naar haar zin te hebben.'

'Komt ze het weekend thuis?'

'Nee, ze gaat naar haar ouders. Die zijn binnenkort veertig jaar getrouwd en ze gaan met z'n allen een feestprogramma maken.'

'Je zou met haar mee moeten gaan, Tom.'

'Ik ben niet uitgenodigd.'

'O.' Ze draaide haar laatste slok rond in het glas en keek hem niet aan. 'Het gaat niet goed met jullie, hè?'

'Alle huwelijken kennen moeilijke momenten, mam.'

Ze knikte instemmend. 'Kom, laten we gaan eten.'

De maaltijd verliep onder zacht, irrelevant gekout. Jeff Bridges, zijn beste vriendje van de lagere school, was aan het scheiden. 'Hij is altijd een lastpak geweest, dat jong', zei Toms moeder, nogal hard vond hij. Een huwelijk was niet eenvoudig en Jeff was veel te vroeg in de boot gestapt. Toen Tom in zijn studietijd voor het eerst thuiskwam in de grote vakantie, liep Jeff al achter de kinderwagen van zijn oudste dochter. Tom had zich nog een schoolkind gevoeld in vergelijking met Jeff, maar hij was wel zo wijs geweest hem niet te benijden.

Ze waren aan hun laatste happen toen er opeens een regenbui losbarstte. Dreigende zwarte wolken joegen elkaar na, de heuvel op, en plensden water over de gaspeldoorns. Tom vloog naar buiten om de parasol in te klappen, worstelde met de natte plooien en voelde door zijn dunne shirt heen de regendruppels op zijn rug petsen. Het kletsen van de natte stof tegen zijn wangen pepte hem op en hij gloeide toen hij weer binnenkwam.

Direct na de koffie zei hij: 'Ik moest maar weer eens naar huis.'

Ze omhelsden elkaar op de stoep, maar zijn moeder was degene die zich het eerste uit de omhelzing losmaakte. Een scrupuleus integere vrouw, ze zou zich nooit vastklampen aan haar zoon of hem op wat voor manier dan ook gebruiken als plaatsvervanger van zijn vader. 'Bel even als je weer thuis bent', zei ze alleen maar.

Danny Miller had de hele dag in zijn achterhoofd gezeten en hij wilde, voor hij richting huis ging, een plek opzoeken waar hij als kind had gespeeld. Het was maar een paar kilometer hiervandaan, een kleine lus vanaf de hoofdweg. Hij zette zijn auto in de grasberm en ging te voet verder.

Het pad naar het meertje was meer overwoekerd, minder druk begaan dan in zijn kinderjaren, toen hij en Jeff Bridges hier kwamen spelen. De zware regens hadden de kuilen veranderd in moerassen. Hij ging er voorzichtig langs, schuifelde zijwaarts over de steile rand waarbij meidoorntakken aan zijn shirt haakten. Naarmate hij verder de groene tunnel indrong, leek het verleden dichterbij te komen. Het zou hem niet verbaasd hebben zijn tienjarige zelf van de andere kant te zien komen met een jampot met drabbig water vol stekelbaarsjes of dikkopjes. Of kikkerdril.

Ze hadden die dag naar kikkerdril gezocht. Jeff en hij hadden samen willen gaan, maar ze waren opgezadeld met

Neil, het vierjarige zoontje van een stel oude vrienden van Jeffs ouders die dat weekend waren komen opdagen en die naar een pub wilden waar geen kinderen in mochten. 'De jongens kunnen best samen spelen', had Jeffs vader doodleuk gezegd, zich niets aantrekkend van Jeffs tegensputterende: 'Pa-ap, moet dat nou?'

Ze moesten in de tuin blijven, werd ze gezegd, en dat deden ze ook, twintig minuten lang deden ze een spelletje lummelen. Neil moest de lummel zijn omdat hij de bal niet kon gooien. Ze gooiden de bal hoog over zijn hoofd, en hadden leedvermaak omdat het jongetje steeds verwarder heen en weer draafde. Toen ze er genoeg van hadden besloten ze een kort bezoek aan het meertje te brengen, ze pakten hun jampotten en gingen op weg met Neil op sleeptouw. Het was een beleefd, ernstig jongetje met een donkergerand brilletje en een gretige blik. Volwassenen dachten dat Neil een pienter kereltje was, kinderen dachten dat hij van een andere planeet kwam. Hij draafde mee met open mond, luidruchtig ademend door zijn neus omdat hem gezegd was dat hij niet door zijn mond mocht ademhalen en Neil deed altijd braaf wat hem gezegd was. 'We gaan kikkerdril halen, Neil', zei Jeff op dat pseudo-opgewonden is-dat-niet-leuk-toontje dat hij volwassenen had horen gebruiken (voornamelijk volwassenen die niet zo dol waren op kinderen).

Het was een kaplaarzendag. Niet dat het regende, maar in het voorjaar waren alle paden modderpoelen. Toen ze bij het ven kwamen zagen ze dat de kikkerdril – pasafgezette, boven het water uitstekende, gezwollen eiersnoeren – een meter of twee van de kant lag. Te diep voor laarzen, dus trokken ze die uit en gingen met blote voeten aan de rand van het ven staan, waar de koude ganzenstront opkroop tussen hun tenen. Neil scharrelde rond, prikte in de zandoever met een stokje en werd door hen beiden genegeerd.

De plas lag op het land van een boer, maar was vanuit de

boerderij niet te zien. Je mocht er eigenlijk niet spelen, want de plas was helemaal geen echte plas, maar een overgelopen waterbron. Daar in het midden, waar geen planten groeiden, ging hij dertig meter steil naar beneden.

Dertig jaar later, aan de rand van hetzelfde ven staande, vroeg Tom zich af of dat wel waar was. Het klonk als iets dat grote mensen kinderen op de mouw spelden om ze af te schrikken, maar je wist maar nooit. Ze waren er wel eens tot hun middel ingelopen, elkaar uitdagend om nog verder te gaan, maar toen had Jeff zijn teen tegen een steen gestoten en waren ze in paniek teruggeploeterd naar het ondiepe gedeelte. Achter een wilgenrand langs de andere oever liep een weg, rustig sinds vijf jaar geleden de ringweg was aangelegd, maar destijds druk met langsrazende auto's, bussen en vrachtwagens.

Geen ganzen vandaag. Toen waren ze gakkend en sissend weggewaggeld en een klein eindje verder blijven staan, kwaad en waakzaam, terwijl Tom het water in waadde. Zijn voeten wierpen fijne modderwolkjes op. Kikkers roerden zich in het groen, kleine mannetjes vastgeklemd aan dikke vrouwtjes en zelfs in de noodsituatie van deze invasie niet in staat los te laten. Ze doken de modder in, kwamen verder van de kant weer boven en kwaakten droef, ogen als zwarte bessen die het wateroppervlak braken.

Verse kikkerdril, de gelei nog stevig met kikkervisjes als dikke punten. Oude kikkerdril, slappe gelei met kikkervisjes als komma's. Tom hield de jampot onder water en schoof de zilverige glibberige massa voorzichtig over de rand. Sommige stukken waren te hard om te glijden; hij moest ze uit elkaar trekken om ze erin te krijgen. Toen hij genoeg had keek hij achterom en zag Jeff de kikkerdril in zijn eigen pot scheppen, en achter hem een onzeker waggelende Neil die zijn laarzen nog aanhad.

Het begon als een grap. Een gemene grap, maar toch een

grap. Wie kwam ook weer op het idee om kikkerdril in Neils laarzen te stoppen? Hij wist het niet meer. Jeff, dacht hij, maar ja, dat moest hij wel denken.

Neil gilde het uit toen de zware gelei over de rand van zijn laarzen glibberde tot ze helemaal vol waren en het spul tegen zijn blote benen drukte. Het deed geen pijn, maar het koude slijm tegen zijn huid was een eng gevoel. Hij gilde en gilde, danste op en neer, viel om, stond weer op, doordrenkt, zijn gezicht besmeurd met snot, pis langs zijn benen. Ze hadden het niet meer. Ze konden hem zo niet mee naar huis nemen en ze konden hem niet schoonmaken. Jeff krabbelde de oever op, Tom achter hem aan, maar Neil kon zich niet bewegen. Ze riepen naar hem dat hij eruit moest komen, maar toen hij probeerde te lopen, verschoof de dril in zijn laarzen en maakte een zuigend geluid en hij begon weer te krijsen.

Jeff wierp de eerste steen. Dat wist Tom zeker. Bijna zeker. Kleine steentjes, kiezels plonsden het water in rondom het gillende kind, dat steeds verder achteruit ging, naar het midden van de plas. Waarom deden ze het? Omdat ze bang waren, omdat ze daar helemaal niet mochten zijn, omdat ze wisten dat ze op hun kop zouden krijgen, omdat ze de pest aan hem hadden, omdat hij een probleem vormde waar ze geen raad mee wisten, omdat geen van tweeën de eerste kon zijn die bakzeil haalde. Grotere klonten aarde belandden nu in de plas, niet al te dichtbij, ze deden nog geen pogingen om raak te gooien. De kikkers doken onder en kwamen niet meer te voorschijn. De ganzen trokken zich gakkend en waggelend verder op de helling terug.

En toen reed er een bus langs. Een man keek op van zijn krant, tuurde door het raam, kon zijn ogen niet geloven, sprong onmiddellijk op en drukte op de bel. De chauffeur, die voor hetzelfde geld moeilijk had kunnen doen, stopte meteen en een paar tellen later kwam de man – Tom heeft zijn naam nooit geweten – de oever afdenderen, waadde tot aan zijn knieën de plas in en nam Neil in zijn armen. Hij droeg hem helemaal naar huis, na het adres te hebben losgepeuterd uit een makke, doodsbenauwde Jeff. Ze volgden hem, sjokten verstomd van schrik achter hem aan, lieten de jampotten aan hun lot over in modderige voetsporen aan de waterkant.

Die dag werden drie kinderen gered. Een man kijkt op van zijn krant, ziet wat er aan de hand is en handelt naar wat hij ziet. Toeval. Een interessanter krantenverhaal, een dikkere laag vuil op het busraam, een afkeer om zich ergens in te mengen en het had allemaal heel anders kunnen aflopen. Als een drama misschien. Had gekund. Hij wist het niet. Hij had het geluk dat niet te weten.

Wist hij op het moment zelf dat wat hij deed niet deugde? Ja, ongetwijfeld. Zijn ouders waren toegevend, tolerant in vele opzichten, maar op essentiële punten die de moraal betroffen was de leer streng en duidelijk geweest. Wreedheid tegen dieren, welbewust onaardig doen, het pesten van kleine kinderen: dat waren hoofdzonden. Wat hem interesseerde was dat er nu bij hem nauwelijks sprake was van enig schuldgevoel. Zou iemand hem naar die middag vragen dan zou hij iets zeggen als: 'Kinderen kunnen erg wreed zijn.' Niet: 'Ik was erg wreed.' 'Kinderen kunnen erg wreed zijn.' Hij wist dat hij het gedaan had, hij kon het zich nog goed herinneren, hij wist toen en aanvaardde nu dat het verkeerd was, maar het verantwoordelijkheidsbesef ontbrak. Ondanks de verbindende draad van het geheugen, had de jongen die dat gedaan had te weinig gemeen met zijn huidige ik.

Dat was iets om in zijn achterhoofd te houden wanneer hij met Danny praatte, dacht hij, terwijl hij terugliep naar zijn auto.

6

Hij zat naar het nieuws op Channel Four te kijken, toen er gebeld werd. Door het kijkgaatje zag hij Danny in het vervormende glas gevangen als een vis in een kom. 'Hallo, je bent vroeg', zei Tom, de deur openhoudend.

Danny stapte over de drempel, de buitenlamp wierp zijn schaduw vooruit en die danste naar binnen alsof hij de weg al wist. 'Ik wist niet hoelang ik onderweg zou zijn.'

'Geeft niet. Kom erin.'

Tom pakte Danny's jas aan en hing hem aan de kapstok. 'Wat kan ik voor je inschenken?'

'Wat drinkt u?'

'Whisky.'

'Prima.'

Tom dacht terug aan dat andere vertrek, dat waarin ze elkaar voor het eerst zagen. De schok toen hij het kleine jongetje naast de bewaker binnen zag komen. Hij ervoer nu een vergelijkbare schok. Danny's lengte, zijn diepe stemgeluid, de gekromde kracht van zijn schouders, de kalmte – al deze volkomen normale karakteristieken leken bizar, zo sterk voelde Tom de aanwezigheid van dat kind, opgesloten in de man.

Wat er wel meteen was, zonder moeite, zelfs zonder dat hij het wilde, was de intimiteit van die eerste ontmoeting.

'En, hoe is het met je?' vroeg Tom terwijl hij in een leunstoel plaatsnam.

'Sinds ik het ziekenhuis uit ben? Moe. Ik ben naar bed gegaan en heb tien uur geslapen. Wist niet waar ik was toen ik wakker werd.'

Geen gemakkelijke situatie, dacht Tom. Je kon moeilijk doen alsof hij voor de gezelligheid langskwam, maar hij kwam

ook niet als cliënt. Hij moest gewoon op zijn gevoel afgaan.
'Wil je er wel over praten?'

Een schouderophalen. Dat bracht een vloed van herinneringen aan de eerste ontmoeting terug. 'Ja hoor.'

'Dat was een heel besluit op jouw leeftijd. Hoe oud ben je nu?'

'U weet best hoe oud ik ben. Drieëntwintig.'

'Wat is er misgegaan? Sinds je vrijlating?'

Een flauwe glimlach. 'Ik heb een meisje leren kennen. Ik woonde in die tijd bij een quakerpaar, heel aardige mensen, maar ook aardig op leeftijd en nogal puriteins, en het leek me leuker om met dat meisje te gaan samenwonen. Het was niet dé grote stap.' Hij verlaagde zijn stem tot een basregister. '*We beloven elkaar eeuwig trouw*. We studeerden en studenten wonen samen. Maar Mike – de reclasseringsambtenaar die ik toen had – vond dat ik het haar moest vertellen en als ik het haar niet vertelde zou hij het doen. Toen heb ik het natuurlijk uitgemaakt. Ik durfde het risico niet te nemen.'

'Betekende ze veel voor je?'

Danny tuitte zijn lippen. 'Ach, nou ja. Ze was lief. Is lief. Ik geloof niet dat het… Het was meer zo dat ik wilde bewijzen dat ik het ook met een meisje kon. Ik bedoel het gros van mijn ervaring… wat zeg ik… 99,9 procent van mijn ervaring was van het andere soort.' Een grote slok whisky. 'En niet allemaal vrijwillig. Het is het enige…'

'Nee, ga door.'

'Ik wilde zeggen dat het het enige was waar ik bitter over ben, maar ja, ik heb het recht niet om ergens bitter over te zijn. Nee toch?'

In de rechtszaal had Tom Danny zien glimlachen naar zijn maatschappelijk werkster en had in gedachten tegen hem gezegd: niet glimlachen. Niet lachen, niet blij of opgewonden kijken, niet aan je kont krabben, niet in je neus peuteren of wiebelen op je stoel, niets doen wat kinderen altijd doen. Nu niet, nooit niet. 'Als je je zo voelt...'

'Ja-eh, nou goed dan. Ik ben verbitterd. Ik vind gewoon dat ze er openlijk voor uit hadden moeten komen. Zo van: ik veroordeel je tot verkrachting. Door een lelijke grote klotekerel, een betonnen reus die van zijn armen een speldenkussen maakt en die geen condoom gebruikt.'

'Je wilt toch niet zeggen, je hebt toch geen...?'

'O jee, nee. Wat dat betreft heb ik geluk gehad. Ik ben zo mager van nature.'

Danny kruiste zijn enkels over elkaar, een bewust vertoon waar Tom inwendig om moest lachen. Aan mij niet besteed, jongen, dacht hij. Hoewel hij best inzag dat het aan sommigen wel besteed zou zijn.

Verkrachting was een te intieme onthulling in de eerste tien minuten van een gesprek. Of Danny had geen gevoel voor de in het sociaal verkeer gebruikelijke afstand en tijddosering (en waar zou Danny dat moeten hebben opgedaan?) ofwel, ook hij had het gevoel dat hij door een valluik in het heden in de intimiteit van hun eerste ontmoeting beland was. Tom gebruikte almaar woorden als intimiteit en vertrouwelijk om de sfeer van dat eerste gesprek te beschrijven, maar er was ook een hartgrondig antagonisme geweest. Net als nu. En toch had Danny hem vertrouwd, dacht hij terwijl hij in Danny's geamuseerde sceptische ogen keek. 'Er kwam dus een eind aan die relatie?'

'Ja. En vervolgens werd me verteld dat ik niet voor de klas kon.'

'Waarom niet?'

'Ik mocht niet met kinderen werken. Ik mocht in feite niet met mensen werken.'

Tom zei vriendelijk: 'Maar daar kun je toch wel inkomen? Ik bedoel, stel dat jij vader was en je kwam erachter dat de leraar van je kind veroordeeld is geweest voor moord, hoe zou jij dat dan vinden?'

'Ik hoop dat ik zou kunnen denken dat het lang geleden was.'

'Zou je dat kunnen?'

Een stille strijd. 'Nee, waarschijnlijk niet. Maar het was wel een dreun, want ik begin nu aan mijn derde jaar – ik heb een cursus van drie jaar afgerond aan de Open Universiteit toen ik zat, in de gevangenis, en die studiecertificaten tellen mee – en ik dacht dat ik leraar zou worden en nu weet ik het helemaal niet meer. En het hele gedoe maakt me pisnijdig, want ik werd vorig jaar in mei vrijgelaten, kon toen geen werk krijgen, en besloot te gaan klussen als tuinman, maar daar waren er meer dan genoeg van en ik dacht dan maar boomchirurg. Ik maakte met een kettingzaag mijn opwachting bij huizen van oude mensen, vroeg of ze iets te snoeien hadden. Geen mens die zich daar zorgen om maakte.'

'Heb je – Mike, heet hij toch? De reclasseringsambtenaar? – verteld van de kettingzaag?'

'Nee.'

'Misschien maakte hij zich daarom wel geen zorgen.'

Danny grijnsde. 'Waar het om gaat is dat hij zich geen zorgen hoefde te maken.'

'Maar ze moeten wel ultravoorzichtig zijn. En dat moet jij ook. Eén stom klein incident en je zit weer achter de tralies.'

'Nee, dat is het punt niet. Waar het eigenlijk om gaat is de vraag: kan een mens veranderen?' Danny leunde naar voren en beantwoordde Toms blik met een bijna verontrustende intensiteit. 'En al die mensen wier werk in wezen afhankelijk is van het geloof dat mensen kunnen veranderen, de maatschappelijk werkers, de reclasseringsambtenaren, de klinisch psychologen…' – hij glimlachte – 'en de psychiaters geloven daar absoluut niet in.'

'Dat is logisch, want dat zijn uitgerekend de beroepen waarin men telkens weer geconfronteerd wordt met bewijzen dat het niet gebeurt.'

'Gelooft u erin?'

Tom leunde naar achteren, masseerde de huid van zijn voorhoofd, schermde zo zijn gezicht gedeeltelijk af voor Danny's doordringende blik. 'Het zou makkelijk voor me zijn om ja te zeggen, maar in de zin die jij bedoelt is het vermoedelijk... nee. Het is zonneklaar, dat als je een bepaald individu oppakt en hem voor lange tijd in een totaal andere omgeving plant, hij nieuwe hebbelijkheden aankweekt. Hij moet wel, de oude werken niet meer en hij is een organisme dat geprogrammeerd is om te overleven. Als hij maar enigszins in staat is te leren, zal hij zeker leren. Mijn god, ja. Maar ik geloof niet dat die responsen echt nieuw zijn, ik denk dat die in aanleg aanwezig waren. Sluimerend. Omdat ze niet nodig waren.'

'Logisch geredeneerd is het dus zo dat dit "bepaalde individu", wanneer je hem terugzet in de oude situatie met alle druk van dien, weer zal vervallen in de oude respons.'

'De oude situatie kan wel niet meer bestaan.'

'Maar als hij nog wel bestaat, valt hij dus gewoon terug?'

'Dat hoeft niet per se. Er bestaat altijd de kans dat sommige van de nieuwe gewoonten doorwerken.'

'Maar hij kan dus gewoon terugvallen.'

'Ja, die mogelijkheid bestaat.'

Danny kruiste zijn armen en leunde achterover in zijn stoel. 'Je bent echt een cynische zak, hè? Onder al dat erbarmen geef je in feite geen ene moer om wie dan ook.'

'Terwijl jij in de verlossing gelooft.'

Danny schrok zo dat zijn neusgaten zich opensperden. 'Ooooo', zei hij ergens tussen een zucht en een kreun in. 'Dat weet ik zo net nog niet. Het zou wel mooi zijn.' Hij wachtte even. 'In uw bewoordingen zou dat natuurlijk pas een echte nieuwe respons zijn.'

'Ja.'

Een korte stilte. Danny zei: 'Sorry hoor.'

'Waarvoor?'

'Voor dat cynische zak.'

'Dat is wel goed. Je hoeft niet beleefd te zijn.'

Dat was hij ook niet. Dit was inmiddels beslist geen beleefdheidsvisite meer. 'Vertel eens over het teruggaan naar de gevangenis.'

'D'r valt niet veel te vertellen. Het was... eigenlijk een impuls. Ik dacht gewoon, barst, ik krijg hier geen poot aan de grond. En weet je, op een merkwaardige manier functioneerde ik in de gevangenis wel, ik kreeg werk in de bibliotheek, ik studeerde.' Zijn trekken verhardden zich. 'En ik kon met mensen werken. Als iemand zin had om te praten, dan deed hij dat. Ze wisten verdomd goed dat ik het niet verder zou vertellen.'

'Je had daar dus een functie?'

'Ja, en dat is meer dan ik hier in die verdomde buitenwereld heb. Dus ging ik terug. Liftte het grootste stuk en liep de laatste vijftien kilometer. En toen liep ik een van de bewakers tegen het lijf, een van de betere, en die zei: "Kom maar mee, dan krijg je een kop thee." En ik vertelde hem wat ik aan het doen was en hij zei: "Doe niet zo gek, Danny, ze laten je er heus niet weer in." En dat was de eerste keer in maanden dat iemand me Danny noemde, dus dat was allesbehalve ontmoedigend. Enfin, ik bonsde op de deur en hij zal ze ongetwijfeld hebben gebeld dat ik eraan kwam. Ik werd in de wachtkamer voor bezoekers gelaten. Daar zat een meisje met een baby die iemand kwam bezoeken en ze dacht dat ik ook op bezoek kwam. En toen kwam Martha en nam me mee. Stom.'

'Het was wel begrijpelijk.'

'Loop heen, man. Het was pathetisch.'

'Hoelang geleden is dat?'

'Negen dagen.'

'Was je daardoor zo depressief?'

'Nee, ik had me al maanden down gevoeld. Het is altijd erg

in de vakanties als alle anderen naar huis gaan.'

'Kan jij niet naar huis?'

'Mijn moeder is dood.'

'O, wat naar voor je.' Tom herinnerde zich haar nog goed, een vrouw met vaal blond haar in een blauw vest dat paste bij haar fletsblauwe ogen. In de loop van het proces leken haar ogen steeds bleker te worden, alsof de tranen de kleur konden oplossen. Ze had aan een stuk door gehuild, stilletjes, hardnekkig, in een geborduurd zakdoekje, zo eentje dat geen mens meer bij zich droeg en Tom was zich bewust geweest van een groeiende irritatie bij het steelse gesnik waaraan geen eind kwam. Je zou haast denken dat zij het slachtoffer was. Danny keek voortdurend om naar haar, leek meer begaan met haar dan met zichzelf. En zelfs dat had tegen hem gepleit, omdat hij daardoor volwassen leek voor zijn leeftijd. 'Wanneer is ze gestorven?'

'Twee jaar geleden. Toen zat ik natuurlijk nog. Ze hebben me naar het ziekenhuis gebracht om haar te bezoeken, alleen wilden ze de handboeien niet afdoen, dus onderging ze ook nog eens de schande dat andere mensen en verpleegsters me zo zagen. En we konden niet met elkaar praten met de bewaker erbij. En toen ging ze erg achteruit en vroeg ik of ik nog een keer bij haar op bezoek mocht en de directeur ahumde en ahade en... zei eindelijk ja. En ik stond keurig in de houding en zei "Dank u, meneer." Ik had verdomme zijn lever uit zijn lijf moeten rukken.'

Tom nam een stilte in acht, en zei toen: 'Ik hoop dat je wel oppast tegen wie je dit zegt.'

Een rechtstreekse blik. 'Jawel. Bij de begrafenis was ik natuurlijk weer in de boeien. Toen ik bukte om aarde op de kist te gooien moest ik als het ware coördineren met de bewaker, als in een rottige driebeenswedloop. Dat was belachelijk.'

'Je heb dus geen thuisbasis meer?'

'Nee.'

'En je vader dan?'

'Die heb ik in geen jaren gezien. Op Long Garth kwam hij me wel opzoeken. Dat had namelijk wel iets van een bekakte kostschool, zo een als waar hij zelf op geweest was. Dat vond hij geloof ik prachtig, zolang hij maar kon vergeten waarom ik er zat.' Hij stopte en klopte op zijn zakken. 'Mag ik roken?'

'Ja hoor, ga je gang.'

Hij gebruikte nog steeds lucifers. Tom zette een asbak bij hem neer en ging terug naar zijn stoel.

'Ik probeerde een keer met hem te praten.'

'Waarover?'

'Het voor de hand liggende. Hij stond op en liep weg. Ik kan me niet meer herinneren of dat zijn laatste bezoek was. Maar als het dat niet was, volgden er in elk geval niet veel meer.'

'Vertel eens over afgelopen zaterdag.'

'Bij het wakker worden voelde ik me eigenlijk prima. Ik had de tweede sterfdag van mijn moeder overleefd en ik dacht: en nu ga je verdomme verder. En toen... ik weet niet hoe het kwam. Ik viel gewoon in de put. Ik zwierf wat rond, ik had een flinke slok op – dat maakte het er niet beter op – en ik was vlak bij de rivier en dacht gewoon: barst.'

'Net als toen je naar de gevangenis terugging?'

'Daar leek het wel een beetje op, ja. Het was alleen erger, omdat ik inmiddels wist dat ik nergens heen kon.'

'Het was dus geen vooropgezet plan?'

'Nee.'

Danny's gezicht was in rook gehuld. Niet dat het iets uitmaakte. Iedere goede leugenaar – en Danny was bijzonder goed – kan zijn gelaatsuitdrukking beheersen. Het is het lichaam dat zich blootgeeft. Tom meende een nieuwe spanning in Danny's houding te bespeuren, iets harkerigs in zijn handbewegingen. Toen hij 'Nee' zei, probeerde hij zijn schouders op te halen, maar bewoog slechts een schouder. En wie loopt er midden op de dag rond met Temazepam in zijn zak? Nee, Danny vertelde hoogstens een halve waarheid.

'Ik ben blij dat het gebeurd is', zei Danny.

'Waarom?'

'Omdat ik u heb ontmoet. Opnieuw. En u zult er wel om lachen, maar ik geloof nog steeds dat het geen toeval was.'

Jij niet en ik niet, dacht Tom. 'En wat was het dan wel?'

'Het was, hoe zal ik het zeggen… een soort schop onder m'n kont omdat ik mijn best bleef doen het te ontkennen, bleef doen alsof het nooit was gebeurd en opeens is het er, patsboem. Staart me recht in mijn gezicht.'

'En dat is voor jou een teken om het onder ogen te zien?'

'Ja.'

'Je hecht griezelig veel waarde aan coïncidentie, Danny. Ik bedoel maar, je wordt uit de rivier gevist door een psycholoog en besluit vervolgens dat het tijd wordt voor wat psychotherapie. Als ik kleermaker was geweest, had je dan een nieuw pak besteld?'

'Dat is niet eerlijk. En het is niet zomaar een psycholoog, toch?'

Tom nam de tijd om na te denken. 'Weet je, als je dit serieus meent, is er veel voor te zeggen dat je bij het begin begint met iemand anders.'

'Nee. Het is u of helemaal niemand. En tussen haakjes, ik heb geen behoefte aan psychotherapie. Waarom zou ik dat willen? Ik wil uitdokteren waarom het gebeurd is.' Hij wachtte even. 'Het is niet zo dat we een persoonlijke band hadden.'

'Nee, dat is waar. Heb je enige vorm van behandeling ondergaan?'

'Nee. En kijk niet zo geschokt. U was degene die voor de rechtbank verklaard heeft dat ik normaal was.'

'Ik heb niet gezegd dat je normaal was. Ik heb gezegd dat je aan een posttraumatisch stresssyndroom leed.'

'Tja, nou ja, dat hebben ze verder vergeten. Kijk, er werd je goed aan je verstand gebracht dat je er niet over moest praten. Tegen niemand. Mijnheer Greene, dat was de directeur van Long Garth, zei het op de eerste avond hardop: het kan me niet schelen wat je hebt gedaan. Niemand zal je ernaar vragen. Dit is de eerste dag van de rest van je leven. En iedereen deed wat hij zei. We hadden een leraar Engels, daar heb ik eens iets voor opgeschreven, maar niet over de moord. Met mijn moeder kon ik niet praten. Tranen met tuiten vanaf het moment dat ze binnenwandelde. En toen ik met mijn vader probeerde te praten...'

'Stond hij op en liep weg.'

'Ja.'

Een lange pauze. Danny bekeek zijn handen. Keurig geknipte nagels, stukgebeten nagelriemen. Tom wachtte af.

'Na mijn moeders dood,' zei Danny ten slotte, 'heeft iemand me een paar foto's gestuurd en daar was er een bij van mij als klein jongetje, ik duwde een karretje, u weet wel, zo'n karretje met blokken. Ik zal een jaar of twee geweest zijn. En ik keek naar die foto en... ik leek een heel normaal kind. Ik weet het, nu kunt u zeggen: "Wel, wat had je dan verwacht? Horentjes?" Maar daar gaat het nu juist om. Ik wil gewoon weten waarom.'

'Danny, als we dit gaan doen...' Tom hief zijn beide handen op. 'En ik zeg niet dat we het gaan doen. Ik vind dat je heel goed moet overwegen of... of je er wel tegen opgewassen bent. Want het is niet simpelweg een kwestie van de zaken op een rijtje krijgen. Het is... je zult ook de bijbehorende emoties opdreggen. Besef je dat?'

'Ja. Ja.'

'Nee, niet "Ja, ja." *Denk na.* Als je hieraan begint en je moet later ophouden omdat het te pijnlijk is, dan krijg je het gevoel dat je tekortgeschoten bent. En als je er wel in slaagt door te zetten, dan zullen er momenten zijn waarop je je heel wat beroerder voelt dan nu. En wat ik niet mag vergeten is dat je vijf dagen geleden hebt geprobeerd je van het leven te beroven.'

'Maar ik ben niet depressief.' Danny wachtte op een antwoord. 'Denkt u dat ik depressief ben?'

Tom aarzelde. 'Daar zie ik geen symptomen van.' Hij kon moeilijk zeggen dat de afwezigheid van die symptomen hem niet geruststelde.

'Nou dan. Ziet u, wat u... sorry, wat ik blijkbaar niet duidelijk kan maken is dat ik niet in therapie wil. Ik wil me niet "beter voelen". Ik wil gewoon weten wat er gebeurd is en waarom.'

Tom nam even de tijd om na te denken. 'Weet je, Danny, een hoop mensen zouden zeggen dat het aanpakken van je huidige problemen de ware prioriteit voor je is. Aan het verleden kun je niets veranderen, maar aan het heden wel.'

Een vreugdeloze glimlach. 'Het is aan mij om mijn prioriteiten te stellen.'

'Ja, dat is zo.'

Danny leunde naar voren. 'Mag ik vragen hoe u denkt... nee, sorry, hoe u zich vóélt over het proces?'

'Hoe ik me voel? Ik betwijfel of mijn gevoelens relevant zijn.'

'O ja, ik vind van wel.'

Toms hoofd werd overstroomd door beelden uit de rechtszaal. Het kleine, eenzame figuurtje in de beklaagdenbank. 'Ongemakkelijk', zei hij ten slotte.

Danny glimlachte. 'Ziet u wel? Dat bedoel ik nou. U wilt dat het dokter en patiënt is of getuige-deskundige en beklaagde. Maar het... het is niet dat ik dat niet zie zitten... het is gewoon niet zo.'

'We zijn nu bezig het proces te doorgronden, Danny. Ik dacht dat je over de moord wilde praten.'

'Het is niet zozeer een kwestie van het een of het ander,

nietwaar? Het een komt voort uit het ander. Al dat gedoe: kan ik het wel aan? Zal ik er niet beroerder van worden? Moet ik niet proberen de huidige problemen op een rijtje te krijgen? Dat is allemaal…' Opnieuw een onverwacht charmant lachje. 'Met alle respect, baarlijke nonsens. Want als het erop aankomt heeft u er net zo'n behoefte aan als ik.'

Tom leunde naar achteren in zijn stoel, armen voor zijn borst gekruist, hij bekommerde zich niet om de lichaamstaal, hij wilde dat al zijn botten en spieren uitdrukten wat hij ervan vond. 'Danny', zei hij. 'Als jij het geringste vermoeden hebt, dat ik hier ook maar enige behoefte aan heb, dan moet je met een grote boog om me heen lopen.'

'Het spijt me. Ik heb er zelf enorme behoefte aan en ik… ik weet niet goed hoe ik dit moet zeggen. Ik schijn niet altijd onderscheid te kunnen maken tussen wat ik voel en wat andere mensen voelen. Ik ben als het ware…'

'Doordringbaar?'

Een kort lachje van herkenning. 'Ja, dat zal het zijn. Meer dan anderen.'

Dat was een indrukwekkend blijk van zelfkennis, vond Tom. 'Hoor eens, we laten het voorlopig hierbij. Ik moet natuurlijk eerst met Martha overleggen en je beseft zeker wel dat er geen sprake van kan zijn als zij het er niet mee eens is? En ook al heeft zij er niets op tegen, ik heb nog geen ja gezegd.'

'Goed', zei Danny en hij zette zijn glas op tafel. 'Ik heb dit nogal onhandig aangepakt, hè?'

'Ach, ik vind dat je het lang niet slecht gedaan hebt.'

7

Martha Pitt belde meteen de volgende ochtend, haar rauwe rokersstem klonk, zoals altijd aan de telefoon, enigszins geremd. Het had lang geduurd eer hij erachter was waarom dat zo was. Het was niet omdat ze iets tegen telefoneren had; ze had er gewoon een hekel aan om haar naam te noemen. Eerst had hij gedacht dat het aan haar bijnaam lag – Pitbul-Martha – waar ze niet blij mee was, logisch, niet veel vrouwen zouden dat leuk vinden; maar het bleek dat ze 'Martha' niet uit kon staan. 'Wat voor gevoel denk je dat dat je geeft? Vanaf de wieg veroordeeld altijd de mindere rol op je te nemen.'

'Wat is de mindere rol?'

'Goed werk doen in plaats van je op God te bezinnen.'

Martha was katholiek. Ze kon die dingen weten.

'Een verdomd goeie naam voor een reclasseringsambtenaar dus.'

'Ach, loop heen.'

Nu zei ze kordaat: 'We moeten nodig praten.'

'Waarover?' vroeg hij plagerig.

'Ian Wilkinson.'

Ze spraken af om één uur een hapje te eten. Hij had een minuut of vijf aan de bar gestaan toen Martha binnenkwam met in haar armen de enorme zwarte schooltas die ze overal mee naartoe sleepte. Soms, als hij haar in de tas zag grabbelen naar iets dat ze wist dat erin moest zitten, zag hij haar er als het ware in verdwijnen, achterwaarts, toiletartikelen, autosleuteltjes en rechtbankverslagen met zich meesleurend zoals een das vers ligstro zijn burcht in trekt.

Toen hij haar een kus gaf, rook hij de vertrouwde luchtjes van verschaalde sigarettenrook en pepermunt. Tijdens haar laatste poging om te stoppen met roken was ze verslaafd geraakt aan pepermunt en tegenwoordig liep ze alle snoep-winkels af op zoek naar steeds sterkere soorten. Haar meest recente prikkel heette Pikante Piet. De vorige keer toen ze elkaar spraken had hij de fout begaan er een van haar aan te nemen en had vijf minuten met tranende ogen gezeten.

'Wil je een biertje?'

Hij wachtte geduldig terwijl de gebruikelijke strijd tegen de verleiding zich afspeelde op haar gezicht, die zoals altijd eindigde met: 'Ach ja, waarom niet?'

'Cheers', zei Tom, zijn glas heffend. 'Ik zal wel niets zinnigs meer presteren vandaag, maar dat geeft niet.'

'Schiet je op?'

'Redelijk. Eind volgende week moet ik de eerste versie wel klaar hebben.'

'Dan kan ik dus gaan lezen?'

'Ja. Zoetjesaan.'

Ze namen hun glazen mee naar een tafeltje bij het raam en gingen zitten. 'En,' zei Martha terwijl ze een sigaret opstak, 'hoe bevalt het om een held te zijn?'

'Niet zo bie.'

Ze glimlachte. 'Toe nou, Tom. Hoe nipt was het?'

'Voor hem? Geen idee. Hij had genoeg pillen geslikt om buiten westen te raken, dus ja, ik veronderstel dat het nipper-tjeswerk was.'

'Een wonderlijk toeval.'

'Heel wonderlijk.'

Ze hadden niet veel woorden nodig om elkaar te begrijpen.

'Hij zal wel zeggen dat het geen toeval was', zei Martha.

'Ja. Het is het werk van God.'

'Nou, doe daar maar niet zo min over. Een heleboel vol-komen rationele mensen zouden het met hem eens zijn.'

'Ik weet het, ja. En een heleboel volkomen rationele mensen zouden zeggen dat het gebeurd is omdat Danny het zo gepland had.'

'Waarom zou hij?'

'Ik zou het niet weten. En we zullen hem in elk geval het voordeel van de twijfel moeten gunnen. Het is onmogelijk te bewijzen. En buitensporige toevalligheden vinden nu eenmaal plaats. Hij heeft je verteld dat hij met mij wil praten over...' Hij wierp een vluchtige blik om zich heen, maar ze hadden het achterzaaltje voor zichzelf. De juristen die de Crown overdag frequenteerden gaven de voorkeur aan de ruimte in de bar zelf. 'De moord.'

'Al sinds ik hem ken zegt hij geregeld dat hij dat wil. En ik heb hem altijd aangemoedigd. Ik denk dat hij het nodig heeft. Maar of dit het juiste ogenblik is...'

'Is hij gedeprimeerd volgens jou?'

'Nee. Eerder boos. Maar ja, als de boosheid geen uitlaat heeft...'

'Hoe vaak zie je hem?'

'Drie keer per week.'

Tom floot. 'Dat is verduveld vaak.'

'Ja, maar hij heeft het nodig.'

'Vind je hem moeilijk?'

'Hij zuigt je leeg. Soms moet ik na een sessie met hem naar huis en een poosje liggen. Maar hij is ook erg de moeite waard. Hij is... ik weet het niet. Zeer empatisch. Griezelig af en toe. Dan denk je: hoe kon hij dat verdikkeme weten? Ik heb niets gezegd.' Ze dacht even na. 'Hij kruipt bij je naar binnen.'

'Zoals een lintworm, bedoel je?'

'To-om!'

'Stil maar. Ik begon al te denken dat ik hém misschien moest consulteren. Maar alle gekheid op een stokje, vind jij dat ik het doen moet?'

Tot zijn verbazing antwoordde ze niet meteen. 'Ik weet het niet zeker. Weet je nog dat ik zei dat hij erg goed is met mensen? Nou, dat is wel zo, maar...'

'Hij houdt niet van trio's.'

Ze keek hem verbaasd aan. 'Hoe weet jij dat?'

'Zomaar, een vermoeden.'

'Heeft hij iets gezegd?' Ze was overbezorgd.

'Over jou? Nee.'

'Enfin, je hebt wel gelijk, daar houdt hij niet van. Mike Dawson... Ken je hem? Mike en ik werden verondersteld samen met hem te werken, ze dachten dat het goed voor hem zou zijn, een man en een vrouw. Maar het was niet te doen.'

'Het moet wel erg beroerd gegaan zijn als hij kans heeft gezien jullie uit elkaar te drijven?'

'Ach, nou ja, Mike heeft nog niet zoveel ervaring.'

Hij had ze dus uit elkaar gedreven. 'En je bent bang dat dat ook met jou en mij kan gebeuren?'

'Die mogelijkheid bestaat.'

'Ik begrijp echt niet waar je je zorgen over maakt. Goed, hij is dus niet dol op driehoeken? Maar dat is wel het uitgangspunt.'

'Dat is het niet alleen. Er is ook aardig wat antagonisme, Tom. Jegens jou.'

'Ja, dat meende ik al te bespeuren. Zegt hij ook waarom?'

'Hij vertrouwde je. Volgens hem heb jij hem lelijk laten vallen. Hij denkt dat het nooit tot een rechtszaak zou zijn gekomen als jij er niet was geweest, dat hij dan als kind behandeld zou zijn. Jij was degene die zei dat hij begreep wat hij aan het doen was en dat hij als een volwassene berecht kon worden. Dat heeft hij je niet vergeven.'

Tom knikte. 'Ja, daar zullen we over moeten praten. Maar het antagonisme zelf hoeft geen belemmering te zijn. Ik bedoel, eerlijk gezegd, ook als ik met een schone lei zou beginnen, zou ik op een behoorlijke portie vijandigheid kunnen rekenen, omdat hij boos is. Hij haat het systeem, hij haat wat dat hem aangedaan heeft.'

Martha schudde haar hoofd. 'Nee, het is meer dan dat.'

Een lange pauze. Tom zei: 'Er is geen sprake van dat ik

hieraan begin zonder jouw goedkeuring.'

'En ik vind dat hij het nodig heeft. Ziezo, dat is dan dat.'

'Je zou kunnen proberen hem zover te krijgen dat hij met iemand anders praat.'

'Heb ik al geprobeerd.' Ze glimlachte. 'Het is of jij of niemand.'

'Wat vraagtekens oproept over zijn motivatie.'

Ze aarzelde. 'Hij wil graag de waarheid achterhalen, Tom. Daar ben ik van overtuigd.'

Hij keek haar aan. 'Je maak je grote zorgen om hem, hè?'

'Overbezorgd, bedoel je zeker?'

Tom glimlachte. 'Hoeveel is over? Ik heb geen idee.'

'Ik maak me ook zorgen om jou. Hoe wil je het aanpakken? Wat wil je dat ik tegen hem zeg?'

'Ik wil hem eerst nog een keer spreken. En dat zou ik graag bij jou op het bureau doen. Het gewoon in een officieel kader plaatsen, snap je.'

'Goed. Normaal treffen we elkaar ergens anders, omdat... onder andere omdat Ian geen strafblad heeft.'

'Ik neem aan dat je beseft dat dat allesbehalve goed voor hem is?'

'Maar het kan niet anders, Tom. Als de pers erachter komt wie hij is, heeft hij geen leven meer.' Ze pakte haar tas op. 'Enfin, ik zal iets regelen en dan bel ik je wel. O, tussen haakjes, mocht je ooit het bureau moeten bellen, denk er dan aan dat hij Ian Wilkinson is, wil je?'

Hij knikte. 'Maar bij mij moet hij wel Danny zijn.'

'Ja, snap ik. Ik denk dat hij daar alleen maar blij mee zal zijn.'

Toen ze Ian een halfuur later aan de telefoon had, was ze zich goed bewust hoe blij hij ermee was. 'Dr. Seymour heeft nog niet gezegd dat hij het doet, hoor', waarschuwde ze.

'Nee, dat begrijp ik. Maar hij doet het vast wel.'

Ze legde de telefoon neer, dacht erover om Tom te bellen en wat tijden voor te stellen, maar bedacht zich, ze zou hem nog even met rust laten. De cursor op haar computer knipoogde naar haar. Ze voelde zich licht onpasselijk, een combinatie van het felle schijnsel van het scherm en het zonlicht dat door de ramen viel. De dag dat ze Ian terug moest halen van de gevangenis had het geregend alsof het nooit zou ophouden. De stank van natte kleren, condens op de raampjes die hen van de buitenwereld afsloot, een continu tikken van druppels op het schuifdak en zijzelf over het stuur gebogen in een poging naar buiten te kijken door de ruitenwissers die alleen het vuil gelijkmatiger over de voorruit verspreidden. Ze ging achterover in haar stoel zitten met haar handen voor haar gezicht en van lieverlede werd het zoemen van de computer vervangen door het piepen en knerpen van de heen en weer bewegende ruitenwissers.

Het was laat in de avond toen ze bij de gevangenis kwam. Ian zat in de wachtkamer, hij zag er verloren uit. 'Jij neemt ook geen halve maatregelen, hè?' had ze gezegd.

Hij zei niets, schudde alleen zijn hoofd. De straatverlichting was aan toen ze wegreden. Regen kletterde op het wegdek. Ze zou gezegd hebben dat het donker was in de stad, maar buiten op de woeste gronden realiseer je je pas goed wat donker is.

Regen, alsmaar regen, en mist. De sneeuwschilden opzij van de weg flitsten telkens op en veroorzaakten een haast tranceachtige toestand. Een gesprek zou welkom geweest zijn, maar Ian bleef zwijgen. De mist werd dichter. Ze reden op een smalle weg met links een afgrond. Toen ze een bocht nam zwaaiden de koplampen langs een helling met heide, gaspeldoornbosjes en reusachtige grote grijze rotsblokken die her en der waren rondgestrooid. Erratische blokken werden ze genoemd, herinnerde ze zich van een aardrijkskundeles in het grijze verleden.

Ian deed het raampje open om zijn peuk weg te gooien en er

waaiden regendruppels in haar gezicht. Ze hoorde bellen rinkelen van schapen die opzij van de weg graasden. In dit licht leken het wel gestolde mistklonters, en elk moment kon er eentje de weg oplopen. Net als de regen en de mist dwongen de schapen haar vaart te minderen.

Ian was kwaad. Die merkwaardige ingehouden woede van hem. Hij wist dat hij het slachtoffer niet was, hij wist dat hij het recht niet had om boos te zijn, en toch ziedde hij. Ze voelde zijn woede in de stilte, hoorde het aan het sissende geluid waarmee hij aan de volgende sigaret trok. Mijn god, en ze dacht dat zij te veel rookte. Het maakte wel dat ze er ook trek in kreeg. 'Kun je een van de mijne voor me opsteken?'

Ze nam het schurende geluid en ontvlammen van de lucifer waar. Waarom geen aansteker? vroeg ze zich af. Maar nee, altijd lucifers. Ze zag zijn handen even in de oranje gloed. Toen stak hij de sigaret in haar mond, waarbij zijn vingers langs haar mond streken. Pas op, dacht ze, en wist nauwelijks of de waarschuwing voor Ian of haarzelf bestemd was.

Nog steeds stilzwijgen. Ze werd er nerveus van en ze moest zich concentreren. De weg was niet gewoon nat, hij was glibberig door de lange hete zomer. Bij de laatste bocht begon de wagen te slippen. Direct tegengestuurd, maar het was een lelijke schok.

'Vind je het erg om even te stoppen?' vroeg Ian plotseling.

'Nee, ik kan wel een onderbreking gebruiken.'

Ze stopte op de eerstvolgende inhaalstrook en stapte uit. Ian verdween om een bocht in de weg en zij liep op en neer, rookte en rilde en schold op de schapen. Na een poosje begonnen de duisternis, de eenzaamheid en het doffe geklingel van de schapenbellen op haar zenuwen te werken en ze tuurde naar de heuvelrand, wou maar dat Ian terugkwam.

Opeens besefte ze hoe absurd dit was: een nerveuze vrouw alleen, 's avonds op een donkere weg, die verlangend uitkeek naar de terugkeer van een veroordeelde moordenaar. Ze had nooit eerder zo over Ian gedacht, nou ja, misschien voor hun eerste gesprek. Maar ze had zich nooit bedreigd gevoeld en in haar werk voelde ze zich nu en dan wel degelijk bedreigd. Voelen? Verrek, ze wás bedreigd geweest, ook al had ze geleerd de inwendig ziedende woede te herkennen, de tekenen van dreigend geweld te onderkennen en zich bijtijds terug te trekken.

Genoeg ziedende woede momenteel en geen veilige basis om je op terug te trekken. Niet normaal. Net had ze nog lopen denken dat ze zich door Ian nooit bedreigd voelde, en toch was ze nu – niet bang, verre van bang – maar wel degelijk gespannen. Ze kon de schapen met hun rottige bellen en de herrie die ze maakten bij het afrukken van het gras wel schieten. Haar op het grind van de inhaalstrook knerpende voetstappen gaven haar een opgejaagd gevoel. Waar bleef hij verdomme?

Ze stond stil en luisterde. En hoorde gelijk zijn voetstappen de heuvel op komen. In de verte een steeds groter wordende lichtplek en een paar tellen later het geluid van een naderende auto. Ian verscheen, eerst klommen zijn hoofd en schouders gestaag omhoog, zijn door de koplampen geworpen schaduw strekte zich naar haar uit, steeds langer wordend naarmate hij dichter bij de top kwam. Hij was niets, niets dat ze herkende. Een donkere gestalte in een halo van licht. Ze wachtte en kon geen woord uitbrengen.

'Sorry dat ik zo lang wegbleef', zei hij. 'Ik moest er gewoon uit en even lopen, weet je. Ik kan niet stilzitten als ik zo opgefokt ben.'

En op slag werd hij Ian. Alleen was hij Ian niet. Terwijl ze wachtten tot de auto voorbij was, werd ze zich bewust dat er in haar denken over hem een grens gepasseerd was. Tot vanavond zou ze zonder aarzelen hebben gezegd dat hij veranderd was, dat hij niet meer dezelfde persoon was die Lizzie Parks vermoordde, of liever gezegd, dat zij ervan overtuigd was dat hij veranderd was. Die paar minuten alleen op de donkere heuvel hadden haar iets geleerd, niet over hem, maar over haarzelf. Misschien was hij wel veranderd, maar zij was er niet van overtuigd. Niet stellig. Niet zonder twijfel.

En bijna alsof hij haar gedachten kon lezen, begon Ian te praten over hoe onmogelijk het was om het verleden achter je te laten. Dat hem op deze manier de deur gewezen was bij de gevangenis was de druppel die de emmer deed overlopen. Hij begon te denken... nou ja, hij begon niet, hij had het al een hele tijd in zijn hoofd maar het steeds weer weggeduwd, dat hij het verleden onder ogen moest zien, het op een of andere manier moest doorgronden, alvorens hij verder kon.

'Misschien moet je met iemand praten.'

'Met een psychiater?'

'Of een psycholoog. Ik denk dat het niet veel uitmaakt zolang jij er vertrouwen in hebt. Ik bedoel, uiteindelijk, behalve als je aan een acute geestesziekte als schizofrenie of iets dergelijks lijdt, gaat het om de persoonlijkheid. Jij moet je veilig voelen.'

'Ik heb de pest aan psychiaters.'

De auto plonsde in een plas opzij van de weg en heel even was de voorruit ondoorzichtig gemarmerd. Jezus, dacht ze. 'Waarom heb je de pest aan ze?'

'Weet niet. M'n pa, denk ik. Hij zei vroeger altijd: het gaat prima met je zolang je maar bij dat soort lui vandaan blijft. Je kunt iedere avond dronken worden, in je broek poepen, maakt niet uit, maar op het moment dat je naar zo'n gozer gaat, is het met je gedaan. Daarna ben je gewoon een strontzak.'

Nou nou, dacht Martha, een mooi staaltje van de emotionele band tussen vader en zoon. 'Ach, dat was misschien je vaders ervaring. Maar...'

'De mijne was ook niet zo bie.'

'Ik dacht dat je nooit met iemand gepraat had.'

'Ik heb met dr. Seymour gepraat. Dat was genoeg.'

'Maar dat was een beoordelingsgesprek...'

'Ja, en zijn beoordeling bracht me voor het gerecht. En zijn getuigenis bracht me in de gevangenis. Goed werk, dr. Seymour.'

Ze reden nu een dal in. De koplampen onthulden een verzameling gebouwen van een boerenbedrijf, de bakstenen donkerrood gekleurd door de regen.

'En ik wil trouwens niet onder behandeling. Daar heb ik geen behoefte aan. Ik wil alleen maar met iemand praten.'

'Ik zal wel eens rondvragen.'

Ze zag het niet, maar ze voelde hem glimlachen. 'Wat vraag je dan, Martha? Hoe ben je met moordenaars?'

Dat woord, zo droog gezegd, was voldoende om de angst – nee, angst liet ze niet toe – om de ongerustheid weer te laten toeslaan. 'Ik zal wel eens rondvragen om uit te vinden wie lekvrij is', zei ze. 'Dat zouden ze allemaal moeten zijn, maar dat is niet zo.'

'Nee, hun vrouwen krijgen het te horen. Secretaresses. Vriendinnetjes.' Hij glimlachte weer. 'Ik kan er maar beter helemaal niet aan beginnen.'

'Jawel, ik vind het een goed idee.'

Ze zaten achter een lange vrachtwagen die naar twee kanten nat gruis opspoot en waar aan een uitstekende balk aan de achterkant een witte lap hing. Martha reed naar de andere weghelft om in te halen. De opstuivende vuiligheid sloeg tegen de voorruit en gedurende een paar tellen zag ze helemaal niets, totdat ze de vrachtwagen voorbij waren en hem in de achteruitkijkspiegel langzaam zagen verdwijnen.

'Vastberaden stuurmanskunst', zei Ian. Hij had niet bewogen.

De adrenalinestoot maakte Martha's tong los. 'Het is niet eerlijk om dr. Seymour je veroordeling te verwijten.'

'Wie anders?'

'Nou, wat dacht je van de politie die het bewijsmateriaal

verzamelde? De patholoog die het onderzocht, de rechter die het samenvatte en de jury die uitspraak deed?'

'Nee, nee, nee, nee, nee en nog eens nee. Dr. Seymour. Als hij er niet was geweest, zou ik vrijgesproken zijn.'

Het had geen zin ertegenin te gaan. Het was krankzinnig.

'Je denkt dat ik gek ben, hè?' De volgende woorden neuriede hij zowat. 'Maar ze geloofden me, Martha. Echt waar. Ik weet zeker dat ze me geloofden.' Zijn stem verhardde. 'Ik vertrouwde hem.'

Martha zou het liefst vragen: wil je soms zeggen dat je het niet gedaan hebt? Maar ze hield zich in, al wantrouwde ze de beweegreden om haar mond te houden. Als ze ergens anders zouden zijn, ergens minder afgelegen, zou ze hem dan wel uitgedaagd hebben?

Ian broedde erop. 'Het was een schandelijke vertoning.'

Het was niet goed voor hem dat hij afgleed en zichzelf als het slachtoffer ging zien, maar het was ook zo dat ze nog niemand tegengekomen was die vond dat de moordzaak Lizzie Parks goed aangepakt was. Het was moeilijk voor hem niet het gevoel te hebben dat hij de dupe was geworden.

'Dit zijn niet jouw herinneringen, hè Ian?'

Hij wierp een blik naar opzij. 'Ian heeft geen herinneringen.'

'Met dergelijke opmerkingen los je niets op.'

'Nee, het zijn geen herinneringen. Ik heb de rechtbankverslagen via mijn advocaat gekregen.'

In het heden nam Martha, warm en misselijk in haar zonverlichte werkkamer, haar herinneringen aan die avond onder de loep. Sindsdien was er een en ander gebeurd. Ian had nu iets om Tom dankbaar voor te zijn, nadat het toeval wilde dat deze hem uit de rivier had gevist.

Martha wrong zich in allerlei bochten. Haar stoel kon wel een spijkerbed zijn. Toeval bestaat, zei ze in zichzelf. Mensen reizen naar de andere kant van de wereld en zien opeens dat ze in de rij staan naast iemand uit hun straat. Zulke dingen gebeuren de hele tijd. Nou ja, niet de héle tijd, anders zouden mensen het niet zo wonderbaarlijk vinden, maar het komt voor. Het heeft geen zin om te zeggen dat toeval niet bestaat. Maar toch, het zou makkelijker geweest zijn in dit toeval te geloven als ze in de auto de haat in Ians stem niet had gehoord.

Haat? Nee, niet het juiste woord. Iets pijnlijkers dan dat. Geschonden vertrouwen. Het gevoel van iets goeds dat zich tegen je gekeerd had. Wat het ook was, zij was met het gevoel blijven zitten dat Tom wel de laatste was bij wie Ian hulp zou zoeken. En nu, nog geen maand later, was hij de enige geworden. En ze had geen idee waarom.

8

Tom was tien minuten te vroeg bij de reclassering en kreeg te horen dat Martha plotseling weggeroepen was voor een ander klantje. Totdat Danny arriveerde liep hij te ijsberen in de kleine wachtkamer. Het bleek dat Martha haar kamer met iemand deelde en dat beide spreekkamers bezet waren, zodat hij hier met Danny moest praten.

De ruimte rook naar zweet: het accumulatieve zweet van de transpirerende, angstige mensen die hem hier hadden zitten knijpen. Schuimplastic bekertjes met grauwe koffieprut op de bodem en brandgaten in de zijkanten waar verboden sigaretten uitgedrukt waren. Boven de dichtgetimmerde stookplaats hing een bordje met VERBODEN TE ROKEN, maar de reguliere bezoekers van dit vertrek waren niet direct gasten die zich aan de regels hielden.

Hij hoorde voetstappen in de gang. De stem van een jonge vrouw – de receptioniste – en toen wat onverstaanbaar gemompel: Danny. Hij kwam snel de kamer binnenlopen en stak glimlachend zijn hand uit.

Tom wachtte tot hij zich geïnstalleerd had. 'Wel, ik heb Martha gesproken en het leek ons een goed idee dat jij en ik eerst nog een praatje maken en dat jij dan besluit of je eraan wilt beginnen of niet.'

'Ik ben al besloten. Ik dacht dat dit ter wille van u was.'

Tom liet dat passeren. 'Weet je, ik heb teruggedacht aan toen ik zelf tien was, op een rijtje proberen te zetten wat ik me nog herinner. En wat me opvalt is dat ik nauwelijks herinneringen heb… althans niet aan belangrijke zaken, niet aan dingen die mijn ouders zouden onthouden. De herinneringen die ik heb zijn zeer levendig, ik was verbaasd over hoeveel ik nog wist, maar het zijn… herinneringen aan een kinderwereld. En ik vroeg me af hoeveel jij je nog herinnert.'

Danny schraapte zijn keel. 'Aardig wat.'

'Neem nou die keer dat ik met je kwam praten in het observatiehuis. Wat weet je daar nog van?'

'U wilde me met poppen laten spelen. Ik dacht: christenezielen, als dat naar buiten komt, ben ik er geweest.'

'Verder niets?'

'Ik herinner me u. En natuurlijk de paar dingen die ik heb gezegd die in de rechtszaal geciteerd werden.'

Zijn stem klonk enigszins scherp. 'Heeft je dat verbaasd?'

'Ja. Want ik dacht dat het vertrouwelijk was.'

'Maar een evaluatiegesprek kan niet vertrouwelijk zijn. Het is bedoeld om in een rechtszaak ter tafel te komen.'

'Ik weet het. Maar ik was tien en niemand had me dat verteld.'

'Dus voelde jij je...?'

Danny greep naar zijn sigaretten, maar toen hij het bordje boven de stookplaats zag deed hij het pakje weer in zijn zak.

'Hoe voelde je je, Danny? Verraden?'

Hij haalde diep adem en hield die vast. 'Ja.'

'Dat spijt me.'

Danny spreidde zijn handen.

'Wist je waarom ik daar was?'

'Ik wist dat u moest uitzoeken of ik... eh gestoord was? Zoiets. Niet goed snik? Geschift? Krankzinnig? Ik weet niet welk woord ik gebruikt zou hebben. Maar, ja, ik wist waarom u er was, alleen was het in mijn ogen natuurlijk een nogal zinloze opgave omdat ik het immers niet had gedaan.'

'Wil je beweren dat je het niet hebt gedaan?'

'Nee, ik zeg dat ik geloofde dat ik het niet had gedaan. Ik geloofde mijn eigen verhaal. Ik moest wel.'

'En tijdens het proces?'

'Geloofde ik dat nog steeds. Ik ging naar Lizzies huis om een nest jonge poesjes te zien, ik vond haar dood op de grond liggen en hoorde boven een man lopen. Ik ging er als een haas vandoor en heb het aan niemand verteld omdat ik te bang was. Dat was het. Dat was er gebeurd.'

'Wat herinner je je nog meer? Van het proces.'

'Dat ik me verveelde. Ik verveelde me zo erg dat m'n hersens ervan knarsten. Ik zat aldoor naar de klok te kijken, de grote wijzer ging met sprongetjes, u kent het wel, hij ging niet gelijkmatig rond, en ik maar wachten tot hij weer versprong. Ik mocht nergens mee spelen, ik vermoed omdat ze, als ze me speelgoed hadden gegeven, heel wat erkend zouden hebben. Er werd me steeds gezegd dat ik rechtop moest zitten, luisteren, degene die aan het woord was moest aankijken, en de helft van de tijd begreep ik niet waar ze het over hadden.'

'Welke dingen zijn je bijgebleven?'

Hij dacht even na. 'De rechter, door zijn toga en zijn pruik. Weet u, nog steeds als er iets felroods in een kamer is ga ik er met mijn rug naartoe zitten of ik zet het weg, ergens waar ik het niet kan zien. En dat komt door het proces.'

'Nog meer?'

'Krabbels spelen met een bewaker. In de middagpauze. U kent het wel, de een tekent een kronkellijn en de ander moet zien daar iets van te maken. Ik nam het papiertje mee de rechtszaal in en de maatschappelijk werker verfrommelde het en smeet het weg. 's Kijken? Ik weet nog dat mijn vader naar buiten sloop om een sigaretje te roken, doordat zijn schoenen kraakten, hij liep zo ongeveer op zijn tenen weg en hoe meer hij op de toppen van zijn tenen ging hoe harder die schoenen kraakten. Dat vond ik afschuwelijk.'

'Nog meer?'

'U. Ik keek steeds naar u. En ik weet nog dat u dat over de kip zei. Als je een kip de nek omdraait loopt hij heus de volgende dag niet op het erf te scharrelen. En toen deed iedereen van…' Een plots hoorbare inademing. 'Dat was het moment. Tot op dat moment geloofden ze niet dat ik het gedaan had.'

84

'En denk jij nou echt dat je daarop veroordeeld bent?'

'Ja.'

Tom glimlachte tolerant. 'Zo simpel lag het niet, Danny. Er was een hoop gerechtelijk bewijsmateriaal.'

'Maar dat overtuigde ze niet. Ze geloofden mij.'

De verdediging had Danny in de getuigenbank gezet. God weet waar ze de moed vandaan hadden gehaald om dat te doen, maar ze deden het. Danny was grandioos. Om te beginnen was het een knappe jongen, bovendien stond hij keurig rechtop, sprak duidelijk, stond niet zenuwachtig te draaien, maakte oogcontact, hij was zelfverzekerd (maar niet vrijpostig) en vergat niet de rechter aan te spreken met 'edelachtbare' en de raadsman met 'sir'. Hij maakte de indruk de waarheid te spreken, en dat was ook zo – achtennegentig procent van de tijd. Alles bij elkaar kwam hij over als het soort jongen dat je met trots als je neefje zou voorstellen.

Tom had hem gadegeslagen in de rechtszaal en gedacht: hoe is het mogelijk dat hij zoveel mee heeft?

De jury was onder de indruk geweest. Maar om te zeggen dat ze zijn verhaal geloofden was gewoon belachelijk. Natuurlijk geloofden ze het niet. Er was te veel bewijsmateriaal dat het weersprak. 'Nee Danny, je herinnering hieraan klopt niet helemaal. Zo was het niet.'

Danny haalde zijn schouders op. 'Het was wel zo. Maar laten we er niet over redetwisten. Ik neem het u niet kwalijk. U heeft gedaan wat u kon onder de omstandigheden.'

Tom herinnerde zich de rechtszaal, de stilte toen hij in de getuigenbank stapte. 'Ik denk dat ik tegen die tijd alleen maar wou dat het afgelopen was. Ik wilde jou daar weghebben en in therapie.'

'Jawel, maar dat is nooit gebeurd.'

'Ik heb naar Binnenlandse Zaken geschreven, maar kreeg de standaard afwijzing.'

Een pauze. Tom masseerde de huid van zijn voorhoofd,

zoals hij altijd deed wanneer hij gespannen was. 'Je had het laatst over die leraar Engels. Vertel me daar eens wat meer over.'

'Angus MacDonald', zei Danny met een sterk Schots accent. 'Hij was… hij was gewoon een heel erg goede leraar en ik ging kleine stukjes voor hem opschrijven. Extra werk, buiten de opstellen in de klas om. Over de dieren op de boerderij enzo. En vandaar ging ik over op mijn ouders enne…' Hij haalde diep adem. 'Diverse dingen die gebeurd waren.'

'Maar niet over de moord?'

'Nee.' Danny zweeg even om het zweet van zijn bovenlip te vegen. 'Kijk, na het proces heb ik een nacht in de gevangenis doorgebracht, een echte gevangenis voor volwassenen, ik kon nergens anders heen, en het stonk er verschrikkelijk naar pis en kool. En ik dacht – geen mens vertelde me iets – ik dacht: hier zit je dan. Maar de volgende dag verschenen de Greenes en die namen me mee naar Long Garth. En toen ik me geïnstalleerd had kwam meneer Greene langs, ging op m'n bed zitten en zei… De precieze woorden weet ik natuurlijk niet meer, maar het kwam erop neer dat ik het verleden achter me moest laten. Gewoon vergeten. En dat was dan dat, en omdat ik hem bewonderde, en omdat ik de schok van mijn leven had gehad, deed ik mijn best. Vier jaar heb ik als het ware in een eierschaal geleefd, totdat Angus kwam en hem stuksloeg. En hij had gelijk. Zelfs toen begreep ik dat hij gelijk had, maar tegelijkertijd was ik er doodsbenauwd voor.'

'En wat gebeurde er toen?'

'Er gebeurde helemaal niks. Hij ging weg. Hij had trouwens maar een tijdelijke aanstelling.'

Daar zat een verhaal achter, dacht Tom. Maar dat kreeg hij niet te horen. 'En hij ging weg voordat je aan de moord toe was?'

'Ja.'

'En daarna waren er geen pogingen meer?'

'In de gevangenis kreeg ik groepstherapie. Dat was bedroevend. Een stelletje rukkers dat net zo zat te liegen als ze voor de rechtbank hadden gedaan. Maar de groepsleider had een prima idee, dat vond ik tenminste. Hij gaf de mensen een cassetterecorder en zei dat ze alles wat ze maar kwijt wilden konden zeggen... uitspugen als het ware en dat er maar één regel was: aan het eind moest je de cassette verbranden. Ik dus weg met die recorder, maar er was een soort toezicht. Er zat iemand voor je deur. En ik kon geen woord uitbrengen. Zat alleen maar stom naar dat draaiende bandje te kijken.'

'Wat ging er door je heen?'

'Frustratie. En toen begon ik te denken dat het misschien toch niet zo'n goed idee was. Ik bedoel, wie hield je tegen als je een heel lulverhaal ophing? Het bekende liedje...' Zijn stem kreeg een agressieve klaagtoon. '"Ik kon er echt niks aan doen, het lag voor een groot deel aan anderen, ik heb een rotleven gehad..." Waarom zou iemand de waarheid vertellen omdat hij tegen zichzelf spreekt? Dat is het meest onkritische gehoor dat er bestaat. Je hebt iemand nodig die kan zeggen: "Kom nou zeg, zo was het helemaal niet." Een soort...'

'Lulverhaal-detector?'

'Ja, zoiets. Een werkelijkheidscontroleur.'

'En dat kon je niet met de therapeut doen?'

'Nee, die deed alleen groepswerk. Bovendien...'

Danny stopte en Tom dacht eventjes dat hij niet verder zou gaan. Hij zat uit het raam te kijken en zei toen: 'Wanneer ik me voorstelde dat ik erover probeerde te praten, was dat altijd met u.'

'Omdat ik erbij was?'

'Dat zal wel, ja.'

'Ik kan me indenken dat dat het makkelijker maakt.'

'Nee, niet makkelijker. Maar het is wel zo, dat ik bij u Danny kan zijn. Bij niemand anders kan ik Danny zijn.'

Tom zei langzaam: 'Het verbaast me dat je me nog steeds vertrouwt.'

'Omdat de laatste keer dat ik mijn mond voorbijpraatte alles in de rechtbank op tafel kwam, bedoelt u?'

'Als je soms denkt dat je "je mond voorbijpraatte", Danny... Je was het meest gesloten en behoedzame kind dat ik ooit had meegemaakt.'

'Kijk! Dat is nou precies wat ik nodig heb. Iemand die weet hoe het was.'

'Ik was er niet de hele tijd bij.'

'Nee, maar u zou het wel weten wanneer ik lieg. Tegen mezelf, bedoel ik. Tegen u zal ik natuurlijk niet liegen.' Hij lachte. 'Dat heeft geen zin.' Ondanks zijn lachje, brak het zweet hem uit. Plotseling stond hij op. 'Kan ik even naar buiten? Ik moet nodig een sigaret roken.'

Tom hield een plastic bekertje met in de prut drijvende sigarettenpeuken op.

'Ja, ik zie het, maar...' Zijn hoofd ging met een ruk naar het bordje met VERBODEN TE ROKEN. 'Ik ben een brave jongen, echt waar.'

Die glimlach, dacht Tom, terwijl de deur achter hem dichtviel. Die was genoeg om een atheïst in de verdoemenis te doen geloven.

Rusteloos liep hij naar het raam, wenste dat hij zelf dat stinkende hok kon ontvluchten, maar wilde niet weggaan voor het geval Danny terugkwam en hem niet zou aantreffen. Het viel wel mee met het antagonisme, dacht hij. Het was er wel en waarschijnlijk meer dan Danny zou toegeven, maar niet genoeg om je zorgen over te maken. In feite was het zo dat wie Danny wilde helpen een behoorlijk incasseringsvermogen moest hebben om opgewassen te zijn tegen sommige dingen die hij naar zijn hoofd geslingerd zou krijgen. Hij verheugde zich er niet op, maar had besloten wel op Danny's verzoek in te gaan. Uiteindelijk was de vraag niet of hij Danny op zijn schouders zou nemen, maar of hij bereid was hem aan zijn lot over te laten. Dit was niet de aanvang van een professionele relatie, maar het vervolg van een die dertien jaar geleden begonnen was.

De stank in het kamertje was niet te harden. Tom liep naar de deur en gooide hem open, maar zag Danny al aankomen door de smalle gang, zijn hoofd naar beneden en met grote passen alsof hij in een open landschap liep.

Nu hij zijn ontsnappingskans verijdeld zag, ging Tom maar weer zitten. 'Beter?'

'Jawel', zei Danny met een verontschuldigend lachje. 'Smerige verslaving en ik kom er maar niet af.'

'Is dat de enige?'

Danny knipperde met zijn ogen. 'Op de temazepam na, ja.'

'Ik wil graag duidelijkheid over een paar dingen. Heb je een verslag van het proces gelezen?'

'Ja.'

'Denk je dat dat je eigen herinneringen verstoord heeft?'

'Nee, het deed me niets. Het was iets totaal anders. Het is trouwens de... het is niet het proces waarover ik wil praten.'

'Goed, dan zullen we het over je kinderjaren hebben. Dat wil zeggen, het stukje jeugd van voor de...'

'Meer was er niet. Daarna was ik kind-af.'

'Waar we over zullen praten hangt helemaal van jou af. Het is mogelijk dat ik je af en toe vraag om iets te verduidelijken, maar daar blijft het bij. Het zal hoofdzakelijk door jou worden bepaald. Goed?'

'Prima.'

'Iets anders is: ga je ermee akkoord dat ik met anderen praat? Vanzelfsprekend zal ik niets overbrieven van wat jij me vertelt.' Hij zag Danny kijken. 'Nee, dit keer is het absoluut confidentieel. Maar als ik met anderen ga praten moet ik ze waarschijnlijk wel zeggen dat ik contact met je heb. Is dat goed?'

Danny schudde zijn hoofd.

'Jij mag het zeggen.'

'Ik wil niet dat mijn vader hierbij betrokken wordt. Voorzover ik weet, weet hij niet waar ik uithang en dat is maar goed ook.'

'Ik dacht aan de directeur van Long Garth.'

'Meneer Greene?' Hij keek verrast op. 'Ja hoor, prima. Daar heb ik niks op tegen.'

'Goed dan. Nog een ding. Wanneer ik merk dat je als gevolg van de sessies depressief wordt, zullen we goed moeten overleggen of we er wel mee doorgaan.'

'Ik wil er niet aan beginnen en het dan opgeven.'

'Nee, maar er zijn allerlei tussenwegen. Ik dacht te beginnen met twee keer per week, maar als het je even te veel wordt, kunnen we best een weekje overslaan. Ik zeg alleen maar dat we flexibel moeten zijn.'

'Goed. Maar ik wil er per se mee doorgaan.'

'Ik zal met Martha overleggen en zodra ik haar gesproken heb kunnen we een tijd afspreken.'

'Oké.'

Danny zat er nu stilletjes bij, misschien zette hij zich schrap. Op het moment dat Tom overeind kwam, stond hij op en stak zijn hand uit. Terwijl Tom die schudde, moest hij aan het eind van hun eerste gesprek denken, hoe het verhitte, plakkerige kinderkopje zich in zijn middenrif gedrukt had. En het commentaar van de bewaarder: 'Nou, dat joch is anders echt wat je noemt een deugniet, laten we wel wezen', dat doorklonk in zijn hoofd terwijl hij terugliep naar zijn auto, waar de foto's van Lizzie Parks uit de map gegleden waren en verspreid over de achterbank op hem lagen te wachten, gruwelijke beelden die in geen verband leken te staan met het kind dat hij net had achtergelaten.

Danny had ergens gelijk. Hij moest dit wel doen. Hij wilde het verband leggen.

9

Wat Danny over het proces zei was onzin en Tom wist dat het onzin was. Hij had een volwassen geheugen aan het gebeuren en Danny niet. Klaar uit. Niettemin bleven Danny's woorden aan hem knagen. Samen met wat andere problemen. Lauren bleek moeilijk bereikbaar te zijn en dat moest opzet zijn. Als hij belde was ze dikwijls niet thuis en de boodschappen die hij insprak op haar antwoordapparaat beantwoordde ze niet. Toen hij haar eindelijk te pakken had, deed ze afstandelijk en kortaf. Met zijn boek wilde het ook niet vlotten, hij was vastgelopen en moest wat meer research doen eer hij verder kon. Bijna alles ging verkeerd, maar hij moest zijn schouders eronder zetten en gewoon doorgaan.

Na het gesprek met Danny ging hij naar de medische bibliotheek, waar hij artikelen op microfiches opzocht. Hij haatte die apparaten, die als hij koppig volhield en ze langdurig gebruikte, dezelfde visuele storingen veroorzaakten als een migraineaanval, maar dan zonder pijn. Tegen de tijd dat hij de bibliotheek verliet voelde hij zich fysiek en psychisch onwel en wist dat er een aan zat te komen. Het zonlicht dat op bumpers en voorruiten scheen deed pijn aan zijn ogen. Toen hij bij zijn auto kwam, had hij een donkere vlek midden in het gezichtsveld van zijn rechteroog, omringd door een halo van mat zilverig licht. Hij bewoog zijn hoofd, zoals hij altijd deed in een poging de vlek kwijt te raken, al wist hij dat dat zinloos was. Het zwarte rondje bewoog mee met zijn hoofd. Een plekje tijdelijke ischemie op zijn netvlies. Als kind had hij het fascinerend gevonden omdat hij keek naar het ontbreken van zicht en hij dat een mooie paradox vond. Tegenwoordig was het alleen hinderlijk.

Omdat hij zo niet veilig kon rijden moest hij in de warme

auto blijven zitten tot het over was. Het duurde een minuut of tien. Nadat het laatste flitslicht verdwenen was, zat hij met zijn hoofd in zijn handen en voelde zich volkomen uitgeput. Om de een of andere reden sloopten deze aanvallen hem, ondanks de afwezigheid van pijn, braken en al die beroerde aspecten van een migraine. Toch ervoer hij de wereld nu als een nieuwe plek. Hij keek het parkeerterrein rond en zijn onbelemmerde zicht maakte dat alles wat hij zag een wonder was.

In een opwelling besloot hij Nigel Lewis te bellen. Die was raadsman van de verdediging geweest bij Danny's rechtszaak. Hij stond met de telefoon tegen zijn oor gedrukt tegen de zijkant van de auto en verwachtte niet anders dan dat hem verteld zou worden dat mr. Lewis op de rechtbank was en de rest van de dag niet beschikbaar was. Maar nee, hij beantwoordde de telefoon zelf.

Na het uitwisselen van de begroetingen zei Tom: 'Herinner je je Daniel Miller nog?'

'Miller? Nee, ik geloof van...'

Tom hoorde dat er een gesprek gaande was op de achtergrond. 'Ja, vast wel', drong hij aan en hij probeerde niet geïrriteerd te klinken toen Nigel zijn hand over de microfoon legde en zich verontschuldigde tegenover de andere mensen in de kamer. 'De moord op Lizzie Parks. Hij was tien, weet je nog?'

'Míller. Jezus ja. Natuurlijk weet ik dat nog.'

'Nou, hij is vrij. Hij kwam laatst plotseling opdagen.'

Weer een terzijde tegen de mensen in de kamer.

'Hoor eens, kan ik je spreken?' vroeg Tom. 'Ik bedoel, kunnen we ergens afspreken?'

'De Cooperage? Eén uur?'

'Prima.' Het was tegen enen.

De kaden beurden Tom altijd op, al was hij nog zo down wanneer hij er arriveerde. Hij leunde een paar minuten over de reling, luisterde naar het krijsen en kermen van de zeemeeuwen, zag het stroperige bruine water van de krachtige rivier onder de brug door naar zee stromen. Op winderige dagen als deze kon je de zee ruiken, in gedachten zag je de kliffen afbrokkelen, de kust afknabbelen en voelde je de grote betonnen tankvallen, geërodeerd door springvloed en doodtij, als gruis in je ogen waaien.

Nigel, een groot voorstander van vloeibare lunches, was er al en stond bij de bar met zijn gebruikelijke pint lagerbier in de hand. 'Ik had bijna ook voor jou besteld', zei hij, toen Tom naar hem toeliep.

'Ja, doe maar.'

'En, wat is het probleem?' vroeg Nigel, toen ze hun glazen op een tafeltje bij het uiteinde van de bar neerzetten.

'Er is geen probleem, hij…'

'Hij stond dus ineens voor je neus? Hoelang is hij er al uit?'

'Bijna een jaar.'

Nigel bracht zijn glas naar zijn mond. 'Nou ja, ze konden hem waarschijnlijk niet eeuwig vasthouden.'

'Ben jij z'n raadsman niet meer?'

'Nee, goddank niet. Maar wat is er nou gebeurd?'

'We liepen elkaar tegen het lijf. En vervolgens besloot hij dat het wel eens nuttig kon zijn om met iemand te praten.'

'Nuttig voor hem, natuurlijk. Dat ligt in de lijn.'

'Ik heb gezegd dat ik het doen zou.'

'Waarom?'

'Nieuwsgierigheid, vermoed ik. Deels. Je krijgt niet dikwijls de kans op een vervolg bij een dergelijk geval.' Hij glimlachte. 'Zo'n geval komt helemaal niet vaak op je pad.'

'Maar hij is geen patiënt? Ik bedoel, hij gaat niet bij je…'

'Nee, geen sprake van. Hij heeft duidelijk gesteld dat hij niet in therapie wil. Hij wil alleen maar praten.'

Nigel lachte zijn vettige lach. 'En voor jou is het vast een enorme opsteker om daarover te kunnen schrijven?'

Het had geen zin om Nigel te vertellen over het effect van

Danny's warme koppie tegen zijn buik al die jaren geleden. Nigel was helemaal gericht op de laagste gemeenschappelijke deler van menselijk gedrag en hij was met de jaren een dodelijke cynicus geworden. Dat maakt hem, dacht Tom, niet alleen blind voor het meer-dan-incidentele goede in de mens, maar ook voor het kwaad. Zijn wereld was er een waar mensen altijd alleen maar aan zichzelf denken en alleen oog voor eigen zaak hebben. Hij scheen maar niet te kunnen bevatten dat sommige mensen louter en alleen handelen uit een onverschillige passie voor het destructieve. Laat het kwaad te mijnen goede komen, dat kwam in zijn woordenboek niet voor. Bofte hij even.

'Nee, ik denk niet dat ik erover schrijf. Hij heeft iets gezegd wat me nogal dwarszit. Om het kort te houden, hij zei dat het mijn getuigenis was waarop hij werd veroordeeld – ik heb hem natuurlijk herinnerd aan de forensische bewijslast en dergelijke, maarre... hij verblikte of verbloosde niet. Hij zei botweg: "Nee, het kwam door u."'

'Hmm. Klinkt alsof hij het rechtbankverslag gelezen heeft.'

Dat was niet de reactie die Tom verwacht had. Nigel zette zijn glas neer, veegde discreet zijn mond af met de rug van zijn hand, leunde met een ernstig gezicht naar achteren op de bank. Tom had het blijk dat hij serieus genomen werd en dat zijn ongerustheid niet automatisch als onzin van tafel werd geveegd, waarschijnlijk prettig moeten vinden, maar dat vond hij niet. Nigels reactie ergerde hem alleen maar.

'Ben je er zeker van dat je hem toevallig tegen het lijf liep?' vroeg Nigel. 'Dat hij je niet willens en wetens opgezocht heeft?'

Tom was niet van plan de zelfmoordpoging ter sprake te brengen, dat toeval waardoor ze elkaar weer getroffen hadden. Hij wist toch wel wat Nigel zou zeggen. In plaats daarvan kwam hij terug op Danny's opmerking dat Toms getuigenis hem veroordeeld had, hij haalde details op van de zaak, herinnerde Nigel aan de vele forensische bewijzen die Danny in verband brachten met het misdrijf, het feit dat hij die dag niet op school was geweest, de getuigen die hem hadden zien wegrennen van Lizzie Parks huis. Hij begon te ratelen, maakte sarcastische opmerkingen, alles om Nigel te laten zeggen dat het natuurlijk onzin was. Hij had ontzettende behoefte om van Nigel te horen dat zijn getuigenis slechts bevestigd had wat de jury al wist, maar Nigel bleef opvallend stil. 'Ik krijg bijna het gevoel dat hij denkt dat hij niet veroordeeld zou zijn als ik er niet geweest was, zie je.'

'Ach, dat is een beetje sterk uitgedrukt.'

'Een beetje sterk?'

'Dit bevalt me absoluut niet, Tom. Je hoeft toch zeker niet met hem te praten?'

'Nee, het is…'

'En als hij je lastigvalt, hoef je alleen maar Binnenlandse Zaken te waarschuwen. Dan zit hij binnen de kortste keren weer vast. Dat is een pluspunt van het systeem. Ze hebben bijzonder weinig speelruimte.' Hij zette zijn glas aan zijn lippen en stopte even om eraan toe te voegen: 'Godzijdank.'

'Ik geloof dat ik van jou meer de geruststelling wil dat het niet waar is. Ik bedoel, ik heb altijd aangenomen dat mijn aandeel… onbeduidend was, werkelijk, en dat hij echt veroordeeld was op de forensische bewijslast.'

Nigel wrong zich niet echt in allerlei bochten op de bank omdat hij te dik was om zijn bewegingen als zodanig te interpreteren. 'Tja, maar het forensisch onderzoek bewees alleen dat hij op de plaats van het delict was geweest en dat heeft hij nooit ontkend. Hij heeft niet ontkend dat hij haar aangeraakt heeft, hij heeft niet ontkend dat hij het kussen van haar gezicht heeft gehaald. Er was helemaal niets overtuigends. Het zou wat anders zijn als ze in haar gezicht gekrabd was en haar huid onder zijn vingernagels zat.'

'Maar de hele slaapkamer zat onder zijn vingerafdrukken.'

'De poesjes waren in de slaapkamer. Hij was twee keer naar de poesjes wezen kijken – dat beweerde hij tenminste. Lizzie was er niet meer om dat te ontkennen. Kwestie is Tom, de jury geloofde hem. Je weet hoelang ik geaarzeld heb om hem te laten getuigen. Niet dat ik bang was dat hij het onder de druk zou begeven en een pak leugens zou gaan vertellen – ik was ervan overtuigd dat hij dat niet zou doen. Ik dacht dat hij over zou komen als een arrogante vlegel – wat hij ook was. Maar toen het eenmaal zover was, was het de moeite waard. Hij stond rechtop, hij keek ze direct aan, hij zag er keurig uit, hij bekende: ja, hij was stout geweest, hij had gespijbeld en ja, hij was naar het huis gegaan, maar alleen om de katjes te bekijken; hij was volkomen ondersteboven geweest toen hij het lichaam vond. En toen hij de boze man boven aan de trap zag staan werd hij heel bang, hij dacht dat de boze man hem dood zou maken en daarom had hij tegen niemand iets gezegd. Onzinnige handelwijze voor een volwassene, maar volkomen normaal voor een kind van tien. Ik heb de hele tijd naar ze gekeken. Ze geloofden hem, Tom. Ze keken naar dat joch en ze geloofden niet dat hij het gedaan had. Ik geloofde het zelf niet eens en ik wist dat hij het had gedaan.'

'En ik heb ze overtuigd dat hij het wel had gedaan?'

'Jij heb ze ervan overtuigd dat hij ertoe in staat was. Toen Smithers klaar was met je, had je ze verteld dat Danny onderscheid kon maken tussen fantasie en werkelijkheid…' Nigel telde de punten af op zijn vingers. 'Dat hij volkomen begreep dat iemand doodmaken zeer kwalijk was en niet alleen maar stout. Volkomen begreep dat de dood een permanente, onomkeerbare toestand was. Ik wil niet zeggen dat je ongelijk had, maar het heeft Danny's zaak geen goed gedaan. Tegen de tijd dat jij je zegje had gedaan, zagen ze geen aardig jongetje meer in hem, maar een vroegrijp moordenaartje.'

'Je hebt toentertijd niets gezegd.'

'Wat zou dat voor zin gehad hebben? Jij hebt voor die

jongen gedaan wat je kon, onder zeer zwaar vijandig kruis-verhoor. Smithers ging wel erg ver die dag. Heel wat meer ervaren mensen dan jij zouden het afgelegd hebben tegen hem. Ik vond het schandelijk. Je wordt niet geacht een getuige-deskundige als vijandig te behandelen en hij kwam daar wel erg dichtbij. Ik weet nog dat Duncan op een gegeven moment achterover leunde en zei: "Nou, dat is het dan. We kunnen allemaal wel naar huis." En hij smeet zijn potlood op zijn blocnote.'

Duncan was de advocaat van de verdediging geweest. 'Was het zo erg?'

'Erg of niet. Feit is dat de kleine opsodemieter achter de tralies terechtkwam. Wat de juiste uitslag was.'

'Zo heb ik het niet ervaren. Ik dacht niet dat mijn getuigenis een speciale impact had.'

'O jee ja. Maar in een lang proces is er op een zeker moment altijd een ommezwaai. Jury's zijn niet rationeel, de banken zijn te hard, de zaal is te warm, het gaat maar door, dagen en dagen en nog meer vervloekte dagen. Weken. Weet je wat de con-centratiespanne van de gemiddelde mens is? Twintig minu-ten. En zij hadden urenlang naar Danny geluisterd. Ik geloof dat ze op een bepaalde grappige manier bewondering voor hem hadden. Ik wel in elk geval. Maar je kon ze zien denken. Ik weet het niet, hij lijkt best in orde… En toen kwam jij en verschafte ze een ander perspectief.'

'Ik heb geen enkel gegeven veranderd.'

'Nee, maar je hebt de manier waarop ze naar hem keken veranderd. Je hebt hem de grond in geboord. En ik kan je het precieze moment aangeven waarop dat gebeurde. Smithers vroeg aan je of Danny begreep dat de dood een permanente staat was. Weet je nog? En jij citeerde Danny letterlijk. "Als je een kip zijn nek omdraait, loopt hij heus de volgende dag niet op je erf te scharrelen."'

'Maar hij had het over kippen. Hij woonde op een kippen-boerderij, verdomme!'

'Maakt niet uit. En iedereen ging van…' Hij bootste het hoorbare inademen na, precies zoals Danny had gedaan.

'Danny weet dat nog.'

'O ja?' zei Nigel. 'Dat is interessant.'

Tom dacht na. 'Waarschijnlijk heeft het me nooit lekker gezeten, omdat Smithers me kort hield. Daar was ik me van bewust. Ik kreeg geen enkele kans iets nader te preciseren; hij kapte me gewoon af.'

Nigel bromde. 'Ik zou me maar niet al te schuldig voelen. Het enige wat je hebt gedaan is zijn eigen woorden citeren.'

'Het sloeg niet op Lizzie.'

'Het was de hele houding. Al dat gedoe over dat het eigenlijk niet zo erg was omdat ze oud was en haar leven achter de rug had. Jij hebt zijn masker afgerukt, en ja, door jou heb ik die zaak verloren.' Hij haalde zijn schouders op. 'En ik ben blij dat iemand dat gedaan heeft, want als hij niet gepakt was zou hij het weer gedaan hebben.'

'Geloof je dat echt?'

'Natuurlijk. Hij was al aardig op weg, nietwaar? Aanpappen met oude vrouwtjes, ze beroven en als ze in de weg lopen, pats! Je mag jezelf wel een schouderklopje geven. En als hij het je maar even lastig maakt, direct de politie bellen.'

Tom verzonk in gedachten tot een discrete beweging van Nigel hem attent maakte op hun lege glazen. Hij vermande zich en ging naar de bar, waar hij een groot glas bier voor Nigel en een kleintje voor zichzelf haalde.

Terug bij de tafel bleek Nigel aan de praat geraakt met twee advocaten waardoor ze genoodzaakt waren over andere dingen te praten.

Toen ze een halfuur later de pub verlieten bleef Nigel expres iets achter en trok Tom opzij. 'Hoor eens, laat je niet door hem inpakken. Je hebt de waarheid verteld. En wat mij betreft is de enige fout dat Binnenlandse Zaken de smeerlap heeft vrijgelaten.'

Hij knikte Tom toe en haastte zich zijn collega's in te halen, een school donkere vissen die zich zigzaggend door de vrolijk geklede menigte bewoog.

10

Danny deed de afgebrande lucifer zorgvuldig terug in het doosje.

Tom zei: 'Ik heb nog eens nagedacht over die leraar Engels van je. Hoe heette hij ook weer?'

Danny keek alert uit zijn ogen. 'Angus MacDonald.'

'Jullie waren dik met elkaar?'

'Ja, ik dacht van wel. Nogal.' Hij tikte de as van zijn sigaret. 'Het is al zo lang geleden.'

Stilte, op de plopjes van de gaskachel na en de wind die tegen de ramen beukte.

'Eerlijk gezegd', zei Danny plotseling, 'heb ik de hele dag lopen denken dat ik hier niet mee door kon gaan, maar nu geloof ik dat het wel lukt.' Hij wierp een blik op Toms rode bureaulamp. 'Ik weet niet waar te beginnen.'

'Je zei dat je bij Angus met kleine dingetjes begon. Over de boerderij.'

'Ja...'

'Dat werkte dus?'

'Ja hoor, prima. Het eerste dat ik voor hem geschreven heb begon met mij in bed op een winteravond, ik lag naar de weerspiegelingen op de muur te kijken en hoorde buiten op het erf mensen roepen en schreeuwen. En voelde me... eh... buitengesloten, zoals kinderen doen als ze in bed liggen en alles beneden gewoon doorgaat.'

'Van wie waren de stemmen?'

'Van mijn moeder en Fiona, het meisje dat bij ons werkte. En af en toe van mijn vader – niet vaak. Die zat op dat uur meestal al in de kroeg.'

'En wat deden ze?'

'De kippen naar het nachthok jagen. We hadden wat scharrelkippen. Echt vrij rondlopen was er niet bij, maar het was beter dan de legbatterijen. Ik ging altijd met mijn moeder mee die kippenschuur in en daar staken al die koppies uit de hokken, felle blikken, rare rukkerige bewegingen, schuddende kammen. Ik liep zo door die gangpaden.' Hij maakte zich klein, armen voor zijn borst gekruist. 'Ik was bang gepikt te worden. Ik begrijp niet waarom, want ik was al tientallen keren gepikt. Ze hadden geen lang leven. Wanneer ze uit-gelegd waren, draaide m'n vader ze de nek om. Soms zwaaide hij ze in het rond zodat ik ze in m'n gezicht kreeg.'

'Waarom deed hij dat volgens jou?'

'O, ik trok lelijke gezichten. Ik vond het akelig. Op een van de velden hadden we rennen met hennetjes en daar was een klein mager kippetje bij en de andere begonnen het te pikken. Alle veren waren eruit en zijn vel zag er rauw uit en pa zei dat hij het zou moeten afmaken. Ik wou niet dat-ie dat deed. Ik zei: "Kunnen we het niet in een ren apart zetten tot het groter is?"' Hij haalde diep adem. 'Dus liet hij het mij doen.'

'Hoe?'

'Hoe hij me zover kreeg? Ik weet het niet. Ik wist gewoon dat ik het doen moest. Je trekt en je draait en…' Foetale beweginkjes met zijn handen. 'De ogen worden troebel.'

'Hoe oud was je toen?'

'Zes.' Hij zag Tom kijken. 'Tja, nou ja, hij was op die geweldige toer van het-jong-moet-gehard-worden. Misschien had hij wel gelijk, misschien had ik het wel nodig.'

'Hoe kom je daarbij?'

'Tot mijn vijfde was ik alleen met m'n moeder en haar ouders. Pa zat in het leger.'

'Waarom woonden jullie niet op de legerbasis?'

'We hebben er wel gewoond, in het begin. Ik ben in Duits-land geboren, maar m'n moeder werd depressief na de beval-ling. Het scheen dat als hij 's avonds thuiskwam ik lag te brullen in een kamer en zij voor pampus in een stoel hing.

Min of meer in dezelfde houding als toen hij weggegaan was. Ik denk dat ze het nog net voor elkaar kreeg mij te voeden en schoon te houden, maar daar bleef het bij. En toen moest hij naar Noord-Ierland en natuurlijk konden de gezinnen daar niet mee naartoe. Dus kwam ze bij haar ouders in huis. Ik denk dat het als tijdelijk bedoeld was, maar toen ze eenmaal weg was van de basis kreeg je haar met geen stok meer terug.'

'Je hebt hem dus niet veel gezien.'

'Hij kwam altijd thuis met verlof. En dan was ik blij als hij weer wegging. Daarna was hij in de Falklands, toen weer in Noord-Ierland en toen opeens was hij thuis.'

'Voorgoed?'

Danny lachte. 'Of kwaad. In elk geval was het blijvend.'

'Hoe was dat?'

'Een grote ommekeer. Voor mij. Ik heb twee foto's van mij toen ik een jaar of vier, vijf was. Op de ene zit ik op m'n moeders schoot in een Beertje Paddington T-shirt. En op de andere – en dat is maar twee maanden later – draag ik een kogelvrij vest en heb een geweer in m'n handen.'

'Een speelgoedgeweer?'

'Nee, het zijne. Ik mocht het vasthouden.'

'En vond je dat leuk?'

'Ja, ik vond het geweldig.'

'Je loyaliteit kwam dus bij iemand anders te liggen?'

'Hmm. Ja, dat is precies het goede woord.'

Tom dacht even na. 'Vertel eens iets over die ommekeer?'

'Nou eh – ik doe mijn best op dit punt eerlijk te zijn – er waren veel schermutselingen, veel wapengekletter en gebrulde bevelen, enne… daar was ik niet aan gewend, hè. We woonden wel bij mijn grootouders, maar m'n opa was… die had nog meer van een oud wijf dan m'n oma.'

'En jij vond die spelletjes wel leuk?'

'Meestal wel, ja. Maar hij was erg opvliegend. We speelden eens een spelletje cricket en ik kreeg de bal tegen m'n been en begon te janken en toen smeet hij het slaghout naar me toe. Gerícht! Ik werd naar de ongevallenafdeling gebracht. En… ik weet niet waarom, maar het werd steeds erger.' Hij masseerde zijn voorhoofd onder het praten. 'Ik was niet het kind dat hij zich wenste, dat zal ik waarschijnlijk moeten accepteren, maar ik denk dat er ook een element van… ik geloof dat hij er niet best aan toe was toen hij uit de Falklands terugkwam en binnen een maand, letterlijk binnen een maand, zat hij alweer in Noord-Ierland.'

'En hij was aan de drank.'

'Ja, hoe weet u dat?'

'Door iets wat je daarstraks zei. Ga door. Je zei dat het steeds erger werd. In wat voor zin?'

'Hij begon me verrot te slaan. Hij had zo'n brede zwarte riem. Die lag op het tafeltje bij de televisie en… Als je iets had gedaan wat niet zo heel erg was kreeg je met het leren uiteinde.'

'Maar niet altijd.'

'Nee, niet altijd.'

Het bleef lang stil. Ergens buiten, in een andere wereld, klonken gehaaste voetstappen.

'Ik heb hier veel over nagedacht. Ik geloof echt dat hij dacht dat zijn aanpak goed was. Maar hij was driftig en je moet in gedachten houden dat hij het van hem uit bekeken hard te verduren had gehad. Het leger was zijn lust en zijn leven, het stomme mens kan het niet aan, stuurt hij haar naar haar ouders, kan ze het nog niet aan. Komt hij het leger uit, en nog kan ze het niet aan.'

'Was je moeder nog steeds depressief?'

'Niet toen we bij haar ouders woonden, geloof ik. Later, op de boerderij, wel degelijk. Maar daar zou iedereen van in de put raken.'

'En volgens hem was het je moeders schuld?'

'Dat hij het leger uit moest? Ja.'

'En wie gaf zij de schuld?'

'Zichzelf. Denk ik. Dat was… Dat was de mythe, veronderstel ik. Hij deed het goed in het leger, moest om haar thuiskomen en dat was het einde van een briljante loopbaan. Zij geloofde dat, zeker weten… Volgens mij heeft ze er nooit aan getwijfeld dat het allemaal haar schuld was.'

'Was het waar?'

Een geïrriteerde blik. 'God mag het weten. Als het om je ouders gaat kun je het volgens mij maar beter bij de mythen houden, want je komt toch nooit achter de waarheid. Dat is gewoon niet mogelijk. En bovendien zijn het de mythen waardoor je gevormd wordt.'

'Toch zou ik graag horen hoe je er nu over denkt.'

Een diepe zucht. 'Wel, voordat hij beroepsmilitair werd, kwam hij maar niet aan het werk.'

'Sorry. Mag ik je even onderbreken. Van wie komt dat?'

'Van m'n oma. Ze kon hem niet uitstaan, dus is die bron bevooroordeeld.'

'En je moeder?'

'Heeft nooit iets ten nadele van hem gezegd – nooit.'

'Goed. Ga verder.'

'Wat ik denk – en dat is slechts een vermoeden, weten doe ik het niet – ik denk dat hij er veel beroerder aan toe was toen hij van de Falklands kwam dan hij wilde toegeven. En misschien kwam het hem wel goed uit om op een fatsoenlijke manier ontslag uit het leger te kunnen nemen. Het kan ook zijn dat ik excuses verzin en dat hij een gewelddadige klootzak was die me hoe dan ook verrot geslagen zou hebben.'

'Praatte hij wel eens over het leger?'

'Hij deed niet anders.'

'Met spijt?'

'Nee, ik geloof van niet. Ik geloof dat hij het het eerste jaar op de boerderij erg naar zijn zin had. Er moest veel verbouwd worden, velden gedraineerd, dat soort werk en dat deed hij graag. Er was een koeienstal en daar heeft hij een werkplaats van gemaakt. Mijn moeder kwam daar nooit, dus was het een soort eigen plek voor hem.'

'Kwam jij er wel?'

'Ja. Dat waren enkele van de beste momenten. Er was één raam en dat was zo vuil dat het nauwelijks enig licht doorliet en ik zat op een strobaal – dat prikte van achter tegen mijn benen, ik voel het nog – naar hem te kijken terwijl hij een eind weg timmerde met een sigaret in zijn mond, altijd met een sigaret. Hij had krullend haar en hij stond in een waas van sigarettenrook en zonlicht en dan praatte hij over het leger. Die vent die hij in Belfast had omgebracht. Ze waren huizen aan het ontruimen en hij schoot hem dood en hij gleed als het ware langs de muur naar beneden, heel langzaam, en liet een breed rood bloedspoor achter op het behang. En een verhaal uit de Falklands. Hij achtervolgde iemand, en toen die vent zich omdraaide bleek het een kind te zijn. Een puber, denk ik, maar daar zag hij niet naar uit. Hij leek niet ouder dan twaalf.'

Tom schrok. Danny was ongemerkt zijn vader geworden. 'En wat gebeurde er toen?'

'Koudgemaakt. Er zat niets anders op.'

'Weet je nog hoe hij dat zei?'

'Nee. Ik begrijp wat u bedoelt. Ik weet het echt niet meer. Heb het mezelf dikwijls afgevraagd. Of hij soms getraumatiseerd was. Praatte hij tegen mij zoals hij dat gedaan zou hebben tegen een…' Hij stopte en schudde zijn hoofd.

'Een cassetterecorder?'

'Een hond, wilde ik zeggen. Maar we hadden een hond, dus misschien heeft u gelijk.'

'Hoe denk jij erover?'

'Ik denk dat het te makkelijk is voor de gevoelige types' – Danny's stem droop van minachting – 'om ervan uit te gaan dat iedereen die doodt daardoor getraumatiseerd is. Ik denk dat er voldoende bewijzen zijn dat de meeste mensen er maar al te gauw aan wennen. Enne, ja, ik denk dat het hem wel dwarszat dat hij een kind had omgebracht. Maar niet erg. Het joch was in uniform en had een geweer, de verantwoordelijkheid voor zijn dood ligt bij de mensen die hem in die situatie gebracht hadden. Ik weet bijna zeker dat mijn vader het zo zag.'

'En wat vind je daarvan?'

'Ik vind dat hij gelijk had.'

'En waarom vertelde hij die verhalen aan jou?'

'Het herbeleven van goede tijden? Hij heeft het altijd... hoewel er in de Falklands veel dingen gebeurden die hem niet lekker zaten, is hij het altijd blijven beschouwen als een enorme meevaller. In het leger oefen je doorgaans voor iets wat je nooit in praktijk brengt, zie je. En dat heeft hij wel kunnen doen. Daar was hij dankbaar voor.'

Een pauze. Tom zei: 'Waarom werd jij geslagen? Ik bedoel wat voor soort dingen haalde je uit?'

'Ademhalen.'

'Was het zo erg?'

'Ja. Op het laatst kon ik niets meer goed doen. Hij nam me bijvoorbeeld mee op konijnenjacht. Dat vond ik fijn, ik vond het een heel evenement om met hem en Duke op stap te gaan. Alleen die dode konijnen, dat vond ik verschrikkelijk. 'Maar je eet ze wel, hè', zei hij en hij duwde me er een in mijn gezicht. Ik herinner me dat we een keer samen naar huis liepen, ik strompelde achter hem aan. Koude vriesdag, en die konijnen die aan zijn draagzak bungelden. Glazige ogen, bloed aan hun bek. Zwaaiende pootjes.'

'Hoe voel je je nu?'

'Slap. Waardeloos.' Een pauze. 'Ik ben bang dat ik de draad een beetje kwijt ben. Ik weet niet meer waarom ik dat vertelde. O, ik weet het al weer, ik kon die stoofpot niet door m'n keel krijgen en kreeg dus met de riem.'

'Wat waren de beste momenten?'

'Video's kijken. Hij zat op de bank met zijn sigaretten en

zijn blikjes bier en ik kroop dicht tegen hem aan. Ik hield hem vanuit mijn ooghoek in de gaten en wat voor gezicht hij ook trok, ik bootste hem na.'

'Wat voor soort films keken jullie?'

'Oorlogsfilms.' Hij lachte. 'Natuurlijk.'

'Welke herinner je je het beste?'

'*Apocalypse Now*. Die heb ik drie of vier keer gezien.'

'Is dat niet een anti-oorlogsfilm?'

'Daar zat hij niet mee. Hij filtreerde het anti eruit. Hij hield ook van sommige griezelfilms. Goeie. We keken naar *An American Werewolf* en ik werd zo bang dat ik me achter de bank verstopte en daarna, dagenlang daarna schreef ik van die kleine briefjes. U kent het wel, in blokletters, GEEN ECHTE WOLF.

'Wat herinner je je nog van die film?'

'De transformatiescène. Enne... o jee, het is eeuwen geleden dat ik hem zag. Eh... Er is een scène waarin hij in de bioscoop zit op een hele rij vol lijken in ontbinding. Mensen die hij vermoord heeft, of andere weerwolven, ik weet het niet.' Hij pauzeerde even. 'In mijn kamer op Long Garth had ik een poster van *Apocalypse Now*. De grote rode zon en de helikopters. Ik geloof zelfs dat hij die voor me gekocht had.'

'Waren er nog andere goede momenten?'

'Wanneer ik in de schuur naar hem zat te kijken als hij dingen maakte. Voornamelijk hekken en dergelijke. Hij ging bij weer en wind naar buiten. Mijn moeder zei altijd: 'Je gaat toch niet naar buiten in dit weer?' En dan stond hij in de keukendeur en zei: 'Als het gaan zwaar is, gaan de zware jongens eropuit.' Danny lachte. 'Als het gaan te zwaar werd, gingen de zware jongens ervandoor.'

Tom liet bewust een stilte ontstaan alvorens hij als terloops vroeg: 'Werd je als kind mishandeld?'

Danny keek geschrokken op. 'Nee. Nou ja, de afranselingen waren...'

'Gebeurde dat dikwijls?'

107

'Ja.'

'Sloeg hij hard?'

'Hangt ervan af wat je onder hard verstaat.'

'Hield je er zichtbare sporen aan over?'

'Ja.'

'Blauwe plekken?'

'Ja.'

'Striemen?'

'Soms.'

'En dus. Werd je mishandeld?'

'Weet ik niet. Is het volgens u mishandeling?'

Tom glimlachte. 'Zo werkt het niet, Danny.'

'Werd ik mishandeld?' Hij masseerde zijn voorhoofd weer en dit keer bedekte zijn hand het grootste deel van zijn gezicht. 'Lieve help. Ja, naar moderne maatstaven en vergeleken met de meeste kinderen, wel, veronderstel ik. Licht.'

'Dat is een ongelooflijk genuanceerd antwoord.'

'Ja, nou ja. Volgens mij moet dat wel. Als het de jaren rond 1880 waren geweest – u weet wel, wees een man mijn zoon, geef het beste wat in je zit en dergelijke – zou iedereen gevonden hebben dat hij het geweldig goed aanpakte.'

'Maar dat was niet zo.'

'Nee, dat zei ik net. Naar moderne maatstaven waarschijnlijk wel ja.'

Tom wachtte.

'Licht.'

'Licht?'

'Ja, lícht. Ik werd niet verwaarloosd, seksueel misbruikt, uitgehongerd, gemarteld, alleen gelaten 's ochtends, 's middags of 's avonds, geschroeid of gebrandmerkt… Die dingen gebeuren allemaal.'

'Dat weet ik.'

'Hij was verblind, maar hij dacht echt dat hij deed wat goed was.'

'Wat was het ergste?'

'Het ergste pak slaag?'

'Nee, de ergste straf in het algemeen.'

'Opgehangen worden. Aan de kapstok. Niet aan een galg.'

'Waarom deed hij dat?

'Weet ik veel. Ik zal recalcitrant geweest zijn. Hij tilde me aan de kapstokhaak, hing mijn jas over de haken en liet me daar rustig schreeuwen.'

'Hoelang?'

'Niet lang.' Hij haalde diep adem. 'Ik pieker er niet over om te gaan zeggen: ik werd mishandeld en daardoor… Want zo eenvoudig ligt het niet.'

'Nee.'

'Hij deed namelijk wel zijn best om een goede vader te zijn en… hij was mijn held. Hij was groot, hij was sterk, hij had een tatoeëring die wiegelde als hij zijn vuist balde, hij had een geweer, hij had mensen doodgeschoten… voor mij kon hij niet stuk.'

Het duurde even voordat het tot Tom doordrong dat Danny zijn vaders gewelddadigheid niet gebruikte als excuus voor zijn eigen gedrag. Het was heel wat subtieler. Hij had het over moraalcirkels, de groep mensen (en dieren) binnen de cirkel die je niet mocht doden en de anderen daarbuiten die die immuniteit niet genoten. Voor Danny's vader bevonden honden, katten en de meeste mensen zich binnen de cirkel. Kippen, veroordeelde moordenaars, konijnen, vijandelijke militairen, boerderijdieren, vijandelijke burgers (in bepaalde omstandigheden), gevleugeld wild, kinderen (in uniform), inbrekers indien op het erf betrapt, en Ieren indien verdacht van terrorisme, mits de juiste waarschuwingen waren geuit, vielen daar buiten. Danny presenteerde simpelweg het beeld van een jongetje in korte broek die op een prikkerige strobaal zat te luisteren. Zijn vraag was impliciet. U heeft verklaard dat ik heel goed wist dat doden verkeerd was. *Weet u dat wel zeker?*

Het viel Danny zwaarder om over het stukgaan van het huwelijk van zijn ouders te praten.

'Wat ging er mis?' vroeg Tom.

'De boerderij raakte langzaam in verval. Waar het op neerkomt is, dat toen het buitenwerk gedaan was, het irrigeren van de grond, de omheiningen en dergelijke, hij zijn belangstelling verloor. Hij had geen gevoel voor de kippen, hoe ze in leven te houden enzo. En bij batterijkippen gaat het er juist om dat je ze in leven houdt, een paar jaar tenminste. En het dagelijkse werk op de boerderij was een beetje beneden zijn waardigheid. Vond hij. Hij was een officier, een heer, dus als hij boer was, was hij een herenboer – hoe kon het anders? Hij bracht veel tijd door in de bar van hotel Red Lion, gaf rondjes met geld dat hij niet had. De stamgasten zagen hem aankomen. Ze lachten hem uit achter zijn rug, lieten hem veel te veel betalen...'

'Dit komt weer van je oma.'

Een glimlach. 'Klopt, ja. Ze vond het niet leuk om mijn moeder rond te zien zeulen en echt zwaar werk te zien doen, terwijl hij de bar spekte. En terecht.'

'Luisterde je naar de vrouwenpraat?'

'Ja.'

'Hoe voelde je je dan?'

'Kwaad. Want in mijn ogen kon hij niets verkeerds doen.'

'Ondanks de afranselingen?'

'Die had ik aan mezelf te danken.'

Tom deed er het zwijgen toe. 'Financiële druk dus?'

'Ja. En toen voelde mijn moeder een gezwel in haar borst en moest ze naar het ziekenhuis voor een mastectomie. Ik ging met mijn vader mee op bezoek, maar moest buiten blijven, in de auto. Ik was in mijn dooie uppie, stond in de plassen te springen. Het leek wel of hij eeuwen wegbleef en toen hij terugkwam, wees hij naar een raam. Ze had zich het bed uit gesleept om mij te zien. "Kijk, daar is ze", zei hij. En ik zwaaide als een gek, maar er waren honderden ramen. Ik durfde niet te zeggen dat ik haar niet kon zien. En toen ze eruit kwam, liep het echt in de soep. Ze kon het gewoon niet meer. Ze namen dat meisje in dienst, Fiona, en hij sprong een beetje bij, natuurlijk deed hij dat, maar ik geloof niet dat hij enig idee had van wat zij te verstouwen had. En een grapje nu en dan toen haar haar uitviel, kan ook niet bevorderlijk geweest zijn. Op een dag liep ik van de wei naar de koeienstal – vaders werkplaats – en hoorde Fiona giechelen. Ik weet niet waarom ik niet regelrecht naar binnen liep, maar dat deed ik niet. Ik keek door het raampje en zag ze hevig aan de gang op de strobalen.'

'Wat deed je toen?'

'Ik ben weggegaan.' Een pauze. 'En weet u wat het afschuwelijke was? Ik gaf mijn moeder de schuld. Dat was echt de beroerdste tijd. En toen vertrok hij. En héél toevallig vertrok Fiona ook.'

'Hoe oud was je toen?'

'Negen jaar en driehonderdtweeënzestig dagen. Het was drie dagen voor mijn verjaardag. Ik wist zeker dat hij ergens een cadeau voor me achtergelaten had. Ik doorzocht het hele huis, maar hij had natuurlijk alles opgeruimd, al zijn laden en kasten waren leeg. En toen dacht ik, hij zal het wel in de schuur verstopt hebben. En zodra dat bij me opgekomen was, leek het niet meer dan vanzelfsprekend dat hij dat had gedaan. Dus ging ik daar zoeken en vond zijn verrekijker. Hij hing aan een haak onder een oude jas en ik maakte mezelf wijs dat hij hem daar verstopt had als verjaardagscadeautje voor mij, dat hij alleen geen tijd had gehad om hem in te pakken. En ik liep er de godganse dag mee om mijn nek. Ging er mee naar bed en alles. Het was een sterke kijker: je kon tot heel dichtbij inzoomen, kon de haren in iemands neus zien als je wilde. Zonder dat ze het merkten. Ik herinner me dat ik mijn moeder bekeek toen ze het erf over liep met emmers voer, haar handen waren ruw en rood. Ze was net terug uit het ziekenhuis na haar derde chemokuur en ze voelde zich de hele tijd beroerd, maar... Die rotkippen moesten nog steeds gevoerd. Ik besefte dat ik naar beneden zou moeten om haar te helpen, maar ik ging niet. Ik draaide de verrekijker om en toen was ze nog maar een kevertje dat over het erf kroop.'

Een stilte. 'Verweet je het haar nog steeds?'

'Ja.'

'Heb je je vader voor het proces nog gezien?'

'Nee. En ik zou hem helemaal niet gezien hebben als de kranten hem niet gevonden hadden.'

'Hij was er iedere dag.'

'Hij moest wel voor zijn fatsoen.'

'En hij heeft je op Long Garth bezocht.'

'Egotrip. Mijn zoon op kostschool. Zodra ik over iets probeerde te praten, stond hij op en ging ervandoor. Dat heb ik al verteld. Ik keek hem na vanuit mijn slaapkamerraam, terwijl hij met gezwinde pas de oprijlaan afliep, hij liep zijn benen onder zijn lijf vandaan.'

'Wat voelde je toen je hem zo zag weglopen?'

Een flits van irritatie. 'Wat denkt u dat ik voelde?'

'Ik gis niet graag, Danny. Ik wil dat jij het me vertelt.'

'Niet veel. Hij was er al eens vandoor gegaan en nu deed hij het weer. Daar was hij goed in.'

Hij zag er opeens uitgeput uit.

'We zullen het hier maar bij laten', zei Tom.

Waarschijnlijk geen goed moment om te stoppen, maar ja, geen enkel moment zou goed zijn. Wat er ook gebeurde in deze sessies, Danny zou er na afloop alleen mee zijn. Tom probeerde zich de kamer voor te stellen waar hij naar terugging.

Op de stoep bleef Danny even aarzelend staan, het licht van twee straatlantaarns was het oneens over zijn schaduw. 'Goed dan', zei hij. 'Tot donderdag.'

Een kort gespannen lachje en weg was hij.

II

Om zes uur gaf Tom zijn slaappogingen op, hij trok zijn trainingspak en -schoenen aan en ging naar buiten. De rivier was glad als glas, maar toen de zon opkwam werd de wind sterker en zweepte het bruine water op tot speels schuimende slagen. Hij vond dit heerlijk: de geur van de zee op de morgenwind, de stad met zijn steile straten die de heuvels af kwamen rollen, stil in de heldere lucht.

Hij jogde langs de leegstaande pakhuizen in een cocon van zijn eigen geluiden: hijgende ademhaling, kloppend hart, stampende voeten. Hij dacht aan Lauren, de boodschappen die hij had ingesproken op haar antwoordapparaat, de koele stem die zijn telefoontjes beantwoordde. Zij was tot de slotsom gekomen dat het voorbij was, en uit het feit dat hij niet meteen op de trein gesprongen was om met haar te gaan praten bleek dat hij er net zo over dacht.

Ze zou dit weekend thuiskomen en hij was zich ervan bewust dat dit wel eens de laatste keer kon zijn. Hij had de halve nacht liggen peinzen over manieren om de situatie te redden. Een lange vakantie? Maar zij begon net aan een nieuw trimester en hij moest zijn boek afmaken. Een proefscheiding van een halfjaar? Maar ze woonden al apart. Ze hadden tijd zat gehad om erover na te denken. Hij stopte bij een van de verlaten kades, omklemde de roestende reling terwijl hij naar adem hapte. De rivier in de diepte zweette olie.

Weer thuis douchte hij, werkte twee sneetjes geroosterd brood naar binnen en ging op weg naar het station. Nog steeds in gedachten parkeerde hij de auto, kocht een krant, keek op welk spoor ze aankwam, liep op het perron heen en weer, allemaal op de automatische piloot, zich nauwelijks bewust van de bittere lucht van oude rook op het station of de mensen die zich langs hem haastten. En toen, plotseling, was hij hier, in zijn eigen lichaam, zijn eigen leven, op dit moment. Hij haalde diep adem. De lucht deed hem denken dat ergens daarboven, onder de glazen overkoepeling met zijn kolonie geelogige duiven, de geesten huisden van stoomtreinen uit het verleden: dieselstank, brandende cokes, natte kolen, rook die langzaam opsteeg van de perrons, na lange reizen uitstappende passagiers met roetbevlekte gezichten en rooddoorlopen ogen.

Lauren had een zilvergrijs broekpak aan en zij had absoluut geen rode ogen. Hij had 's nachts talloze scenario's bedacht waarop ze zou brengen wat hij dacht dat ze zou gaan zeggen. Het er meteen uitgooien, hier op het station? Nee, dat was Laurens stijl niet. Tot vanavond wachten en het hem onder het eten vertellen, zodat het slechte nieuws in liters rode wijn verdronk? En het risico nemen van de ongeremde ruzie die daar onvermijdelijk op zou volgen? Hij had beter moeten weten. Lauren kwam over het perron naar hem toelopen, zwaaiend met twee grote, duidelijk lege koffers. Ze had helemaal geen woorden nodig.

Automatisch wilde hij de koffers van haar overnemen.

'Hoeft niet', zei ze en ze tilde ze even op om te laten zien hoe licht ze waren.

Ze liepen het station uit naar de auto. Lauren hief haar gezicht naar de motregen. 'Waarom regent het hier toch altijd?'

'Het regent overal.'

'Nee hoor. In Londen was het droog.'

Ze gooide de koffers met een zwaai op de achterbank en kwam naast hem zitten. Het was klam, koud en muffig in de auto. Toen hij de verwarming aanzette, besloegen de ruiten.

'Je neemt dus wat spulletjes mee terug?'

Ze keek hem aan in het vale licht. 'Nou, om je de waarheid te zeggen, Tom, het is wel een beetje meer dan dat. We komen

er niet uit. Geen van beiden. Dus vond ik dat ik maar beter...
nou ja, je snapt het wel.'

'Uit huis kon gaan.'

'Ja. Ik wil scheiden.'

Het had geen zin om Lauren om nadere uitleg te vragen.
Dan zou ze bezig blijven.

'Scheiden.' Ergens schrok hij van het woord. Hij had gedacht aan een tijdje uit elkaar, zo'n... Hij had niet gedacht dat
ze zover zou gaan.'

'Ons huwelijk stelt immers niets meer voor, Tom?'

Hij had kunnen volhouden dat het wel zo was. Zolang hij
beweerde dat hun huwelijk nog leefde, kon zij het niet dood
verklaren. 'Nee', zei hij.

Hij wipte een hendeltje omhoog en er spoot water op de
voorruit. Piep, zoef... floep. Nog wat water. Floep. 'Nou, we
kunnen hier niet de hele dag blijven.'

'Niet achteruit gaan. Je kunt niets zien.'

'Het gaat wel. De verwarming gaat zo werken.'

Maar zij stapte uit, leunde bij het achterportier naar binnen
en veegde de condens van de achterruit, haar profiel strak,
gepreoccupeerd, boos. Niets deugde aan hem op het ogenblik.
Dat was de enige manier waarop zij de situatie de baas kon.

Toen hij veilig en wel gekeerd was, zei hij: 'Ga je vanavond
nog terug?' Hij kon dat kalm en koeltjes vragen. Het was
allemaal nog geen werkelijkheid voor hem.

'Nee, ik was van plan een nachtje over te blijven. Als je er
niets op tegen hebt.'

'Doe of je thuis bent.'

Dat hielp hen beiden. Ze reden verder naar huis in een
bevredigend kregel stilzwijgen.

Hun stilzwijgen bleef niet duren. Ze waren het aan hun
huwelijk verplicht om te praten, en praten deden ze, eindeloos, maar niet omdat er nog iets te zeggen viel.

Ze aten in een Chinees restaurant, waarvan het donkerrode veloutébehang Tom het gevoel gaf dat hij opgesloten zat in iemands geheimzinnige, met bont gevoerde ingewanden. 'Hét huwelijk', zoals ze het waren gaan noemen, zat bij hen aan tafel. Ze bestelden iets te eten waar ze af en toe een hapje van namen en een flesje wijn dat ze in recordtijd achteroversloegen.

'Weet je,' zei Lauren, niet helemaal vast van stem, 'ik kan het niet uitstaan niet gewild te zijn. Ik weet dat jij er niets aan kan doen. Ik weet dat je het niet kunt helpen, het is geen opzet, ik neem het je echt, absoluut niet kwalijk, maar ik kan er niet tegen. Het is... ik voel me gewoon door en door ontluisterd. Alsof ik een uitgedroogd verschrompeld oud vrouwtje aan het worden ben.'

'Dat ben je niet. Je bent heel mooi.'

'Maar zo vóélt het.'

'Het spijt me echt.' Hij gebaarde hulpeloos met zijn handen. 'Ik weet niets anders te zeggen, behalve dat het aan mij ligt. Het ligt niet aan jou. Ik begrijp ook niet hoe het komt.'

'Ik hou dat niet uit.'

'Ik weet het.' Stilte. 'En ik kan niet zeggen: geef het nog een halfjaar, het herstelt zich wel, want... zoiets is het niet. Meer weet ik er ook niet over te zeggen.'

Weer thuis, aan de tweede fles, wisten ze genoeg te zeggen, allebei. Om en om en op en neer. Waar ze eigenlijk behoefte aan hadden, dacht Tom in een van die heldere momenten die dronkenschap kenmerken, was een kort eenvoudig gesprek en daar konden ze zich maar niet toe zetten omdat dat een aanfluiting leek voor alles wat ze de afgelopen tien jaar hadden meegemaakt. Dus bleven ze bezig met begraven en opgraven en uitvoerige onsamenhangende navorsingen. Op het laatst, volledig uitgeput in de kleine uurtjes, ontaardde dit in een complete ruzie, waar ze halverwege beschaamd mee stopten omdat ze zich realiseerden dat ze elkaar niet goed genoeg meer kenden.

Toen begonnen ze over de praktische details van het los-koppelen van hun levens. Moest het huis verkocht? Indien ja, hoe moest het actief vermogen worden verdeeld? Welke meubels wilde Lauren? Dit gesprek had iets lichtelijk indecents, net als het praten over de levensverzekering terwijl de verzekerde persoon zich nog aan het leven vastklampt. Er kwam niets nuttigs uit, maar alleen al het feit dat ze deze wereldse zaken trachtten aan te pakken deed ze beiden beseffen – in Toms geval voor het eerst – dat het echt stond te gebeuren.

Het leek belachelijk om hierna het bed te delen, maar na tien jaar even belachelijk om dat niet te doen. Tom kleedde zich uit in de badkamer, maar verdomde het om een pyjama op te diepen. Ze hadden altijd in hun blootje geslapen en het zou… stom lijken om nu iets anders te doen. Toch voelde hij zich net een geplukte kip toen hij de slaapkamer weer in ging.

De koude leegte rond zijn kruis deed hem denken aan de eerste afschuwelijke avond op kostschool, twee rijen kleine jongetjes die in het donker bij het voeteneind van hun bed stonden, terwijl de hoofdverzorgster, een angstaanjagend mens, hen een voor een benaderde, hun genitaliën met een wit doekje in de hand nam en met een zaklantaarn de plooien aan weerszijden bescheen. Op zoek naar *tinea cruris* natuurlijk, maar dat hadden ze niet geweten. God weet wat ze dachten dat er gaande was. Hij herinnerde het zich heel goed: de kou, het donker, het rondje licht, het voorovergebogen vage gezicht van de verzorgster, de rijen bleke, kale kikkers van jongetjes.

Terwijl hij tussen de koele lakens schoof, realiseerde hij zich dat deze herinnering niet alleen opgewekt was door het opgelaten gevoel in je nakie voor een onvriendelijk publiek te staan, maar door een gevoel van verlatenheid.

In het donker kroop hij zwetend, blind als een mol haar kant op en zij stelde zich voor hem open, sloeg haar armen om zijn schouders en drukte haar gezicht in zijn vlassige haar. Hij lag half over haar heen, een hand om haar smalle pols gekneld en ze verdroeg het, maar hij voelde hoe ze zich inwendig, daar waar het belangrijk was, terugtrok. Meer dan al het andere overtuigde deze verdraagzaamheid, dit aardig zijn, hem ervan dat ze meende wat ze had gezegd.

Na een gepaste pauze, maakte ze zich van hem los, maar het duurde een hele tijd voordat hij aan haar regelmatige ademhaling hoorde dat ze in slaap gevallen was, en nog langer voordat het hem lukte haar te volgen.

De volgende ochtend werd hij vroeg wakker. Door een opening in de lichtgrijze gordijnen stroomde zonlicht. Lauren had het dekbed van zich afgeschopt in haar slaap en hij sloeg haar gade, verwonderd over de cello-op-zijn-kant-welving van haar heup en het fijne goudkleurige donslaagje onder op haar rug.

Zijn pik was pijnlijk hard. Goed getimed, ouwe jongen, dacht hij bitter. Kon niet beter.

Het ontbijt bestond uit koffie met geroosterd brood, staande in de keuken genuttigd, door Lauren gevolgd met twee uur pakken. Ze zou met een bestelwagen komen om de schilderijen en de meubels op te halen, zei ze. Ze zou hem begin volgende week bellen om een dag af te spreken. Over wat ze wilde meenemen konden ze het later telefonisch wel hebben.

Hij was opgelucht dat ze daar nu niet over hoefden harrewarren. Hij was in feite vastbesloten om er absoluut niet over te kiften, al had hij genoeg scheidingen van anderen gezien om te weten hoe ondermijnend een scheidingsproces kan zijn. Hij zat in de kamer en hoorde haar boven heen en weer lopen. Het was onwezenlijk. Ten slotte waren de koffers vol en dicht en de riemen vastgegespt. Hij droeg ze naar beneden en zette ze in de gang.

Het huis voelde al leeg aan, hoewel er niets anders weg was dan de inhoud van Laurens kleerkast en laden. En wat prullaria. Hij keek naar een ronde plek in het stof van de schoorsteenmantel in hun slaapkamer en kon zich niet meer herinneren wat daar had gestaan. De finesses van hun leven samen waren al aan het vervagen.

Ze moesten nog twee uur zoek brengen voordat haar trein ging. Niets leek geschikt. Ten slotte deden ze wat ze dikwijls hadden gedaan op een zondagmorgen, ze gingen naar de zondagsmarkt op de kade.

De cafés waren open. Het krioelde van de mensen op de trottoirs, met blote armen, zwetend en luidruchtig. Het was warm en benauwd en er kwam een heel licht verfrissend briesje van de Tyne. De markt was veranderd in de loop der jaren, het was meer een toeristische attractie geworden, niet meer de plek bij uitstek waar spullen die van vrachtwagens gevallen waren onderhands van eigenaar verwisselden. Vroeger stonden er aan de uiteinden van elke doorgang klantenlokkers die de kraamhouders waarschuwden als er politie aankwam.

Bij de brug waren mensen samengedromd en Tom en Lauren gingen die kant op. Er stond een joch van een jaar of twaalf, dertien in een vaal roodbruin shortje en met blote voeten in gympen en zijn armen om zijn ontblote bovenlijf geslagen. Kleine gerimpelde tepeltjes als bessen op zijn borst. Wat Tom voornamelijk opviel was zijn figuur: klein voor zijn leeftijd, korte hals, smalle taille, kippenborst, dat merkwaardige ingedeukte uiterlijk dat je bij meisjesatleten uit het Oostblok ziet. Hij keek de kring mensen rond. Op de grond naast hem lagen een zak en een hoopje roestige kettingen.

Plotseling, met veel geschraap en geratel, pakte een man met een kale kop en getatoeëerde armen in een grote zwaai de kettingen van de grond en droeg ze langs de toeschouwers, hij preste ze – dwong ze zowat met bedreigingen – om de sterkte van de kettingen te testen. Zijn lange vieze haar zat in een paardenstaart; zijn blote borstkas stak uit een vuile spijkerbroek. Zijn hele lijf was bedekt met tatoeages, ze zaten op elk beschikbaar plekje. Boven de afzakkende broekriem stond

SEKSMAGNEET in rode en blauwe letters.

Enkele mensen, onder wie Lauren, slenterden weg omdat de brallende toon ze niet aanstond, maar de meesten bleven kijken. Het had een akelig tintje, dacht Tom, iets gemeens, hoewel de jongen die toch bijna helemaal naakt was geen tekenen van mishandeling vertoonde, geen kwetsuren, geen blauwe plekken. Hij was mager maar niet ondervoed en hij stond er eerder verveeld of onverschillig bij dan bang. Hij stapte in de zak. Zijn vader – als het zijn vader was – trok de zak over zijn hoofd en knoopte hem dicht. Toen wond hij een voor een de kettingen om de zak en klikte ze dicht met hangsloten, tot de jongen en de zak getransformeerd waren tot een mummie in ijzeren windsels.

Een mager vrouwtje begon op een trom te slaan. De bundel kreeg stuiptrekkingen, de uiteinden worstelden naar het midden als bij een pop die op uitbreken stond. Tom verwachtte haast geel vocht uit de zak te zien sijpelen. Meer stuiptrekkingen, gekreun van inspanning, gedraai, gekronkel. De kettingen knarsten op de stoeptegels. Maar geen vooruitgang, tot onder een toenemend zorgelijk gemompel de eerste ketting opeens losliet. De jongen klapte dubbel en kwam in een gehoekte sprong overeind met het laatste hangslot in de handen boven zijn hoofd.

Het publiek klapte, een mager applausje dat de getatoeëerde man kennelijk razend maakte. Hij greep de jongen bij de arm en sleurde hem langs de opbrekende kring mensen, duwde ze een pet onder hun neus en schudde de munten zowat uit hen. Tom gooide al zijn kleingeld in de pet, niet omdat hij geïntimideerd was, maar uit schaamte dat hij erbij was geweest.

De voorstelling had zijn depressie verhevigd. Hij was blij dat hij weg kon. Hij ging op zoek naar Lauren, drong zich door de overvolle paden tussen de kramen, speurend naar een lichtblond hoofd en dacht hoe vreemd het was dat hij nog ruim een uur het recht had om naar haar te zoeken. De markt was maar zo'n vierhonderd meter lang, maar hij zag haar nergens. Er kon haar niets gebeurd zijn. Toch kneep zijn keel dicht en kreeg hij het benauwd, hij begon zich met geweld een weg te banen door de mensenmassa. Op het laatst dwong hij zichzelf tot kalmte, klom op een trapje en liet zijn blik langzaam en methodisch over de menigte gaan, van links naar rechts en weer terug, en toen ontdekte hij haar. Ze was niet alleen. Ze praatte met iemand, een grote, langharige jongen die met zijn rug naar Tom stond. Zijn hoofd kwam hem bekend voor, maar pas toen dat een lichte draai maakte zag hij wie het was: Danny Miller.

Geen enkele reden waarom hij hier niet zou zijn. Hij was een student en dit was een van de weinige plekken waar arme studenten voordelig konden inkopen. Hij moest Lauren herkend hebben van de foto op Toms bureau en haar aangesproken hebben. Geen enkele reden om dat niet te doen. Toch maakte het Tom onrustig hen samen te zien.

Merkwaardig, dacht hij. Hij had urenlang iedere trilling van Danny's gelaatsuitdrukking bestudeerd, had zijn gescheurde nagelriemen en schone nagels opgemerkt, de grootte van zijn pupillen, minieme veranderingen in zijn kleding en houding. En ergens in dat proces was hij vergeten hoe hij eruitzag. In ieder geval zag hij niet meer wat Lauren nu zag. Een buitengewoon knappe jongeman.

Danny was lang, knap en charmant. Dertien jaar geleden toen Tom hem in de getuigenbank gadesloeg, had hij zich afgevraagd: hoe is het mogelijk dat hij zoveel mee heeft? Met het ongemakkelijke gevoel dat hij in zijn eigen voetsporen trad, vroeg hij zich dit nu weer af.

Hij worstelde zich door de mensenmassa, wilde snel naar ze toe, was zich nauwelijks bewust of hij bezorgd was voor Lauren (maar wat kon haar hier in vredesnaam gebeuren?) of dat het zien van Danny en haar samen hem alleen verontrustte door het gevaar voor onthullingen.

Hij bereikte haar net op tijd om Danny's rug in de menigte te zien verdwijnen. 'Wie was dat?'

'De jongen die zich wilde verdrinken.' Ze was opgetogen. 'Ik ben blij dat ik hem tegen het lijf liep. Ik heb me aldoor afgevraagd hoe het met hem zou zijn.'

Ze stonden tegenover elkaar. Ze duwde een haarlok achter haar oor, hij zou eraan moeten wennen dat gewoontegebaar niet meer te zien. 'Enfin', zei ze.

Ergens sloeg een klok het hele uur.

'We moesten maar eens gaan', zei hij om het haar te besparen dat te moeten zeggen.

Ze gingen richting huis, los van elkaar door de drukte, allebei dankbaar dat het afscheid nemen zo, al was het maar voor even, uitgesteld werd.

12

Tom woonde nu al meer dan een jaar alleen, op de weekends na. Er was geen enkele reden dat het huis groter zou lijken nu Lauren tot een scheiding besloten had, maar dat deed het wel. Hij kwam de volgende morgen beneden in een woonkamer die uitgegroeid was tot het formaat van het Sint-Pancrasstation. Tegen de muur stonden meubelstukken die hem aanstaarden. Eén verkeerde beweging vriend, leken ze te zeggen, of wij zijn ook verdwenen.

Hij probeerde de hele ochtend te werken, maar het lukte niet erg. Toen belde hij zijn moeder, zei dat hij 's avonds bij haar zou komen eten, vertelde haar onder het eten het nieuws, dat niet als een verrassing kwam, en ging om even over tienen weg met het gevoel dat hij harteloos was. Hij had de toekomst opgezegd.

Bij thuiskomst leek het huis nog leger. Belachelijk, hij was gewend om thuis te komen in een leeg huis. Terwijl hij wat ronddrentelde – omdat het duidelijk geen zin had om naar bed te gaan – ontdekte hij dat de ene kamer erger was dan de andere. Tot zijn verbazing was het in de slaapkamer wel uit te houden. Hij was gewoon aan Laurens kant van het bed gaan slapen. In de keuken was het niet te harden. Ook als hij op haar stoel zat hoorde hij zichzelf eten, kauwen en slikken en dat was onuitstaanbaar. Voedertijd in de dierentuin. Na die eerste ochtend ontbeet hij staande of lopend door de tuin en nam 's avonds een blad met eten mee naar boven.

Het computerscherm werkte verlammend. De knipperende cursor was dwingend maar niet dwingend genoeg. Je kon hem negeren zoals je een patiënt op de stoel naast je bureau nooit zou kunnen negeren. Hij ging dingen zoeken om buitenshuis te doen. Hij maakte een afspraak met Bernard Greene, Danny's oude schooldirecteur, en hij maakte een lijst van de gesprekken die hij moest voeren met kinderen die deelnamen aan het onderzoek naar Jeugd en Geweld.

Ryan Price stond bovenaan de lijst. Een afspraak maken was niet eenvoudig, want Ryans moeder had geen telefoon, maar erheen gaan was nog moeilijker. Hij kon geen taxi nemen omdat geen enkele taxichauffeur die wijk in wilde. Hij kon niet voor de deur parkeren omdat de auto gestolen of in brand gestoken zou zijn tegen de tijd dat hij terugkwam, en de bushalte was op een kruising met het hoogste straatroofcijfer van het vasteland van Groot-Brittannië. Uiteindelijk reed hij naar de dichtstbijzijnde huisartsenpraktijk, zette zijn auto op een van hun beveiligde parkeerplaatsen en liep het laatste stuk.

Toen hij de hoek van Belfort Street omsloeg, zag hij een politiewagen staan voor het huis van Ryan. Er stapten twee agenten uit. De oudste stootte zijn partner aan. 'Hé, kijk, daar heb je de bliksemflits.' Dat sloeg op de keer, twee jaar geleden, dat Tom gepakt was wegens te hard rijden. De politie kreeg nooit genoeg van de grap.

'Welke moet u hebben?' vroeg de oudste.

Tom haalde zijn schouders op en spreidde zijn handen.

'Nou als het om Robbie of Craig gaat, heeft u pech.'

Hij had een flinke bierbuik, de oudste, maar geen poeha en geen agressie. De jongere, een en al pezen en adamsappel, stond al door het raam naar binnen te turen.

Jean Price, een magere vrouw aan wie nauwelijks te zien was dat ze al acht maanden zwanger was, sprong op van de bank vol halfnaakte kinderen en kwam op het raam af. 'Zijn jullie helemaal belazerd? Verdomme door me raam naar binnen kijke om halfnegen in de ochtend?'

'Toe, Jean. Doe es open.'

'Jullie zouen iemand nog een hartaanval besorrege, rotlui.'

'Kom nou, meid. We doen alleen ons werk.'

Ze wist dat ze geen keus had. De deur ging open. 'Alleen je

werk doen. Stelletje rottige blaaskaken.'

'We komen Robbie en Craig halen, Jean. Ze hadden gisteren moeten voorkomen, weet je wel?'

'Wat heb ik daarmee te maken? Het is mijn werk niet om ze naar die kloterechtbank te krijgen, als je begrijpt wat ik bedoel.' Ze keek over hun schouders naar Tom, die ze zo'n beetje als een medestander beschouwde. 'Ken jij ze dat niet vertellen?'

Ze liepen achter haar aan de kamer in, een bijna kale kamer met een onbeschermde elektrische kachel. De kinderen, in weinig meer dan hemdjes, staarden met grote ogen naar de politieagenten.

'Wind je nou niet zo op, Jean', zei bierbuik.

'Ik me niet zo opwinden? Ik dacht dat jullie dat deden.' Ze hief haar vinger. 'Die knullen zijn vijftien en zestien. Ze benne oud genoeg om zelluf naar de rechtbank te komen, snap je? Ze krijgen brieven van hun advocaten om ze eraan te herinneren. Ze kenne lezen.' Ze bukte om een kinderschoentje op te rapen, maar kon niet gaan zitten. 'Als ze niet naar de rechtbank willen, moeten ze dat zelf weten.'

Bierbuik liep naar de trap en riep: 'Craig? Robbie? Kom nou naar beneden.'

'Handen van je pik, op naar de lik', zei de jongere.

'Hoor nou es wat een taal ze uitslaan in het bijzijn van de meissies!' Ze had het nu tegen Tom. 'Wat moet ik er verdomme mee aan? Toen ik negen maanden was van die daar, werd ik in de rechtszaal neergepoot. Ze werd goddorie bijna in de rechtszaal geboren, het schaap.'

Bierbuik liep de trap op.

'Doe maar of je thuis bent, hoor', gilde Jean hem na. Ze wendde zich weer tot Tom. 'Dit is pure pesterij. Ik heb acht kinderen, ik ben een alleenstaande moeder. Ik zit hier niet op te wachten.' Ze deed verwoede pogingen om een klein meisje sokken aan te trekken, maar haar handen trilden zo erg dat ze

ermee op moest houden. 'Ik heb toch al pillen voor de zenuwen. Ieder mens met kinderen is om deze tijd bezig ze naar
school te krijgen, snap je wat ik bedoel?' Ze viel uit tegen de
politie: 'Als jullie een halfuurtje gewacht hadden, had ik hier
met een kop thee gezeten, snap je? Hadden jullie misschien
ook een kop kenne krijgen.'

Craig en Robbie tuimelden de kamer binnen. Jean begon
onmiddellijk op hun hoofd en schouders te timmeren. 'Ik kon
wel es een mondje tegen ze opendoen over jullie, stelletje
slampampers.' De politie had de overhand. 'Hier binnenval-
len om halfnegen in de zeikerige ochtend.' Ze wendde zich tot
Tom. 'En ik lieg er niet om, ik heb bij deze zwangerschap elke
maand gebloed. Ik bloed nu ook.'

'Dan moeten we zien je naar de dokter te krijgen', zei Tom.

'Wat heeft dat voor zin? Die zou me allenig maar in het
ziekenhuis laten opnemen. Zie je mij al naar het ziekenhuis
gaan?' Ze gebaarde naar de kinderen die haar doodernstig
aankeken. 'Jij weet net zo goed als ik dat als dat stelletje in een
kindertehuis moet, ik ze nooit meer terugkrijg.'

Robbie knoopte zijn veters dicht en stond op.

'Goed, kunnen we gaan?' zei bierbuik. 'Wil je meerijden
naar het bureau, Jean?'

'Da's een mooie. Hoeveel zal ik er meenemen? Alle zes, of
alleen de baby?'

Hij haalde zijn schouders op en duwde Craig naar buiten.
Jean en Tom zagen vanachter het raam hoe de jongens achter
in de auto stapten, waarbij de jongere agent ter bescherming
een hand op hun hoofd legde.

Op het laatste moment rende Jean naar de voordeur. 'Denk
erom dat je om een advocaat belt, Robbie. En Craig? Zorg jij
nou dat je je mond niet voorbij praat.'

De wagen reed weg. Jean ging, nog steeds kokend van
woede, het kleine meisje verder aankleden. 'Da's de oudste
truc van de wereld. Mij zover krijgen dat ik de meissies alleen

laat en dan de kinderbescherming bellen. Bingo. Het hele stel in een kindertehuis. En ze kunnen veel over me zeggen,' voegde ze eraan toe, terwijl ze een voetje in een schoen ramde, 'maar niet dat ik me kinderen verwaarloos, en ik laat ze ook nooit alleen thuis.'

'Niemand vindt dat je ze verwaarloost, Jean.'

'Hmm.' Ze was enigszins bedaard. Een tel later grinnikte ze. 'Kijk es, heb je me al es van opzij gezien?' Ze demonstreerde haar praktisch platte buik. 'Me moeder zegt altijd: "Allemachtig Jean, waar laat je het verdikkeme?"'

Tom zei: 'Hoor eens, ik weet dat ik ongelegen kom...'

'Nee hoor, jij bent oké, schat.'

Hij was er nooit zeker van hoe hij volgens Jean in hun leven paste. Ze gedroeg zich tegenover hem altijd een beetje flirterig, ze scheen aan te voelen dat hij aan hun kant stond, maar het leek wel alsof ze niet zag dat het een professionele band was. 'Ik wilde eigenlijk even met Ryan praten.'

'O Jezus ja, daar kwam je voor. Weet je, ik ben zo afgedraaid dat ik de helft van de tijd niet weet waar ik mee bezig ben.' Ze gaf bij de trap een schreeuw naar boven. 'Ryan!'

Een tel later verscheen Ryan, met een wazige blik en gapende mond. 'Is de politie weg?'

'Ja.'

'Wat moesten ze?'

'Niks van jou. Ze kwamen om Robbie en Craig naar de rechtbank te brengen.'

'Stelletje slampampers.'

'Hé, je heb het wel over je broers hoor.'

Ryan wreef over zijn dij. 'Craig is zo stom als het achtereind van een varken.'

'Ryan,' zei Tom streng, 'kunnen we even naar de keuken om een praatje te maken?'

Hij schokschouderde. 'Mij best.'

Misschien lag het aan Toms eigen depressie, maar het uitzicht van planeet Ryan leek die ochtend nog deprimerender dan anders. School: zonde van de tijd. Hij was er trouwens afgestuurd. Wat vond hij daarvan? 'Mij 'n biet.' Zou het geen goed idee zijn wat diploma's te halen? 'Mij 'n biet.' Zoals de meeste van Jeans kinderen was hij niet dom, en nu en dan barstte hij los en hield een samenhangend verhaal. Leraren leefden in hun eigen besloten wereldje. Ze zouden het buiten school geen vijf minuten uithouden. Waarom niet? Ze hadden geen benul. Ze dachten dat het geweldig was als iemand een diploma haalde en opgenomen werd in een van die slaven-arbeidprojecten. £1,99 per uur. Tom probeerde hem te laten praten over de veiligheidsbeambte die Ryan en zijn maten een roltrap afgegooid hadden in het Metro Centre. 'Die rottige bewakers moeten ons altijd hebben.' Maar de man liep nog wel steeds op krukken. Wat vond Ryan daar dan van? 'Mij 'n biet.' Op momenten als deze, dacht Tom, besefte je dat deze jongens door en door slecht waren en dat er verder weinig over ze te zeggen viel.

Hij liep terug naar zijn auto. Bij elk huis dat hier leegkwam werden meteen de stookplaatsen onklaar gemaakt, het sanitair, de leidingen en de dakbedekking gesloopt, en dan werd de brand erin gestoken, zomaar voor de lol of omdat de eigenaren, desperaat omdat ze het pand niet konden verkopen of verhuren, kinderen geld gaven om dat te doen. Op de hoek van de straat stond een container vol brandend afval. Een kluitje kinderen aan de andere kant stond te trillen in de hitte als weerspiegelingen in water.

Die avond belde hij Martha en zei één woord.
    'Desinfecteren?'
    'Oké.'
Ze spraken af in een café in Northumberland Street en bestelden een fles wijn.
    'En, wat is er aan de hand?' vroeg ze.

'O, niks verschrikkelijks. Ik heb met Ryan Price gepraat en op de een of andere manier, eh, werd het me gewoon te veel.'

'Mij 'n biet', zei ze op Ryans lijzige toon.

'Precies. Je weet toch dat hij een veiligheidsbeambte van een roltrap heeft gegooid? Nou ja, hij en zijn bende.'

'Ja, ligt in zijn lijn. Toen hij klein was heeft hij zes weken in het gips gelegen omdat Robbie hem van de trap had gegooid.'

'Hmm. Leuk om te zien dat de familietradities worden voortgezet.' Hij nam een slok wijn. 'Weet je, ik bekeek die buurt en ik dacht, als…' Een snelle blik in het rond, toen vervolgde hij met zachtere stem. 'Als Ian daar had gedaan wat hij gedaan heeft, dan zou het niet half zoveel opschudding gegeven hebben.'

'Nee', zei ze. 'Omdat zé nu eenmaal zo zijn. Maar zodra een kind een moord pleegt in landelijk Engeland – of kleinsteeds Amerika, daar is het net zo – dan is dat een aanslag op… ik weet niet, de mythe – het morele gemoed. En dan krijgt de pers het op zijn heupen. Weet je dat ze nu nog achter Ian aanzitten, ze zijn nog steeds aan het rondsnuffelen.'

'Ik dacht dat niemand wist dat hij vrijgelaten was.'

'Officieel niet, nee.' Ze schudde haar hoofd. 'Ze zijn altijd op de hoogte, Tom.'

'Maar ze weten niet hoe hij nu heet?'

'Nee, nou ja, ik hoop bij God dat ze dat niet weten.' Ze legde haar spitse vingers tegen haar lip. 'Ian zegt dat je met andere mensen gaat praten.'

'Ja. Ach, voorlopig nog maar eentje. Ik heb een afspraak gemaakt met zijn oude schooldirecteur, Bernard Greene.'

'Je bent toch wel voorzichtig, hè?'

'Je bedoelt dat ik zelfs daar zijn nieuwe naam niet mag noemen?'

'Zo is dat.'

Tom leunde glimlachend naar achteren. 'Weet je zeker dat dit niet gewoon overheidsparanoia is?'

'Jij bent nog nooit achtervolgd door de roddelpers.'

De eerste fles was op en ze bestelden een nieuwe op Toms aandringen. Hij kon met haar wel over Lauren praten, maar moest zich eerst moed indrinken.

'Wat ging er mis?' vroeg ze, spelend met de steel van haar glas.

'Het vrijen', zei hij. 'Ik was op het laatst niets meer waard.'

'Dronkemansimpotentie?'

Het was verbazingwekkend dat Martha met zoiets op de proppen kon komen en toch sympathiek bleef klinken. 'Néé. Impotentie door het ovulatiemeldersgedoe.'

'Jullie probeerden een kind te maken?'

'Ja. En ik weet dat het onverantwoordelijk klinkt, maar toen we eraan begonnen was het nog goed tussen ons. Wat ik maar niet kan vatten is dat het zo snel bergafwaarts is gegaan. En ik blijf maar terugdenken, en het gekke is dat je nog moet uitkijken dat het heden het verleden niet verpest, want als ik me nu de gelukkige tijd herinner, denk ik, nou, zo goed kan het niet geweest zijn. Er moet toen al iets mis geweest zijn en dat is langs me heen gegaan.'

Het zwanger worden was een obsessie geworden, zei hij en wist dat hij daarmee de schuld bij Lauren legde, wat hij niet aardig vond van zichzelf. Maar alles wat hij zei was wel waar, althans zo dicht bij de waarheid als hij kon komen. Hij had zich gebruikt gevoeld en hij had zich teruggetrokken, niet bewust, niet met opzet, maar…

'Maar je begrijpt toch wel waarom ze zo vreselijk haar best deed? Hoe oud is ze?'

'Zesendertig.'

'Nou, ik ben vierendertig en daar heb ik het al moeilijk genoeg mee. Bij mannen ligt het anders, nietwaar?' Martha's doorgaans opgewekte gezicht was betrokken. 'Jullie hoeven het verstrijken van de tijd niet in de gaten te houden. Want voor jullie verstrijkt hij verdomme niet.'

'Ik heb de apparatuur niet ontworpen. Als ik dat gedaan had had ik er een permanent opgepompte buis bijgedaan.'

'Zou dat even handig zijn, zeg.'

'Ja. Je zou hem met een riempje om je dij kunnen binden wanneer je hem niet nodig hebt.'

'Jij wel.' Ze aarzelde even. 'Heb je het al eens met een ander geprobeerd?'

'Je bedoelt…'

'Proberen. Een poging wagen. Je kunt nu wel zeggen dat het ovulatiemeldersimpotentie is, maar hoe kun je dat weten als je het nooit eens met een ander geprobeerd hebt?'

'Welbedankt, Martha. Dat is een goed advies.' Hij zat een poosje te peinzen. 'Nee, dat heb ik niet', zei hij ten slotte. 'Ik was getrouwd.'

'Nou, je bent nu vrij.'

Als een ander dat gezegd had zou hij gedacht hebben dat het een verkapte uitnodiging was. Maar niet bij Martha. Niet dat ze niet aantrekkelijk was – integendeel, in het begin van hun samenwerking had hij haar verontrustend aantrekkelijk gevonden – maar inmiddels waren ze te ver gevorderd op het pad van de vriendschap om terug te gaan en de andere weg te gaan. Vrijen met Martha zou zoiets zijn als een lekkere warme oude trui aantrekken op een koude sombere avond. Zij verdiende beter, en hij ook.

Buiten bij het café kusten ze elkaar welterusten en vertrok hij lopend naar huis in de hoop dat hij door de combinatie van frisse lucht, beweging en veel te veel wijn in slaap zou vallen.

De nachten waren beroerd. Het gebeurde geregeld dat hij om een uur of twee, drie of vier voor het raam de straat in stond te turen. Een keertje dacht hij een mede-slaploze te ontdekken. Negen of tien huizen verderop ging aldoor het licht achter een slaapkamerraam aan en hij putte een beetje troost uit de nabijheid van een lotgenoot. In de daaropvolgende nachten ontdekte hij een zekere regelmaat en besefte dat het om een lamp ging die op een tijdschakelaar aangesloten was. Het verlies van die vermeende metgezel bezorgde hem een acute pijnscheut en het verbaasde hem dat zoiets onbenulligs nog voelbaar was te midden van de algehele misère.

Deze avond echter, viel hij als een blok in slaap en werd verkwikt wakker. Hij sloeg het zonlicht gade dat over het vloerkleed naar het bed kroop. En in plaats van zich, zoals elke ochtend, moeizaam naar zijn werkkamer op zolder te slepen, zou hij vandaag naar Long Garth rijden.

Ergens in zijn hoofd zei Martha's stem: 'Je bent nu vrij.'

Toen hij naar beneden ging om te ontbijten, dacht hij daarover na. Vrij zijn maakte geen eind aan de pijn of de verwarring of het gevoel gefaald te hebben, maar het bood een nieuw perspectief op zijn situatie en het verdiende aandacht.

13

Long Garth, de gesloten inrichting waar Danny zeven jaar van zijn leven had gezeten – een restje van zijn kinderjaren en zijn hele pubertijd – lag in een groen landelijk dal onder Brimham Rocks.

Tom was te vroeg voor zijn afspraak en nam de weg omhoog om de rotsen te bekijken, reusachtige brokken graniet die na de laatste ijstijd her en der op de woeste grond waren achtergebleven, sommige in groepen, andere op zichzelf. Eén rotsblok stond zo volmaakt uitgebalanceerd boven op een ander dat het heen en weer zwaaide bij het geringste zuchtje wind.

Tom sloeg de bewegende steen gade, liet zijn blik over de lager gelegen veengronden dwalen en luisterde naar het geblaat van schapen, dat bij vlagen opklonk als de klanken van een windgong. Hij zag Long Garth liggen, een laag gebouw omringd door speelvelden, en opzij daarvan de blauwe rechthoek van een zwembad. Long Garth was vroeger onderdeel geweest van een veel groter instituut voor jongeren die in aanraking met de wet waren gekomen, maar dat was opgedoekt. Gebruiken veranderen: de extreme isolatie van de plek werd nu als ongeschikt beschouwd voor de rehabilitatie van jonge wetsovertreders, maar de gesloten afdeling was blijven bestaan. Vierentwintig pubers – allemaal jongens – achter een vijf meter hoge muur.

Tom had Bernard Greene nog nooit ontmoet. In het eerste jaar na Danny's veroordeling had hij drie brieven naar Binnenlandse Zaken geschreven om te benadrukken hoe belangrijk het was dat Danny een psychotherapeutische behandeling kreeg en niet alleen maar opgesloten werd en op iedere brief had hij hetzelfde nietszeggende antwoord ontvangen. Danny was snel ingeburgerd. Er werd vooruitgang geboekt met het oog op zijn eventuele rehabilitatie. Maar Tom had uit andere bronnen vernomen dat er op Long Garth geen psychotherapie geboden werd en dat was door Danny bevestigd. Daarentegen kreeg hij een buitenissige vorm van een ouderwetse kostschoolopleiding: groot terrein, goed uitgeruste leslokalen, kleine klassen, lessen in strenge moraal, en veel aandacht voor de rol van sportwedstrijden bij de karaktervorming. Geen wonder dat het zijn vaders goedkeuring weg kon dragen.

Droomwereld, zou Tom gezegd hebben. Helemaal niet relevant voor de behandeling van een zwaar gestoord kind, maar Danny was hier wel degelijk tot ontplooiing gekomen, voor een poosje althans.

Bernard Greene woonde buiten de inrichting, aan een smal weggetje dat evenwijdig aan de scheidsmuur liep. Langs de voorgevel van het huis groeide een blauweregen, waarvan de blaadjes ruisten in de wind. Dat had het effect dat het huis leek te leven, een beschutte plek in de tuin, maar daar niet van gescheiden. Het blad begon al te verkleuren. Hij kon zich niet voorstellen hoe het er hier in de winter uit zou zien: woeste heidegronden, ijzige winden en aan de horizon die gevaarlijk balancerende rotsblokken.

Er werd opengedaan door een forse vrouw met een rood-witgestreepte ovenwant aan haar ene hand. 'Dr. Seymour?' zei ze. 'Komt u binnen. Mijn man verwacht u.' Ze stond te glimlachen met een van transpiratie of van stoom glimmend gezicht, een joviale niet-athletische sportleidster aan een meisjesschool.

Hij stapte de hal in. Op de haltafel stond een bokaal met rozen, het zilver weerspiegelde in het gewreven hout. Zelfs de afgevallen bloemblaadjes, roze en gele gondolaatjes, leken bij het arrangement te horen. Het rook naar lavendel en citroen. Toch had mevrouw Greene geen tijd en moeite besteed aan haar eigen verschijning. Een soepjurk bedrukt met blauwe koolrozen hing om een lichaam dat ze kennelijk wilde vergeten. Dun, grijsbruin haar, schoon en netjes gekamd, maar niet in model. Ze had het opgegeven.

Ze opende een deur aan de rechterkant. 'Hier is dr. Seymour voor je, lieve.'

Bernard Greene hing vlak bij de deur rond, klaar om toe te schieten en een droge, koele hand uit te steken. Tom was op slag tegen hem ingenomen. Waarom was hij niet uit zijn luie stoel gekomen om zelf open te doen? Waarom moest zijn vrouw helemaal uit de keuken komen als een dienstmeid, terwijl hij veel dichterbij was? Greenes hele verschijning was elegant, gereserveerd en had iets jongensachtigs. Grijze kroeskop, felblauwe ogen – zo fel dat Tom getinte contactlenzen vermoedde, al kon hij de omtrekken ervan niet bespeuren – zongebruind, openhartig optreden, kaarsrechte, bijna militaire houding. Het contrast met zijn vrouw was schokkend. Hij leek wel twintig jaar jonger.

Nou ja, misschien was hij wel jonger. Tom ging zitten op de hem aangewezen stoel: een met sits beklede leunstoel aan de andere kant van de schoorsteenmantel dan waar Greene plaatsnam. Een uitgelezen boeket droogbloemen verborg het lege haardrooster. Links van hem stond een vleugel, beladen met foto's van twee jonge meisjes: in schooluniform, te paard, spelend in de tuin, giechelend aan de rand van een zwembad.

'Mijn dochters', zei Greene, alsof zijn vrouw geen enkel aandeel had gehad in hun productie. 'Ze zijn momenteel op schoolreisje, daarom is het akelig stil in huis. Heeft u kinderen?'

'Nee', zei Tom. Hij vond het een merkwaardige vraag aan het begin van een zakelijk gesprek, het leek wel alsof Greene bij voorbaat elke aanspraak die Tom zou kunnen maken op deskundigheid in de omgang met adolescenten wilde ondermijnen. 'Fijn dat u mij op zo'n korte termijn kon ontvangen.'

'Graag gedaan. Het is een genoegen u te helpen, al betwijfel ik of ik u veel kan vertellen. Is hij bij u in therapie?'

'Niet direct. Hij wil graag... met iemand praten over het verleden, over wat er gebeurd is en waarom het gebeurde. Ik weet niet of u het weet, maar ik was opgeroepen als getuige-deskundige bij het proces.'

'U weet er dus al veel van?'

'Maar niet alles.'

Mevrouw Greene zei: 'Het verbaast me dat...' en bedacht zich toen dat ze haar gedachten beter voor zich kon houden. 'Wilt u een kopje thee?'

Greene wierp een blik op Tom.

'Dat lijkt me heerlijk.'

Toen ze weg was, vroeg Tom: 'Heeft Danny contact gehouden nadat hij hier weg was?'

'Nee. Hij heeft een paar briefjes geschreven, maar dat is alles.'

'Verwachtte u van hem te horen? Ik bedoel, komen de jongens u wel eens opzoeken?'

'Sommigen wel, ja. Ik dacht dat Danny het wel eens kon doen.'

'Waarom heeft hij dat niet gedaan, denkt u?'

'Ik weet het niet. Dat kunt u hem zelf vragen als u hem spreekt.' Hij zweeg even en zei vervolgens: 'Ik vermoed dat hij zich... bedrogen voelde. Ik had hem min of meer beloofd dat hij zijn straf hier uit kon zitten, althans tot zijn negentiende. Daar was namelijk een precedent voor. Een andere jongen heeft dat gedaan en... Die werd in feite van hieruit ontslagen, maar in het geval van Danny besliste het ministerie dat hij overgeplaatst moest worden naar een zwaarbewaakte gevangenis. Hij moest dus weg.' Een plotselinge bittere uitval. 'En ik twijfel er niet aan of ze hebben binnen een halfjaar ons heilzame werk van zeven jaar tenietgedaan.'

'Vindt u het goed dat ik terugga naar het begin? Wat was uw allereerste indruk?'

'We waren verbijsterd', zei mevrouw Greene, die net binnenkwam met het theeblad. 'Weet je nog?' vroeg ze haar man.

'Ja', zei hij.

'We zaten in de wachtkamer toen de cipier met hem binnenkwam. Het was zo'n klein joch. En toen we met hem hier kwamen en hem tussen de andere jongens zagen...'

'Hij was drie jaar jonger dan de jongste die we hadden', zei Greene.

'Het enige wat je die avond kon doen was hem naar bed brengen', zei mevrouw Greene. 'Hij was volkomen uitgeput. O, en hij was zo bang dat hij in bed zou plassen dat hij niet wilde inslapen, hij probeerde wakker te blijven en plaste natuurlijk toch in bed. Dat vond hij altijd afschuwelijk. Ik denk dat hij een afschuw had van alles wat hij niet onder controle had.'

'Mijn vrouw was zijn lerares Frans', zei Greene.

Het klonk als een bevel om te gaan en zij vatte het als zodanig op. Toen de deur achter haar dichtging, vroeg Greene: 'Weet hij dat u hier bent?'

'Ja. Ik wou het niet buiten hem om doen, maar u kunt ervan verzekerd zijn dat ik geen woord van wat u zegt zal overbrengen.'

'Hoe gaat het met hem?'

'Redelijk. Ik vind het een hoopvol teken dat hij met het gebeurde... in het reine wil komen.'

Een lankmoedig lachje. 'In het reine komen? Ik vraag me af of dat mogelijk is. Hoe kun je in vredesnaam in het reine komen met het feit dat je iemand vermoord hebt?'

'Goed dan. Hij wil het allemaal op een rijtje zetten.'

'U bedoelt iemand zoeken die hij de schuld kan geven? Het is beter om het te laten rusten. Weet u wat ik allereerst doe bij iedere jongen die naar deze school komt? Ik zeg tegen hem: dit is de eerste dag van de rest van je leven. Het kan mij niet schelen wat je hebt gedaan. Ik wil het zelfs niet weten. Het enige wat mij interesseert is hoe je je nu gedraagt. Vanaf het moment dat je dit hek inloopt, gaat je leven voorwaarts.'

De overtuigingskracht straalde van Greene af. Voor het eerst zag Tom dat de man charismatisch kon zijn, vooral als je jong en bang was en wilde vergeten.

'Geen mens heeft dus met Danny over de moord gerept?'

'Nee.'

'En hij heeft geen pogingen gedaan het ter sprake te brengen?'

'Nee. U moet niet vergeten dat hij nog steeds beweerde dat hij het niet had gedaan. Volgens Danny viel er niets te bespreken.'

'Hij had het over een leraar Engels.'

'Wat zei hij?'

Een onverwacht directe vraag. 'Niet veel. Alleen dat hij erg goed was. Angus…?'

'MacDonald. Ja hij was goed. En vol goede bedoelingen.'

Tom glimlachte. 'Dat wordt meestal gezegd over mensen die verwarring stichten.'

'Nee. Zo bedoel ik het niet. Hij was… volkomen toegewijd. Goed opgeleid, goede referenties, maar geen ervaring, geen gevoel voor gevaar wilde ik zeggen, maar dat is niet het juiste woord.' Greene weifelde. 'Het eindigde ermee dat hij maar wat aanmodderde met dingen waarvoor hij niet bevoegd was.'

'Liet hij Danny over de moord schrijven?'

'Voorzover ik heb begrepen, liet hij hem over zijn kinderjaren schrijven. Ik geloof dat zelfs Angus het niet zou…'

'En u keurde dat af?'

'Ik was niet op de hoogte. Als ik het geweten had zou ik Angus zeker gewaarschuwd hebben dat te vermijden.'

'Hoe kwam u erachter?'

'Danny. Hij kwam met me praten. Al had ik al begrepen dat er ergens iets mis moest zijn, want zijn gedrag was achteruitgegaan.'

'Hoe uitte zich dat?'

'Hij viel een andere jongen aan.'

'Ernstig?'

Greene haalde zijn schouders op. 'Dat hangt van je normen af. Hij probeerde hem met een schroevendraaier neer te steken, maar de jongen werd niet verwond. U zult wel begrijpen dat vechtpartijen hier tamelijk veel voorkomen. En daarna kwam alles natuurlijk uit. Met "alles" bedoel ik het soort graven waar Angus mee bezig was.'

Greene leunde achterover, heldere blik, zijn handen om zijn theekop, wachtte op de volgende vraag en gaf niets prijs.

'Kon Danny goed zwemmen?'

Verbazing. 'Uitstekend. Hij zwom wedstrijden voor de school.'

'Tegen wie?'

'Tegen andere tuchtscholen.'

'Mocht hij naar buiten?'

'Onder strenge begeleiding, ja. Evenals de twee andere jongens die levenslang hadden. Hij heeft nooit een voorkeursbehandeling gehad.'

Dat gaf Tom te denken, want waarom zou Greene veronderstellen dat hij dat mogelijk achtte? 'Maar u heeft vast en zeker enige – om het woord voorkeur niet te gebruiken – *speciale* maatregelen moeten treffen voor zijn onderwijs? Ik bedoel, hij heeft hier met vlag en wimpel zijn eindexamen gehaald. Hoe hoog is het percentage jongens hier dat daarin slaagt?'

Green glimlachte. '0,001 procent. Ja, natuurlijk hebben we speciale maatregelen getroffen, net zoals we dat gedaan zouden hebben voor een jongen die stekeblind of potdoof was of… Eerlijk zijn betekent niet dat je alle jongens over één kam scheert. Het betekent dat je evenveel aandacht schenkt aan hun persoonlijke behoeften.'

Greene was sinds Tom Angus MacDonald had genoemd

aldoor in de verdediging. 'Was hij een dankbare leerling?'

Greenes gezicht… verzachtte? Nee, het verzachtte niet, het lichtte op. 'Hij was een van de intelligentste jongens die ik ooit heb onderwezen. Hiervoor was ik leraar op de Manchester United Grammar School en daar hadden we natuurlijk ook wel wat bijzonder pientere jongens. Toen ik hier kwam maakte ik mezelf wijs dat ik dat niet miste. De jongens hier vooruit zien gaan… dat geeft een ander soort bevrediging. Maar voor een docent gaat er nu eenmaal niets boven het voeden van een geest die alles absorbeert wat je er ingiet en dan om meer komt vragen. Ja dus, het was een dankbare leerling.'

'Waren alle docenten op hem gesteld?'

Het enthousiasme verflauwde. 'Natuurlijk niet. We vormen een kleine gemeenschap. In een instituut als dit kunnen spanningen niet uitblijven.'

'Is naar uw mening de school wat hem betreft geslaagd?'

'Jazeker. Ik weet niet in hoeverre de gevangeniservaring destructief gewerkt heeft, maar toen hij hier vertrok was hij… Ja, ik zeg het toch maar. Was hij in velerlei opzicht een prima jongen.' Hij wierp een blik op de klok. 'En nu moet ik helaas…' Hij deed zijn handen om de leuningen van de stoel. 'O, u heeft uw thee nog niet op. Nee, doe maar kalm aan. Mijn vrouw laat u zo wel uit.'

Tom schudde zijn hand, bedankte hem nogmaals en liep toen naar het raam om hem na te kijken. Een vreemd gejaagd lichtvoetig loopje, alsof de beweging uit de knie en niet uit de heup kwam. Hij merkte dat mevrouw Greene de kamer binnengekomen was en achter hem stond te kijken hoe hij haar man bekeek. Hij keerde zich om en pakte het theeblad op. 'Zal ik dit dragen?'

'Dat is heel vriendelijk van u. Wilt u nog een kopje thee?'

Ze was weer helemaal de joviale sportleidster, maar haar blik was donker en scherpzinnig.

'Ja, dat zal er best ingaan.'

Hij volgde haar naar de keuken. Dit vertrek voelde goed aan: losse kasten, geen inbouwkeuken, een minimum aan moderne apparaten, her en der oud, goed onderhouden gereedschap, een hakblok met littekens, rijen scherpe messen. Op de middentafel stond een bos herfstasters in een groen met witte, vierkante vaas. Tom ging zitten terwijl zij heen en weer liep, de ketel vulde en schone mokken klaarzette. 'Die kopjes vergeten we maar', zei ze. 'Als ik de moeite neem thee te drinken, wil ik altijd veel.'

Op het fornuis stond een soeppan. 'Ik wou dat ik u een lekkerder geur kon bieden, maar helaas is de bouillon nog in het stadium waar de aroma's onder het schuim verborgen zijn.'

Ze ging zitten, deed haar pondje-worstvingers om de mok en blikte hem aan. 'Wel', zei ze, toen hij nog steeds niets zei. 'Danny.'

'U heeft hem Frans gegeven. Was hij goed?'

Ze tuitte haar mond. 'Ja. Hij was pienter, hij had een goed geheugen en kon goed klanken nabootsen. Veel meer is er niet te leren aan een taal in het beginstadium.'

'Hoe oud was hij toen u met hem begon?'

'Elf. Net zo oud als hij geweest zou zijn als hij' – ze aarzelde even – 'een wat normaler pad had bewandeld.'

'Mocht u hem?'

Een ruwe lach. 'Oei, dat is een gevaarlijke vraag hier. Ik heb er nooit bij stilgestaan of ik hem wel mocht. Daar ging het niet om.'

'Nee, maar u zou het uzelf nu wel kunnen vragen.'

'En met een duidelijk ja of nee op de proppen komen?'

Hij glimlachte. 'Waar u ook mee op de proppen komt, ik wil het graag horen.'

'Danny was een bodemloze put. Hij wou dat andere mensen hem vulden, alleen raakten die anderen in de loop van het proces leeggezogen. Sommigen waren als het ware gebiologeerd door het proces en bleven dus teruggaan om meer. Dat wil zeggen, ze bleven teruggaan om meer te geven.'

'U zegt dat ze gebiologeerd waren door het proces?'

'Of door hem. Het zit hier vol met mensen die willen helpen, daarom zijn we hier. En meestal kun je niet helpen, dus als je dan iemand als Danny tegenkomt die je het gevoel geeft dat je werkelijk helpt... dat is als water in de woestijn. En hij was er heel erg goed in om mensen te laten denken dat ze hem hielpen.'

'Hij verlangde waarschijnlijk wanhopig naar hulp.'

'Ja, vast wel.'

Tom ging op zijn gevoel af met zijn volgende vraag. 'Is meneer Greene volgens u ook leeggezogen?'

'Nee.' Zeer gedecideerd. 'Mijn man is de jongens... zeer toegewijd, dat heeft u vast wel gemerkt, maar op het persoonlijke vlak kan hij ook... zeer onontvankelijk zijn.'

Tom probeerde dat om te zetten in termen die een minder groot bewonderaar van Greene en zijn werk zou kunnen gebruiken (aangenomen dat zij hem bewonderde), maar de enige termen die hem te binnen schoten waren vernietigend.

'Bernard heeft een grote gave. Hij kan naar een jongen kijken en de beste persoonlijkheid in hem zien die hij zou kunnen worden, en op de een of andere manier lukt het hem die persoon tot leven te gelóven. Maar de negatieve kant is dat hij in wezen nogal naïef is over hoe mensen tegenwoordig zijn. Hij is niet spits. Het is geloof ik zelfs zo dat hij een ware afkeer van spitsheid heeft, hij ziet het als cynisme.'

Tom stond voor een raadsel en hij nam even tijd om uit te werken waarom. Het was omdat hij meer rancune verwachtte van deze vrouw die behandeld werd als een dienstmeid, op een holletje naar de deur moest om open te doen, weggestuurd werd om thee te zetten en daarna abrupt afgedankt werd, al had ze wellicht een bijdrage kunnen leveren aangezien ze Danny lesgegeven had. Maar nu, terwijl hij de keuken rondkeek, zag hij dat het machtscentrum hier zetelde en niet in de studeerkamer. Gezien vanuit dit veranderde perspectief leek de studeerkamer meer op een kinderbox.

'En die bereidheid in iets te geloven werkte bij Danny?'

'Vertelt u me dat maar.'

Tom aarzelde. 'Tja', zei hij. 'Ze hebben hem wel vrijgelaten.'

Hij zag haar glimlachen. Tom wilde niet dezelfde fout maken als bij Greene, het gesprek laten vastlopen door zich te concentreren op een onderwerp dat de ander in het defensief drong, dus stelde hij de meest open vraag die hij kon bedenken. 'Hoe was het in de praktijk om met hem te werken?'

Stilte; de stilte van te veel te zeggen hebben. 'Mijn man heeft u vast verteld dat hij geen voorkeursbehandeling kreeg?'

'Ja.'

'De hele school werd voor hem gereorganiseerd. Iedereen vond hem intelligent, dat bleek direct als je even met hem praatte, maar ze hebben een hele batterij tests afgewerkt en realiseerden zich dat hij superintelligent was, dat betekende dus volwaardig onderwijs. Hij kreeg meestal privé-les, terwijl we hier doorgaans te maken hebben met analfabeten.'

'Maar dat was onvermijdelijk, nietwaar?'

Ze knikte. 'Ja. En natuurlijk was het een kind. De mensen reageerden op hem als op een kind. Zijn huismoeder werd gewoon verliefd op hem. Ik geloof niet dat dat te sterk uitgedrukt is. Geen eigen kinderen en opeens is daar dat mooie jongetje. En hij wás mooi.'

'Maar daar hield het niet mee op, hè? Als ik het goed begrijp, impliceert u dat Danny het systeem naar zijn hand zette.'

'Zoals otters zwemmen. Ik geloof dat hij het meestal zo goed deed dat niemand er erg in had. In iedere relatie, maar vooral die met een volwassene, moest hij de overhand hebben.

143

En – nou ja, ik geloof dat hij daarom niet betrapt werd – het was geen macht uitoefenen om iets te bemachtigen, het ging om het overwicht zelf. Kleine voorbeelden... het is regel dat de jongens de stafleden niet bij de voornaam noemen. Bernard gelooft in het bewaren van een zekere afstand, hij vindt dat het verkeerd is om over te komen als iemands beste maatje. Danny noemde iedereen bij de voornaam. En natuurlijk kon dat geen kwaad. Behalve. Een andere regel is dat je niet verondersteld wordt alleen met ze te zijn. Als je privé-les geeft – en dat was het geval met iedereen die Danny doceerde – moet de deur open blijven. Of dat, of je geeft les in een hoekje van de bibliotheek. Bij Danny's lessen waren de deuren dicht. Niet omdat er iets gebeurde wat niet door de beugel kon. Dat was het niet. Maar omdat hij ze dingen vertelde, hij nam ze in vertrouwen, en hij wilde niet dat anderen dat hoorden en zij voelden zich vereerd, ze dachten: dit is geweldig. Dit is een vooruitgang. Ik ben degene die doorgebroken is. En ziet u wat zo duivels was? Danny brak de regels niet. Dat deden zij. Hij was er heel erg goed in om mensen die onzichtbare grens te laten overschrijden. Lammeren naar de slachtbank.'

'Plus een Aberdeense Angusstier.'

Ze keek hem verbaasd aan, maar herstelde zich vlug. 'Ja.'

'Deed hij dat ook met vrouwen?'

'Hij deed het met iedereen.'

'Ook met meneer Greene?'

'Ja. Bij hem viel het me voor het eerst op. Ik weet niet of u... nee, dat zal wel niet. Mijn man heeft een bepaald loopje. Danny ging het imiteren. En in no time rende hij door de school als een miniatuur directeurtje, heel grappig om te zien. Ik denk dat de meesten het wel mooi vonden. Een soort heldenverering.' Ze stopte even. 'Ik vond het niet leuk.'

'En wat was de rol van Angus in dit alles?'

'O, die kwam veel later. Toen Danny vijftien was.'

Een korte stilte. 'En bij hem ging het net zo?'

'Erger.'

Een lange stilte. Tom vroeg: 'Deed hij Angus ook na?'

'Zijn accent. Angus was een echte Schot.'

'En een goede docent?'

'Zeer goed. Maar of hij geschikt was voor dit soort werk…' Ze leek een besluit te nemen. 'Danny ging zijn spraak imiteren, althans dat dacht Angus en hij pakte hem nogal hard aan. Hij had geen ervaring met gestoorde jongeren en behandelde hen als normale leerlingen. Een lastige koter, afstraffen. Maar dat kun je hier niet maken. Bij geen van allen, maar vooral niet bij Danny. Het was namelijk zo dat alle jongens volgens een puntensysteem werkten, hoe meer punten voor goed gedrag, des te eerder kwamen ze vrij. Maar dat gold niet voor Danny.'

'Danny zou niet vrijkomen?'

'Nee. Levenslang. Hij had geen notie hoelang levenslang was, maar hij begreep wel dat het heel erg lang was en hij wist dat het geen snars uitmaakte of hij braaf was in de Engelse lessen. Dus toen Angus hem hard aanpakte, werd Danny hysterisch. Gooide zich tegen de muren, probeerde de ruiten kapot te slaan, smeet met spullen, ging helemaal over de rooie. En toen was het opeens geen normale schoolklas meer.'

'Wat deed Angus toen?'

'Hij nam hem na afloop apart en praatte met hem.'

'Met gesloten deur?'

'Dat zou me niet verbazen.'

'En toen kreeg hij Danny aan het schrijven over zijn kinderjaren?'

'Ja. Ik geloof niet dat hij zover als de moord wilde gaan, al begrijp ik niet waar hij dan dacht dat het toe zou leiden.'

'U vond het kennelijk geen goed idee.'

'Nee, niet vanuit Angus gezien. Weet u dat Danny hem beschuldigd heeft van aanranding? Hij moest vertrekken.'

'Nee, dat wist ik niet.'

Tom was stom van verbazing en hoe meer hij erover nadacht, des te verwarrender vond hij het. Dat Danny het verzwegen had was nog verklaarbaar, maar Greene? En Martha? Het kon niet anders of dit moest in het dossier staan. Tenzij…

'Heeft er een onderzoek plaatsgevonden?'

'Nee. Angus had een contract voor een jaar. Hij is wat vroeger weggegaan.'

'Met een getuigschrift?'

'Dan kan ik u niet vertellen.'

'En de steekpartij? Meneer Greene zei…'

'Een poging tot doodslag.' Ze haalde haar schouders op. 'Dergelijke incidenten komen hier vaak voor.'

'Wat was de oorzaak?'

'De andere jongen zei: "Iedereen weet dat je MacDonalds kontjong bent."'

'Het was dus om Angus?'

'Ja.'

'Gelooft u dat er sprake was van verkrachting?'

Ze tuitte haar lippen. 'Misschien was er sprake van een *verhouding*. Niet dat ik dat ook maar een moment wil rechtvaardigen, maar… Angus was niet de enige die om Danny weg moest. Ik kan er zo nog vier noemen.'

'Die verhoudingen met hem hadden?'

'Nee, nee, gewoon te sterk betrokken raakten. U zou ervan staan kijken hoeveel mensen niet geloofden dat Danny die vrouw vermoord had. Toen hij de jongen in de houtbewerkingsklas probeerde dood te steken, was de leraar voor die klas volkomen van de kaart. Niet door het gebeuren zelf, maar door wat hij in Danny zag. Hij was een van degenen die geloofden dat hij onschuldig was. Danny lokte nooit een gevecht uit, ziet u. Dus gingen de mensen als het ware vanzelf denken dat hij niet gewelddadig was. En deze leraar zei dat hij had gedacht: mijn god, daar heb je het.'

De thee was koud geworden. 'Zal ik nieuwe maken?'

'Ik heb al te veel van uw tijd in beslag genomen.'

'Daar is niets aan verloren. Ik zal water opzetten.'

Ze stond op en liep bedrijvig heen en weer. Tom sloeg haar gade en bedacht dat hij nog steeds niet wist wat zij van Danny vond. 'Wat u over Danny's na-aperij zei, interesseert me. Als dat het juiste woord is.'

'Nee, het ging veel verder. Hij...' Ze zocht naar woorden. 'Hij leende andermans levens. Hij... het leek wel of hij zelf vormloos was en zich dus maar voegde naar anderen. Wat dat opleverde was een... een soort samengesteld persoon. Hij observeerde mensen, wist veel van ze en wist tegelijkertijd helemaal niets omdat hij altijd alleen dat spiegelbeeld zag. En natuurlijk stelde iedereen Danny teleur want het was onmogelijk hem *niet* teleur te stellen. Een andere persoonlijkheid zijn was al verraad. En dan kreeg je pure razernij. Angus had geen idee waar hij in verwikkeld raakte.'

'U mocht Danny helemaal niet, hè?'

Een schamper lachje. 'Volgens mij was hij een van de gevaarlijkste jongens die we hier ooit gehad hebben. Bernard denkt dat we hem omgevormd hebben. Ik denk dat we nog geen krasje in het oppervlak gemaakt hebben. Als iemand dat al gedaan heeft, dan was het Angus, en kijk wat er met hem gebeurd is.'

'Weet u wat er met hem is gebeurd?'

'Met Angus? Hij runt een of ander schrijverscentrum. Hij is dus gelukkig wel blijven doceren.'

'Kan ik misschien het adres krijgen?'

'Ja hoor, wacht even, dan zoek ik het op.'

Hij liep naar de terrasdeuren en keek de tuin in terwijl zij in een laatje met papieren rommelde. Groene gazons, rozenstruiken, blauwe schaduwen die over het gras kropen. Achter de bomen de vensterloze muur van de gesloten afdeling, in het schemerige licht net zo verontrustend als een gezicht zonder ogen.

'We hebben vroeger achter die muren gewoond', zei ze toen ze terugkwam. 'Kunt u zich dat voorstellen? Bernard zei dat het de jongens goed deed een normaal gezin onder hun dak te hebben. Ik heb mijn poot stijf moeten houden en hem duidelijk maken dat dit normale gezin niet lang normaal zou blijven als we niet wat privacy kregen.'

'Het lijkt me iets om claustrofobie van te krijgen.'

'Ja, dat was het ook.' Ze gaf hem een papiertje. 'Hier is het. Noord-Yorkshire. Ergens heb ik altijd gedacht dat hij naar Schotland terug zou gaan.'

Hij bedankte haar en ging kort daarna weg. Ze stond hem in de deuropening na te kijken en toen hij de auto begon te keren, kwam ze naar buiten lopen.

'U bent toch wel voorzichtig, hè?' zei ze. En hij wist dat ze niet doelde op de lange rit in het bijna donker.

14

Tegen de avond begon het te regenen. De rivier was een en al overlappende kringen en luchtbellen, te tumultueus om de donker wordende lucht te weerspiegelen. Tom keek de kamer weer in. 'Ik ben naar Long Garth geweest.'

'Heeft u meneer Greene gesproken?'

'Ja.'

Danny glimlachte. 'Ik zal maar niet vragen wat u van hem vond.'

'Relevanter is wat jíj van hem vond.'

'Idealistisch. Naïef.' Een kort pauze. 'IJdel.'

'Nee, ik bedoel toen je daar pas was. Toen je elf was.'

'Ik bewonderde hem geloof ik. Hij leek op mijn vader. In sommige opzichten. Rechtdoorzee, helder, efficiënt. Er heerste absolute duidelijkheid op die school en dat kwam door hem. Je wist wat de regels waren, wat de beloningen waren, wat de straffen waren en dat was altijd hetzelfde en het was hetzelfde voor iedereen. Je voelde je veilig. Ik weet dat veel mensen zouden zeggen dat het regime op die school te wensen overliet. Maar... je moet beginnen met de fundamenten. Je begint in zo'n inrichting niets als het volk zich niet veilig voelt. En dat we voelden we ons. We stonden dag en nacht onder toezicht. Je kon niet alleen naar de wc, je kon je deur niet dichtdoen, je mocht met niemand alleen zijn, je kon niet naar buiten. Het was echt heel erg afschuwelijk, ik haatte het, maar het werkte wel.'

'En je leerde Angus kennen?'

Danny keek verbaasd. 'Heeft Greene het over hem gehad?'

'Zijn vrouw.'

'Ach ja, Elspeth. Ze mocht me niet zo.'

'Waarom denk je dat ze je niet mocht?'

'Ze had iets tegen moordenaars?'

Tom liet een lange stilte vallen na die gewaagde spottende opmerking. Toen: 'Vertel eens wat meer over Angus.'

'Ik betwijfel of er veel te vertellen valt.' Hij staarde Tom doordringend aan, probeerde waarschijnlijk te berekenen hoeveel deze al wist. 'Hij was een briljant docent.'

'Vertel dan eens iets over zijn lesmethoden. Waarover vroeg hij je te schrijven?'

'Het gewone. Een storm op zee. Allerlei bloemrijk proza. En toen zei hij op een dag: "Schrijf eens over je grootvader", en ik schreef over de dag dat mijn opa stierf.' Danny pakte een nieuwe sigaret. 'Ik had er in geen jaren aan gedacht. Hij kwam de keuken in en had het over konijnen, duizenden konijnen op het achterveld, zei hij, en er stonden zweetdruppels op zijn kale hoofd, grijze druppels, als vuile regen. En tegen middernacht was hij dood.'

'Waaraan stierf hij?'

'Longontsteking. Een liefhebber van oude mensen.'

Danny leek vastgelopen. Tom vroeg: 'Waar heb je nog meer over geschreven?'

Een lachje. '"Mijn huisdier."'

'Duke?'

'Ja. Het was een buldog en hij zat aan de ketting op een veldje opzij van het huis. Hij loerde altijd op de ganzen als ze langswaggelden op weg naar de vijver. Op een keer kreeg hij er een te pakken, vlak voor Kerstmis. M'n oma zei dat hij ze aandachtig gevolgd had terwijl ze almaar vetter werden. Heel doortrapt, stinkende koorden speeksel kwijlend.'

'Hield je van hem?'

Een nietszeggende uitdrukking. 'Ik weet het niet.'

'Waarom zat hij aan de ketting?'

'Omdat m'n pa het interessant vond om een grote sterke hond te hebben, maar te lui was om hem af te richten. Zoals veel dingen bij pa, was het allemaal uiterlijk vertoon. En toen hij van huis wegging, liet hij de hond achter.' Hij lachte. 'Ik geloof dat dat een grotere schok voor me was dan het feit dat hij mij achterliet. Hoe dan ook, mijn moeder kon die grote hond niet aan. Mijn oma vond hem zielig en ging een keer met hem lopen en hij sleurde haar door de brandnetels. Ze gaven hem dus maar aan een schroothandelaar. Ik zocht hem altijd op in de middagpauzes van school, en overal waren van die bordjes met PAS OP VOOR DE HOND. Er was ook een hondenhok, te klein voor hem, en er stond een drinkbak zonder water. Ik zei tegen de andere kinderen dat het mijn hond was en ze geloofden me niet. Toen ben ik naar hem toegelopen en heb mijn armen om hem heen geslagen, en hij stonk. Hij zwijmelde en kwijlde, het was een smerig stinkbeest. Ik begon te janken.'

'En daar heb je allemaal over geschreven?'

'Ja, en over de batterijkippen en over de varkens op de naburige boerderij. En op het laatst zei Angus: "Ik zie helemaal geen mensen." Daar had hij natuurlijk gelijk in. Ik verdomde het ten enen male om de mensen te doen.'

'Hoe heeft hij je zover gekregen?'

'Hij zei: "Gebruikt je vader een elektrisch scheerapparaat?" En ik zei: "Nee", en toen zei hij: "Vertel eens hoe je vader zich scheert." Nou, tijdens dat scheren was de situatie altijd enorm gespannen, hij schoor zich namelijk nooit 's morgens als hij de hele dag op het erf bleef, maar 's avonds voordat hij naar de kroeg ging. Dan zat ik met mijn moeder in de kamer, ik op die leren bank van ons. Als je een korte broek aanhad plakte de onderkant van je benen aan de zitting en als je opstond gilde je het echt uit. En mijn moeder zat in de leunstoel plooien te maken in haar rok. Aan een stuk door, plooien vouwen, ze gladstrijken, ze er weer in vouwen en… ze zei geen woord. En de hele tijd hoorde je dat gespetter en gesputter vanuit de keuken. Hij knapte zich altijd op bij de gootsteen, bijna alsof hij een ruzie wilde uitlokken. Omdat hij weer naar de kroeg ging en geld ging uitgeven dat we niet hadden, rondjes gaf aan mensen die hem achter zijn rug uitlachten. En de hele tijd voelde je die, eh, spanning.'

'Vochten ze? Ik bedoel, sloeg hij haar?'

'Nee, hij sloeg mij. Hij sloeg mij om haar te treffen.'

'Angus drukte dus op een paar gevoelige plekken?'

'O, het was explosief. Ik bedoel, ik had het verleden volkomen gebarricadeerd. Ik had geen idee waarom ik achter slot en grendel zat. Ik was daar gewoon. Ik was daar niet omdat ik iets verkeerds had gedaan. Ik geloofde mijn eigen verhaal.'

'Waarom ging je dan door met schrijven over het verleden? Je had er toch mee op kunnen houden?'

Danny schoof heen en weer in zijn stoel. 'Ik denk…' Een zucht. 'Ik denk dat ik verslaafd raakte aan de… intense spanning ervan.'

'Had je het gevoel dat het gevaarlijk was.'

'O jee, ja! Waar dacht hij verdomme dat hij mee bezig was? Want als je het goed bekijkt raapte hij iemand op die onderkoeld was en zette die vlak bij een laaiend vuur. Zodra er een beetje gevoel terugkomt gillen ze als een mager speenvarken.'

'Ja, dat begrijp ik wel. Maar je laat iemand die onderkoeld is ook niet in de sneeuw liggen.'

'Nee, ik weet het. Ik weet dat het moest gebeuren. Maar toen werd hij verliefd op me en dat was ook niet bevorderlijk.'

'Wanneer besefte je dat hij verliefd op je was?'

'Veel later pas. Ik geloof dat ik dat pas besefte nadat ik daar weg was. Als u bedoelt wanneer ik besefte dat hij me wilde neuken, dat was ongeveer vijf minuten na onze kennismaking.'

'En heeft hij met je gevreeën?'

'Ja.'

'Hoe kreeg je dat in 's hemelsnaam voor elkaar? Je stond de godganse dag onder toezicht en werd 's nachts opgesloten…'

'Nou, hij was de toezichthouder, nietwaar?'

'En hoelang heeft dat geduurd?'

'Een maand of twee. Niet lang.'

'Weet je nog hoe het begonnen is?'

'Ik liep langs het raam van zijn kamer, het lokaal waar hij lesgaf, en ik tikte op het raam. Hij zat aan de lessenaar werk na te kijken en hij gebaarde dat ik binnen moest komen. En we praatten. Meer niet. Maar we waren alleen en de regel was dat dat absoluut niet mocht en dat wisten we allebei. We praatten dus over koetjes en kalfjes, heel onschuldig, maar ondertussen… En toen moest hij naar een vergadering en dat was dat. Alleen wist hij dat ik weer op het raam zou komen tikken en ik wist dat hij dan zou gebaren dat ik binnen moest komen.' Danny glimlachte. 'Het was allemaal zo verdomde onderdrukt. Denk maar aan Jane Austen. En zo ging het een aardig tijdje door. Tot ik hem op een dag per ongeluk expres aanraakte.' Hij haalde zijn schouders op.

'Maar toen kwam de directeur erachter?'

Danny keek verbaasd op, bijna alsof hij vergeten was hoe er een eind aan de affaire was gekomen. 'Ja, dat klopt.'

'En Angus raakte zijn baan kwijt?'

'Ja.'

'Heb je het aan de directeur verteld?'

'Nee, ik heb het verteld aan een lerares. Zij heeft het hem verteld.'

'En er werd geen onderzoek ingesteld?'

'Daar had niemand behoefte aan. Vooral Angus niet.'

'En dat betekende het einde van het graven in het verleden?'

'Ja. Tot nu.'

Tom nam de wenk ter harte. 'Goed', zei hij. 'Je vader was gewoon het huis uit gegaan en jij zocht naar het cadeautje dat je dacht dat hij voor je achtergelaten moest hebben en vond de verrekijker.'

'En sliep er min of meer mee gedurende drie maanden.'

'Je hebt ook gezegd dat je naar je moeder keek door het

verkeerde uiteinde en dat ze zo klein was als een kever waar je geen medelijden mee hoefde hebben. Had je medelijden met haar? Dat moet problematisch geweest zijn.'

'Jawel. Het zou al een zwaar leven geweest zijn voor een vrouw als ze gezond was, maar zij had ook nog een borstamputatie achter de rug. Ze was haar haar kwijt. Ze was haar man kwijt. Godallemachtig. Die kerst vroeg ze een van de buren een gans voor haar te slachten en zat tot midden in de nacht dat beest te plukken. Ik liep de schuur in en de tocht van de deur blies alle veren omhoog en het duurt eeuwen voor die weer liggen. En als je ernaar keek zag je aan het uiteinde van elke pen een bloedig propje zitten. Ik probeerde een paar veren uit te trekken, maar baalde er natuurlijk al gauw van. Zegt zij: "Geeft niet, jongen. Ga maar naar bed." Het was stervenskoud in dat schuurtje. En het vel was walgelijk, vaalgeel, pukkelig, koud.' Hij trok een gezicht. 'Ik haatte haar omdat ik haar niet kon helpen.'

Het woord 'haat' scheen hem te bevrijden. 'Ik haatte haar omdat ze hem niet vast kon houden. Ik haatte haar omdat ze zwak, ziek en misselijk was, en kaal en lelijk. Ik haatte het als ze een rode neus kreeg van het huilen. En tegelijkertijd was ik bang dat ze dood zou gaan. En zelfs dat was dubbel, want in mijn achterhoofd had ik een fantasie: als zij doodgaat moet hij me wel komen halen.'

'En jullie waren maar met zijn tweeën?'

'Ja, tot de kanker weer terugkwam en haar andere borst geamputeerd moest worden. Toen kwamen mijn grootouders logeren. Ik zou niet weten hoe ze het anders had moeten redden.'

'En toen stierf je grootvader.'

'Ja, al wauwelend over konijnen, arme oude baas. Oma ging weer naar huis. Ze kon niets doen – ze was zelf ziek. Ik geloof – ik weet het niet zeker – dat er een soort breuk was. Ik denk dat ze mijn moeder verweet dat opa op zo'n manier gestorven was.

Hij deed te veel omdat hij haar wilde helpen en dat kon hij niet, hij had een zwak hart.'

'Het klinkt alsof er over en weer tal van verwijten werden gemaakt.'

'O, talloze.'

'En hoe reageerde jij op dat alles?'

'Ik ontspoorde. 's Kijken, wat deed ik? Ik ging vuurtjes stoken. Eén keer in mijn slaapkamer, dat was geloof ik de ernstigste.'

'Hoe voelde dat?'

'Fantastisch. Grandioos. Mijn moeder zei dat ik roerloos naar het vuur stond te staren toen ze de kamer binnenkwam, niets deed, het niet probeerde te doven. En dat was afschuwelijk voor haar, want toen vond ze dat ze me niet meer alleen kon laten en ze moest me wel alleen laten. Ze had inmiddels een baantje als schoonmaakster gevonden. De boerderij stond te koop, maar was onverkoopbaar. Ze had de veestapel en het gereedschap verkocht en leefde van de bijstand, pa stuurde nooit een cent. En toen kreeg ze dat baantje, handje contantje, en ze liep altijd de hele heen- en terugweg op een holletje, en verwachtte iedere keer als ze de hoek bij ons huis om kwam de boel in brand te zien staan. Toen stak ik de stal in de fik. En er was nog een klein brandje in de schuur. De rest was allemaal buiten. Maar dat deed ik met andere jongens. We hebben eens een keer een brand gesticht die ze met vier brandweerwagens hebben moeten blussen.'

'Bleven jullie kijken?'

'Ja.'

'Hoe voelde je je dan?'

'Machtig.'

'Het tegengestelde van opgehangen worden aan een kapstokhaak?'

Een zuur lachje. 'Ja.'

'En wat deed je de rest van de tijd?'

'Rondlummelen. Spijbelen. Jatten.'

'In je eentje?'

'Nee, we waren met een heel stel. Alleen denk ik... ach, laat maar.'

'Nee, ga door.'

'Ik denk dat de anderen normaler waren dan ik. Ik bedoel, we speelden vaak dat we veiligheidsagenten waren, achter de vijandelijke linies, en daar gingen we helemaal in op, zoals kinderen dat kunnen, maar dan hadden zij er genoeg van en gingen iets anders doen. Ik zat de hele tijd ín dat spel. Dan ging ik iemand van huis afhalen, kwam-ie aan de deur en zei: "Ik kan niet buitenspelen vandaag, want me opoe komt op de thee." Dan had ik zoiets van: wat bedoelt die gozer met me opoe op de thee? We zijn goddomme veiligheidsagenten. Ik was continu ín dat spel. 's Avonds in bed hoorde ik de stemmen van mam en oma beneden en dat waren vijandelijke burgers.'

'En het brandstichten en het stelen?'

'Dat hoorde bij het spel. Gebouwen van de vijand in brand steken. Leven van het land.'

Nog even en hij zou beweren dat Lizzies dood bedrijfsschade was. 'Bij wie haalde je wat weg?'

'M'n moeder. Winkels. En op het laatst ook inbraken.'

'Met de bende?'

'Soms. Iedereen jatte snoepjes bij winkels.'

'En de inbraken?'

Hij aarzelde. 'Nee, dat deed ik in mijn eentje. Het was niet om geld, al kon ik dat wel gebruiken. Ik weet niet... ik vond het fijn om in die huizen te zijn. Daar te zijn, de lucht in te ademen, al die onzichtbare sporen op het tapijt maken. Ik vond het een leuk idee dat ze als ze thuiskwamen van niets zouden weten.' Hij schokschouderde. 'Het is moeilijk uit te leggen. Niets in het huis kon me iets doen.'

'Het huis was hulpeloos?'

'Ja, zoiets.'

'Wist je moeder het?'

'Ze wist het van de winkels, omdat ik gepakt werd. De man van de krantenwinkel betrapte me. Ze moest naar het politiebureau. En toen wou de hoofdonderwijzeres haar spreken omdat ik spijbelde, en toen werd de sociale dienst erbij gehaald. En dat was erger dan de politie. Ze had daar nooit mee te maken gehad. En ze deed wat vrijwel iedereen in haar positie zou doen. Ze ging naar de pastoor en hij deed me op het kerkkoor. Ja ja', voegde hij eraan toe toen hij Toms gezicht zag. 'Midden in al dat gedoe werd ik een koorknaap. Maar ik stal van de jongens in het koor en de pastoor kwam bij ons thuis en zei dat hij me niet meer in het koor kon hebben. Niet eerlijk tegenover de andere jongens. En toen had ze het niet meer, ze was razend.' Onder het praten drukte hij een sigaret uit, drukte de peuk met een draaiende beweging van zijn vinger helemaal plat. 'Toen de pastoor weg was,' zei hij ten slotte, weloverwogen, tabaksvezels tussen zijn vingers verkruimelend, 'gaf ze me met de riem. Het andere ding dat hij achtergelaten had. Ik dacht: dat kun je niet maken. Ze haalde uit, gillend en schreeuwend en ze zag er afschuwelijk uit, en plotseling dacht ik: néé. En ik greep het uiteinde van de riem en wikkelde hem om mijn pols. En nog eens. Ik zwaaide haar een paar keer in het rond en liet toen los, ze vloog tegen de muur en gleed op de grond. Haar pruik zat helemaal scheef. Zij keek mij aan, ik keek haar aan enne…' Een diep ademhalen. 'Ik ben het huis uit gerend. Ben pas tegen twaalven teruggegaan.'

'Hoe voelde je je?'

'Opgetogen.'

'Waar ben je heen gegaan?'

'Nergens. Gewoon gelopen.'

Hij zat naar zijn handen te kijken, wilde of kon niets meer zeggen.

Tom verbrak het stilzwijgen. 'Hoelang was dit voor Lizzies dood?'

Danny keek enigszins verbaasd op. 'Weet u dat ik me dat nooit gerealiseerd heb? Het was de dag daarvoor.'

15

Lauren belde om te vragen wanneer het gelegen kwam dat zij haar schilderijen en een paar meubelstukken op kwam halen. 'Nooit' wilde hij het liefst zeggen, maar hij hield zich bijtijds in.

'Welke meubels?' vroeg hij, met tegenzin en wantrouwig. Hij wilde en bedoelde niet zo te klinken, maar het idee dat er een bestelwagen zou voorrijden en mannen een deel van zijn thuis zouden wegdragen was onaangenaam om het zacht uit te drukken. En toen hij haar stem hoorde was er eerst een sprankje hoop geweest. Hij had gedacht dat ze misschien zou zeggen: 'Hoor eens, laten we het niet overhaasten. Laten we het nog een paar maanden aanzien.' In plaats daarvan was er dat bondige, kalme, zakelijke verzoek om datum en tijd.

'De gangtafel. De banken in de woonkamer, die stoel met de ronde rug, het ladenkastje uit de slaapkamer.'

Allemaal van haar. Allemaal volkomen redelijk.

Toen hij stil bleef, zei ze: 'De gangtafel was een cadeau van mijn vader. Ik kende je nog niet eens.'

'Ja, ja, natuurlijk is die van jou. En de rest ook.' Neem alles maar mee, wilde hij eraan toevoegen, de hele santenkraam. Tegelijkertijd zag hij pijnlijk duidelijk voor zich hoe hij op de stoep met de verhuizers zou worstelen. Hij had jarenlang met die spullen geleefd. Ze hoorden bij hem.

'Welke dag komt het gelegen?'

Nooit. 'Donderdag.' En dat woord 'gelegen', dacht hij. Dat haatte hij. Het was een non-woord. Net als maar blijven doorgaan over 'ongemak' als de patiënt het uitgilt van de pijn. 'Om een uur of tien? Of is dat te vroeg?'

'Het wordt wel een uur of één. Ik kom met de auto.'

Dat gaf hoop op eten. Drinken. Hij wist niet of ze dat wel of niet zou willen. Ach, hij kon het aanbieden. Zij kon nee zeggen. Hij wilde haar niet de kans geven om nee te zeggen. 'Prima.'

Hij wilde nog iets anders zeggen, maar hoorde toen een mannenstem op de achtergrond en haar stem antwoorden, gesmoord want ze had haar hand over de hoorn gelegd. 'Zeg, ik moet ophangen', hijgde ze gejaagd. 'Donderdag, één uur. Oké?'

Nee. 'Ja, goed. Tot kijk dan.'

Nadat ze had opgehangen probeerde hij zichzelf een poosje wijs te maken dat de stem op de achtergrond die van zijn schoonvader was geweest en daarna zwierf hij door het huis, in angst en beven voor de komende invasie. Hij keek naar haar schilderijen. Drie hingen in de woonkamer, alle drie pogingen om de aard van dat speciale licht op de rivier in de vroege ochtend of avond te vangen, vooral bij eb. Het meest geslaagde was bijna abstract, een vermenging van bruin en zilvergrijs, met de spanten van de gezonken boot boven het water uit omdat het eb was.

Zijn favoriet was een zonsondergang, al was het alleen maar omdat hij erbij geweest was toen ze eraan werkte. Ze hadden op een dag aan het eind van de middag een picknickmand meegenomen en waren naar het estuarium gelopen, en toen de zon lager kwam te staan had ze haar ezel opgezet en was gaan werken.

Zwarte wolkenbanken langs de horizon, maar het water was kalm, lichtgevend, het reflecteerde het laatste daglicht. Hij had een boek meegebracht, zat zogenaamd te lezen, maar in werkelijkheid observeerde hij Lauren. Ze werd een ander mens wanneer ze schilderde, een blikje bier opentrok, lachte als het schuim in haar gezicht spoot, blootsvoets, een oude spijkerbroek met een riem strak om haar middel. Lauren was mooi en elegant, maar behalve als ze schilderde, was ze niet gracieus. Ze was stijfjes; geen van haar bewegingen was precies de juiste

beweging. Behalve op deze momenten, als ze een stapje terug-
deed van het doek, weer naar voren ging, een paar likjes verf
opbracht, weer terugstapte, nog een paar likjes... In versnelde
beweging zou ze op een kolibrie hebben geleken. 'Het heeft
iets op de voorgrond nodig', zei ze. 'Jij kan er wel mee door.'
Dus ging hij met zijn boek in de hand staan op de plek die zij
aanwees. 'Leg dat boek in godsnaam weg. Je lijkt Wordsworth
wel.' Ze pakte hem bij de schouders en manipuleerde hem in
de juiste houding. Hij rook Chanel nr. 19, wat hij niet, en
terpentijn, wat hij wel opwindend vond... zeer opwindend.
'Ziezo.' Een tevreden knikje en ze liep weer terug naar de ezel.
Vanuit zijn ooghoek kon hij nog net haar blik boven het doek
zien terwijl ze hem aandachtig opnam als een probleem in
licht en schaduw, en eronder haar voeten in hun nooit ein-
digende dans in het zand.

Wat de afgelopen week bijna het ergste was geweest, was
hoe de scheur in zijn huidige leven terugliep naar het verleden
en dat ontrafelde. Omdat ze aan het scheiden waren, was het
makkelijk om te geloven dat ze nooit echt gelukkig geweest
waren. Wanneer hij zich Lauren voor de geest probeerde te
halen zoals ze het estuarium had staan schilderen, werd dat
beeld vertekend door het feit dat ze hem had verlaten. Het
slanke figuurtje in de slobberige spijkerbroek werd twee keer
zo onwerkelijk, alsof het vastleggen van die zonsondergang
boven de rivier niet meer was geweest dan de eerste fase van
haar afscheidnemen. Vakantiekiekjes: de behoefte om een
plek vast te leggen waarvan je al weet dat die voor altijd in
je geheugen zal voortleven. In zijn herinnering danste ze van
de ene voet op de andere, zette een blikje bier aan haar mond,
veegde verf door haar haar, rook naar terpentijn, maar ze was
al aan het verdwijnen. Wat dit schilderij hem gaf wanneer hij
het weer bekeek, was zelfvertrouwen. Ze had de rivier geschilderd omdat ze ervan hield, en door zich vast te houden aan de
echtheid van die liefde, niet iets vaags of onbestemds, maar

16

Vier dagen na dat gesprek met Lauren stond Tom op een klein stationnetje aan de rand van de Yorkse heidevelden en zag zijn wegrijdende trein krimpen tot een geheimzinnig lichtsignaal in de verte. Het was heel stil toen de trein verdwenen was, op het klikken van de na een lange dag in de hete zon samentrekkende rails na, en het piewiet van een kievit ergens in de verte.

Aan de telefoon had Angus kort en zakelijk geklonken, zijn Schotse accent minder geprononceerd dan Danny's nabootsing Tom had doen geloven. Het had geen zin om met de auto te komen, had hij gezegd. Het Scarsdale Schrijverscentrum lag aan het eind van een twee kilometer lange landweg zo vol kuilen, dat het alleen te doen was met een Landrover. Bovendien was het een kleine moeite hem van het station te halen.

Moeite of geen moeite, er was geen mens. Tom zette zijn weekendtas neer en ging op een bank zitten onder een poster die reclame maakte voor het overheerlijke Whitby-bier en een andere die gewag maakte van de 24-uurs bereikbaarheid van een telefonische hulpdienst. Hij begon zich net af te vragen hoe hij aan een taxi moest komen, toen hij het geklik van hoge hakken hoorde, opkeek en een vrouw zag met lang oranje haar, die wolken doorzichtige stof achter zich aan sleepte.

'Tom Seymour?'

Hij knikte bevestigend.

'Rowena Moody.' Ze verkondigde haar naam op de toon van iemand die verwacht bekend te zijn, maar de naam zei hem niets. 'Ik ben een van de studieleiders op de cursus van deze week', voegde ze eraan toe, waarbij de zwierige zwijmeltoon van grandeur verhardde tot een schooljuffensnauw toen ze begreep dat het 'O' van de herkenning uit zou blijven. 'Er heerst momenteel wat paniek. Dit is de avond waarop we altijd een lezer van buiten hebben en Angus had gehoopt op…' Haar stemgeluid daalde eerbiedig bij het noemen van een naam waarvan zelfs Tom, die geen literaire fictie las, wist dat hij beroemd was. 'Ik zei nog tegen hem dat dat nooit zou gebeuren. Die man komt heus niet naar deze uithoek. Wat hem betreft bestaat de grond tussen Londen en Edinburgh uit een groot gat.'

Ze liepen resoluut naar de Landrover. Al die wapperende sluiers deden Tom aan Isadora Duncan denken, maar Rowena kwam veilig en wel achter het stuur terecht en wikkelde de meters chiffon om zich heen.

Met een schok schoten ze vooruit en reden de parkeerplaats voor het station af. Het werd al gauw duidelijk dat Rowena niet achter het stuur van een Landrover of van wat voor auto dan ook zou moeten zitten. 'Oeps', zei ze op een gegeven moment toen ze op de rem ging staan en haar linkerhand in Toms kruis plaatste om de werking van zijn veiligheidsriem te versterken. 'Die zag ik helemaal niet, jij wel?'

Het was een opluchting om op de heide te komen waar naar verhouding weinig auto's reden en de schapen haar zagen aankomen en maakten dat ze wegkwamen.

'En, waar ken jij Angus van?' vroeg ze op wat doorging voor een rustig stukje.

'Ik ken hem eigenlijk niet. Het is meer iets van een vriend van een vriend.' Hij had moeten zorgen dat hij een verhaaltje klaar had, want Danny mocht onder geen beding genoemd worden.

'Je bent dus geen aspirant-schrijver?'

'Nee, ik ben psycholoog. Ik schrijf wel, maar niets creatiefs.' Hoe eerder er een eind kwam aan dit verhoor, hoe beter. 'Werk je wel vaker mee aan deze cursus?'

Het was haar derde keer. Ze vond het leuk om te vertellen over de organisatie: vijftien aspirant-schrijvers gedurende een week opsluiten met twee gevestigde auteurs: een soort leer-lingstelsel.

'Het kan een knap emotionele hogedrukpan worden – daar zou je van staan te kijken. De ene groep meer dan de andere, natuurlijk.'

'Hoe is de huidige groep?'

'We hebben de vreemde vogel nog niet ontdekt.'

'Moet er altijd eentje zijn?'

'Als je geluk hebt. Als je pech hebt twee of drie.'

Misschien hield Angus van gevoelige, gesloten gemeen-schappen. In elk geval leek hij er hier weer een gevonden te hebben of liever gezegd, een reeks ervan. 'Doceert Angus ook?'

'Op deze toevallig wel, maar nee, gewoonlijk niet. Hij en Jeremy runnen de zaak. Jeremy is zijn partner.'

Haar stem had een vragende ondertoon. Hij had het on-behaaglijke gevoel dat hij op zijn seksuele beschikbaarheid onderzocht werd. 'Ik ken Jeremy ook niet.'

'Nee, nou hij is er deze week niet. Ik ben bang dat het een kwestie is van als de kat van huis is…' Ze haalde kwaadaardig en plaagziek haar neus op. 'Ik zou niet durven beweren dat het pad naar het docentenverblijf geheel onbetreden is.'

Zonder richting aan te geven of vaart te verminderen sloeg ze linksaf naar een weggetje vol kuilen dat aan beide zijden begrensd werd door stapelmuren. Een steile afdaling, in volle vaart genomen, bracht hen naar een laag boerenhuis dat opzij in de heuvel genesteld leek om te ontkomen aan de straffe winden die iedere boom vervormd hadden. Zelfs nu, op een rustige herfstavond, werd Tom gegrepen door een rukwind toen hij uit de Landrover stapte. Op een stormachtige avond moest je je voelen alsof je op zee was.

Rowena ging hem voor het huis in. Rode plavuizen vloeren, een enorme vaas met dollekervel wierp schaduwen op een wit gepleisterde muur, een kom met schelpen op een houten kastje. Ze snelde de keuken in en hij volgde haar. Een lange blonde jongen stond bij een van de werkbladen het vlees uit saucijsjes in een schaal te knijpen.

Hij keek op en fronste zijn wenkbrauwen. 'Ik kon notabene geen los worstvlees krijgen.'

'Laat Angus het maar niet zien', mompelde Rowena. 'Ik denk niet dat ik een hartstilstand aan kan. Waar is hij, tussen haakjes?'

'In het kantoor. Hij probeert iemand anders te vinden.'

'O jee, nog steeds.'

Angus zat aan de telefoon. Hij stak zijn duim op bij het horen van Rowena's stem, terwijl hij in de telefoon zei: 'Nee, absoluut niet. Ik kom je ophalen, je blijft toch wel slapen hè? Het heeft geen zin om vanavond laat nog terug te gaan.' Hij luisterde en zei: 'Veertig minuten? Afgesproken', hing op en stompte een gat in de lucht met zijn vuist.

'Gelukt?' vroeg Rowena.

'Lucy zegt dat ze het zal doen.'

'Goddank. De broodnodige oppepper halverwege de week', zei ze zich tot Tom wendend. 'Een nieuw gezicht. Tegen die tijd kunnen ze ons niet meer zien. Al moet ik zeggen dat ze de arme Lucy wel een anticlimax zullen vinden.'

'Nou, dan hebben ze pech gehad', zei Angus knarsetandend, maar met een komische ondertoon. 'En jij moet Tom zijn.' Een droge stevige handdruk en een doordringende blik. 'Ik moet nu helaas even weg, maar we praten straks wel. Je zult wel begrepen hebben dat het allemaal niet meezat vandaag.' Hij nam ondertussen de autosleutels van Rowena over. 'Wil je zo lief zijn ze in de keuken te zeggen dat Lucy vegetariër is? Zeg maar dat ze geen drukte hoeven maken – gewoon zorgen dat er een flinke bak sla is.'

Toen hij weg was trok Rowena een gezicht. 'Zo gaat het nu altijd. Hij krijgt mensen met veel strijkages zover dat ze toezeggen te komen en dan laten ze het verdomme afweten.'

De eetkamer had zwartgeblakerde balken, witte muren en een antieke schouw. Drie grote ramen keken over het dal uit, dat inmiddels tot de rand gevuld was met blauw licht, al scheen de zon nog steeds op de heuvels in de verte. Tom zat naast Rowena. Angus en Lucy, een brunette met een bedeesde, ongelukkige blik, waren laat en gingen tegenover hen zitten. Het eten was goed en werd weggespoeld met grote hoeveelheden wijn.

'Er is wel een wijnpotje,' legde Rowena uit, 'maar sommige mensen brengen bovendien hun eigen wijn mee.'

Onder het eten attendeerde ze Tom op de diverse cursisten. Er waren twee oudere dames, zusters naar het scheen, allebei weduwe en de ene was na de dood van haar man vijfhonderd kilometer verhuisd om dichter bij de ander te zijn en tot deze week waren ze onafscheidelijk geweest. Ze zaten nu ieder aan het uiteinde van de tafel en omdat ze als twee druppels water op elkaar leken, konden ze elkaars spiegelbeeld wel zijn. Ze spraken geen van beiden met de mensen die aan weerszijden van hen zaten.

'Dat is het werk van Angus', zei Rowena. 'Hij ziet de mensen als individuen en prikt en priemt net zo lang tot hij erachter is wat ze boos maakt. Hij noemt het de zandkorrel in de oester. Als je de woede vindt, vindt je de stem. Wat Nancy's woede opwekt is dat haar vader zich altijd bezatte en dan haar moeder aftuigde, en haar moeder was een volmaakte engel die acht kinderen grootbracht door de eindjes aan elkaar te knopen. En wat Poppy's woede opwekt is dat iemand durft af te geven op haar vader, dat was een fantastische man die altijd zichzelf bleef als hij dronk en zich nooit en te nimmer aan zijn vrouw vergreep ook al maakte ze hem gek met haar gezeur. Ze schelen maar twee jaar, maar lijken wel op twee verschillende planeten te zijn opgegroeid. Angus had Nancy overgehaald om een stuk te schrijven over haar vader en de drank en dat las ze voor in de groep. Poppy stond op en liep de kamer uit. En sinds dat moment praten ze niet meer met elkaar.'

'Denk je dat het wel weer overwaait?'

'Nee, ik denk dat het jaren zal duren. En wat je je daarbij af moet vragen is: wat heeft het voor zin? Wat heeft het nu helemaal voor zin? Ik bedoel, goed, het was best een aardig stukje, maar laten we wel wezen, we hebben hier niet te maken met de Katherine Mansfield of Virginia Woolf *de nos jours.*'

'En als dat wel zo was, zou het dan door de beugel kunnen?'

Ze keek hem scherp aan. 'Goede vraag. Dennis Potter zei dat alle schrijvers bloed op hun tanden hebben.'

'Wie is de man die naast Nancy zit?'

'Dat is een alcoholist die zijn leven heeft gebeterd. Hij wil leren schrijven om anderen te kunnen waarschuwen tegen de drankduivel. Zorg dat hij je niet apart neemt. Dan zaagt hij je door over de tijd dat hij incontinent was. En naast hem,' Rowena ging nog zachter praten, hij kon haar adem op zijn wang voelen, 'zitten onze groupies, Esme, Leah en eh… hoe heet ze ook al weer… Carrie. Ze voelen zich vies genomen, ze hadden zich op deze avond verheugd. Een manlijke literaire reus. Prima meiden hoor, maar een beetje theatraal.' Rowena vond dit kennelijk een woord dat nooit op haar van toepassing kon zijn. 'De volgende van dat rijtje is een lekenpriester. God weet wat hij ervan vindt. En om de hoek aan deze kant zie je vier zeer knappe jongens, allemaal nichten, leuk voor Angus, maar pech voor de groupies. O, en die schoonheid daar heet Anya. Die is aan dit stel niet besteed.'

Tom knikte naar links. 'En die drie?'

Afkeer en ongeloof vermengden zich. 'Die willen geloof ik alleen maar schrijven.'

Tegen het eind van de maaltijd was er flink wat wijn ingenomen en hadden twee van de zeer knappe jongens een knallende ruzie in de keuken. Lucy, die duidelijk opzag tegen de lezing, had een griezelige grauwe kleur gekregen.

'Ik hoop dat iemand aan de mogelijke bijwerkingen van al

die wijn en bonen heeft gedacht', mompelde Rowena terwijl ze naar de zitkamer zweefde met haar glas in de hand.

Ze ging in een schommelstoel zitten, een eindje apart van de anderen, met een asbak bij haar voeten. Tom zat op een hoek van een bank naast een andere schommelstoel die duidelijk voor Lucy bestemd was. Esme, Leah en Carrie zaten op de rode bank tegenover de schouw. De lekenpriester, armen stevig tegen zijn zijden gedrukt, deelde de beige sofa met drie van de nichten. De vierde, die Tom in de keuken had ontmoet, zonderde zich af van zijn vrienden en zat met verwijde pupillen rook uit zijn neusgaten te blazen. De twee oudere zusters, de een met opvallend rode ogen en de ander blakend van strijdlust, zaten zo ver mogelijk van elkaar af. Angus nam een stoel bij de schouw en zette een fles wijn naast zijn voeten. De beterende alcoholist zat tegenover hem, gespitst op de fles met de doelgerichte concentratie van een jachthond. Lucy zat in de schommelstoel en slikte een paar maal. Angus schonk haar een glas wijn in, al zou water doeltreffender geweest zijn.

Angus keek lichtelijk geamuseerd in het rond en begon de gast te introduceren. Lucy bloosde bij de lovende woorden, uitgesproken met een zo opgelegd modulerend stemgeluid dat wat er ook uitgekomen was onoprecht geklonken zou hebben. De groupies die een mannelijke literaire leeuw hadden verwacht en genoegen moesten nemen met een vrouwelijke ondermaatse grauwe muis zakten als één verongelijkt hoopje verder weg in de bank.

Lucy begon te lezen. Misschien was ze wel een goed schrijfster, maar zonder het boek uit haar vingers te rukken en het zelf te lezen was dat niet te beoordelen. Ze las op één snelle, gespannen dreun, geen oogcontact, zelfs niet aan het eind van het eerste hoofdstuk. Binnen een kwartier waren de groupies in slaap, hoofden achterover tegen de kussen van de bank, monden open, ledematen naar alle kanten uitgespreid, verloederde godinnen wachtend op het oordeel van een pathologisch besluiteloze Paris.

Tom zat flink naar voren op de bank, keek geïnteresseerd, slikte een boertje in, hield zijn lachen met moeite in, begroef zijn nagels in zijn handpalmen, werd zich bewust van de uitdijende heupen van de vrouw naast hem, hij keek op en zag dat dezelfde strijd tussen goede manieren en verveling, winderigheid en massahysterie ook bij de anderen speelde en keek weer vlug naar beneden. Inmiddels was het geluid van rommelende buiken, boertjes en regelrechte winden het domein van kamermuziek ontstegen en had symfonische hoogten bereikt, en de gejaagde eentonige stem bleef maar doorgaan. Lucy had niet één keer opgekeken, al moest ze zich wel bewust zijn van het onderdrukte gegiechel rondom. Waarom kon ze het niet fatsoenlijk afronden? Waarom had ze zo'n lang stuk uitgekozen? Hij wierp een blik opzij, zag een volgend hoofdstuk opdoemen en begreep dat ze doorlas omdat ze niet durfde ophouden. Een hinnikende snurk van een van de Doornroosjes wekte de anderen, die met een wakkere blik om zich heen keken. Tom volgde het gelezene tot het eind van het hoofdstuk en begon te klappen. Alle anderen, blij met de kans een sociaal aanvaardbaar lawaai te kunnen maken, klapten hun handen stuk. Lucy keek timide op, opgelucht dat het allemaal zoveel beter was gegaan dan ze gevreesd had.

'Dank je wel', zei Angus. 'Dat was onvergetelijk.'

Volgden de vragen. Verrassend geanimeerd dit keer. Had Lucy een agent? Werkte ze op een computer? Schreef ze elke dag? Plande ze een boek van tevoren? Geen vragen over haar boek, maar ja, eerlijk gezegd hadden ze er niet veel van verstaan. En toen was het goddank afgelopen en kon iedereen het op een drinken zetten, vooral Lucy, die tijdens het eten water had gedronken, maar die nu in recordtijd spectaculair de hoogte had.

'In jouw ogen zijn we allemaal gek, hè?' zei Angus, die op Tom af liep met glas en fles in zijn handen.

'Wat denk je, zouden we nu kunnen praten?'

Angus keek om zich heen, zag de beterende alcoholist op zich afstevenen. 'Nou en of.'

Hij duwde de terrasdeuren open en ze stapten het grasveld op. Ze liepen de glooiende helling af tot de muur, waarbij hun voeten sporen achterlieten in de dauw.

'Hij blijft mensen maar vertellen hoe hij zich onderpoepte', zei Angus. 'Het heeft een weerzinwekkend heiligengehalte. De H. Sebastianus en de pijlen. De H. Catharina en het gebroken rad. De H. Terence en de poepbroek.'

'Ik veronderstel dat hij denkt dat hoe meer hij zich vernedert des te kleiner de kans is dat hij weer gaat drinken.'

'Ik zou drinken om te vergeten dat ik het gedaan had.'

Ondanks zijn geleuter, was Angus minder aangeschoten dan Tom vermoed had. Of hij had beter maat gehouden dan de alomtegenwoordige fles suggereerde of hij kon enorm innemen.

Angus leunde met zijn armen op de muur. 'Denk jij dat de biecht de enige weg naar verlossing is?'

'Ik ben geneigd nee te zeggen, maar ik zou geen andere weg weten.'

Angus haalde zijn schouders op. 'Als je in verlossing gelooft.'

'Maar jij gelooft waarschijnlijk in het vermogen te veranderen?'

'Waarschijnlijk.'

'Bovendien', zei Tom, 'dacht ik dat je nogal voor het oprakelen van het verleden was?'

'O, dat ben ik zeker. Maar als doel op zich. Ik verbeeld me heus niet dat het enige therapeutische waarde heeft. Eerlijk gezegd moet ik kotsen van dat hele idee van schrijven als therapie. Soms amuseer ik me met nadenken over de praatkuur, hoe dat een hele industrie geworden is en hoe weinig bewijs er is dat het ook maar een snars helpt.'

'Als je gesprekstherapie bedoelt, er bestaat heel wat bewijs dat het schadelijk is of kan zijn. Mensen die meteen na een traumatische gebeurtenis gesprekstherapie krijgen zijn er gemiddeld slechter aan toe dan zij die dat niet krijgen.'

Angus keek verrast op. Tom zei geen van de geijkte dingen. 'Hoe komt dat?'

Tom haalde zijn schouders op. 'Ik vermoed dat het in de bedoeling ligt dat mensen verdoofd zijn na een schok, en dat alles wat die toestand verstoort… in potentie gevaarlijk is. Even zo goed, de verdoving raakt op den duur natuurlijk wel uitgewerkt.'

'En dan helpt praten?'

'Het is een manier om de waarheid te achterhalen.'

'En dat maakt dat je je beter voelt?'

'Niet per se, nee', zei Tom. 'Het is waardevol op zich.'

'Nou, daar kunnen we het dan over eens zijn.'

In theorie wel, dacht Tom, die zich de rode ogen van de ene en de opgewonden blos van de andere zuster herinnerde.

'We hebben het hier natuurlijk niet over "de waarheid", hè?' zei Angus. 'We hebben het over verschillende en dikwijls heel uiteenlopende versies daarvan.'

'Ik dacht dat we het over Danny hadden.'

Een pauze. Vanuit het dal kwam het geluid van grazende schapen naar boven zweven en uit de verlichte kamer achter hen kwamen lachsalvo's.

'Hoe gaat het met hem?'

'Redelijk. Hij heeft een beetje moeite zich aan te passen.'

'Hoelang is hij al vrij?'

'Ongeveer een jaar. Hij studeert Engels.'

Een geluid dat het midden hield tussen een laatdunkend gesnuif en een lachje. 'Ach ja, hij had veel talent.'

Om de een of andere reden stuitte die opmerking Tom tegen de borst. 'Dat heeft hij waarschijnlijk nog steeds.'

'Zo meteen komt de hele horde naar buiten', zei Angus. 'Zullen we een eindje verder afdalen?'

Ze klauterden over de muur en begonnen de heuvel af te lopen, hun schoenen knerpten op het natte gras. Schapen tilden hun kop op en hielden hen in de gaten terwijl ze langsliepen, maar deden geen stap opzij. Het rumoer van praten en lachen was nog maar vaag te horen. Ze keerden zich om en keken terug, het witte boerenhuis met zijn verlichte ramen benadrukte de gedeelde afzondering op de heuvelhelling.

'Weet hij dat je hier bent?' vroeg Angus abrupt.

'Nee. Dat vertel ik hem bij de volgende ontmoeting. De afspraak is dat ik kan gaan praten met wie ik wil.'

'Geef je hem mijn adres?'

'Alleen als jij het wilt. Wil je dat?'

'O o. Daar vraag je me wat.'

Angus zijn stem was veranderd. Hij gebruikte minder fraai opgelegde stembuigingen, zijn accent was zwaarder; er zat een hapering in zijn ademhaling die Tom binnen niet opgemerkt had. Misschien was hij astmatisch en belemmerde de koude lucht zijn ademhaling of misschien hadden de stilte, de waakzame schapen, de witte lichtstroom een ander ik voortgebracht.

'Ja, waarom niet? Hij kon wel eens nieuwsgierig genoeg zijn om te willen weten wat hij me heeft aangedaan.'

'Wat hij jóú heeft aangedaan?'

'Ja, dat zal je wel vreemd voorkomen. Ik was in de twintig, hij was vijftien. Natuurlijk was het mijn fout.' Hij glimlachte. 'Ach, laat maar hangen. Het is verleden tijd.'

'Ik zou graag willen weten wat er gebeurd is.'

'Waarom?'

Tom wilde het geijkte antwoord geven: omdat ik denk dat het me zal helpen Danny te begrijpen, maar merkte dat er iets anders uitkwam. 'Omdat ik in jouw schoenen sta en ik begin te denken dat het een gevaarlijke positie is.'

'Zorg dan dat je niet alleen met hem bent.'

'Ik moet wel. Hoe dan ook, daar ben ik niet bang voor.'
Angus knikte. 'Bof jij even.'

'Wat is er misgegaan?'

'Ik werd verliefd op hem.' Een pauze, waarin Angus met een pruilend gezicht de banaliteit van zijn verklaring overpeinsde: het beschermende laagje cynisme of zelfspot dat eraan ontbrak. 'Bijna op het eerste gezicht. Ik was echter niet de enige, het nam verschillende vormen aan. Ik wil niet beweren dat het altijd seksueel was. Dat was niet zo. Maar hij was direct verantwoordelijk voor het vertrek van vier mensen – van wie ik het weet – van die inrichting. En ruwweg omdat ze té betrokken waren, of jaloers. Ik heb het gewoon getolereerd. Niet het simpele feit dat iedereen zo sterk bij Danny betrokken was, maar de pretentie dat dat niet zo was. Dat alle jongens gelijk behandeld werden. Om de dooie dood niet.' Hij riep zichzelf tot de orde, ontzet door zijn eigen bitterheid. 'Heb je Greene gesproken?'

'Ja. En mevrouw Greene.'

'Ach ja. Elspeth.'

'Wist Greene wat je met Danny deed?'

'De seks?'

'Ik bedoelde het schrijven.'

'Nee, dat wist hij niet en als hij het geweten had zou hij het zeker afgekeurd hebben. Het werd er bij ons ingehamerd dat we niets over ze hoefden te weten, dat het verleden irrelevant was en hun achtergrond van geen enkel belang. En dan had je het over kinderen met volkomen verbrokkelde levens. Danny was wel opgegroeid bij zijn ouders, maar hij was de uitzondering. Er waren jongens die vijf, zes keer per jaar van pleeggezin wisselden. Die hadden echt geen flauw benul meer wie ze waren en uit wat voor een broeinest ze kwamen. En ik vond dat het belangrijk was, dat vind ik trouwens nog, om zulke kinderen te helpen met het construeren van hun levensverhaal. En om ze te helpen hun emoties te benoemen. Je kreeg de

174

indruk dat veel van die jongens een soort spanningsgraad hadden waarvan ze niet wisten of het verdriet, verveling, eenzaamheid, boosheid of verwarring was, omdat ze het niet konden benoemen. Ze wisten alleen maar dat ze zich klote voelden en reageerden dat af door iemand de hersens in te slaan. Ik verontschuldig me dus niet voor wat ik deed. Het moest gedaan worden. En het was geen therapie. Het was het aanreiken van een stuk basisgereedschap dat voor de rest van ons iets vanzelfsprekends is.'

'Vond je Danny aardig?'

'Je bedoelt de verliefdheid buiten beschouwing gelaten?' Hij dacht even na. 'Er was niets om aardig te vinden. Hij was verbazend charmant, oppervlakkig, manipulatief. Ik bedoel, echt ongelooflijk. In controle zijn was een doel op zich. En hij zat potdicht. Je kreeg maar tien procent van hem te zien. En dat niet alleen. Hij zelf keek ook niet verder dan die tien procent. Bovendien had hij dat zeer heldere, koele verstand en hij was begaafd – dat was stofgoud daar, neem dat maar van me aan. En het leek zo tragisch dat hij zo… dichtgevroren was.'

'Dus besloot je hem te ontdooien?'

'Nee, zo zat het niet. Hij besloot. Het soort onderwerpen dat ik hem opgaf waren standaard Engelse-opstelonderwerpen. Het was Danny die steeds verder ging. Ik zei dingen als: "Hé, ik zie geen mensen." Maar hij pakte dat op en ging ermee aan de haal. Hij kwam steeds dichterbij, totdat je ze als het ware hoorde ademen, en ja, het was gevaarlijk, maar laten we niet vergeten dat het ook iets was wat gebeuren moest.'

'Heb je nooit gedacht: ik moet hiermee ophouden?'

'Hij wou er niet mee ophouden.'

'Heb je wel eens gezegd: "Kalm aan een beetje"?'

'Ik had geen notie hoe dichtbij we waren. Je moet niet vergeten dat ik helemaal niets over de achtergronden wist. Hij beschreef een bepaald incident en ik had geen flauw idee of het een dag voor de moord speelde of een jaar ervoor.'

'Dat kon je toch vragen?'

'Niet zonder druk uit te oefenen. Ik heb de moord nooit genoemd.'

'Heeft hij geschreven over die keer dat zijn moeder hem probeerde te slaan met zijn vaders riem?'

'En dat hij de riem pakte en haar in het rond zwaaide? Ja.'

'Heeft hij over Lizzie Parks geschreven?'

'Ja, en ik denk dat dat de deur dichtdeed. We hadden de volgende dag een afspraak en hij kwam niet opdagen. En die zondagavond na het eten is hij naar Greene gegaan en heeft hem verteld dat ik hem aangerand had. Ik moest bij Greene komen. Hij stelde vast dat ik een x aantal uren met Danny alleen geweest was, en dat was het dan. Ik werd op staande voet ontslagen. Ik ben de volgende ochtend weggegaan.'

'Waarom denk je dat hij naar Greene is gestapt?'

'Omdat hij bang was. Hij kon niet ophouden, hij besefte dat hij me over de moord zou gaan vertellen en dat was een angstwekkende gedachte. Omdat hij het in feite nog nooit toegegeven had.'

'Kan het zijn dat hij het moeilijk had met de seks? Hij was pas vijftien.'

'Nee.'

'Hoe weet je dat?'

Angus draaide zich naar hem toe met pretlichtjes in zijn ogen. 'Ik zal je iets over de seks vertellen dat echt een schok voor je zal zijn.'

'Dat betwijfel ik. Maar ga door.'

'Er was geen seks. Het is nooit gebeurd.'

Tom haalde diep adem. 'Het is een schok.'

'Hij zette me buitenspel.'

'Waarom heb je niet aangedrongen op een onderzoek?'

'Ik was alleen met hem geweest. Het was zijn woord tegen het mijne.'

'En je dacht dat Greene hem zou geloven?'

'Greene wilde geen schandaal. Slecht voor Danny, slecht voor de school. Slecht voor Greene.' Hij zweeg even. 'Hoe dicht zijn jullie bij de moord?'

'We zijn er bijna aan toe.'

Angus grinnikte en begon de helling naar het huis op te lopen, terwijl hij achterom riep: 'Kijk dan maar uit.'

Bij de deur scheidden hun wegen zich. Angus liep zonder omkijken de gang in, wijnglas in de ene hand, fles in de andere. Tom had geen zin om zich weer in het feestgewoel te storten en ging naar boven waar hij, voor het eerst sinds zijn jeugd, in een stapelbed moest slapen. De lekenpriester lag al op zijn knieën voor het bed te bidden. Dat had Tom ook nog nooit meegemaakt. Hij kleedde zich stilletjes uit en liep op zijn tenen naar de badkamer. Een in een warme geruite ochtendjas gehulde vrouw – een van het groepje dat zowaar echt wilde schrijven – stond al op haar beurt te wachten in de gang.

Tom vroeg of de cursus haar beviel.

'Jawel hoor', zei ze. 'Het is heel iets anders dan ik verwacht had, maar Angus is een briljant docent.'

Tom lag lang wakker in het smalle stapelbed, luisterde naar het gesnurk van de beterende alcoholist. Een van de mooie jongens kwam binnen, de worstknijper die Malcolm heette, en kleedde zich uit in het binnenvallende maanlicht. De lekenpriester kwam zijn bed uit en begon weer te bidden. Zij moesten hier vijf dagen bivakkeren, dacht Tom en draaide zich op zijn zij. Hij was na één avond al gebroken.

Hij moest ingedommeld zijn, want hij schrok wakker van het gegil. Ergens buiten leed een vrouw of kind pijn. Hij worstelde overeind. De anderen waren al wakker.

'Is het een vrouw?' vroeg de lekenpriester.

'Nee, het is een dier', zei de beterende alcoholist.

'Dat bestaat niet', zei Malcolm.

Hij kwam uit bed en pakte zijn ochtendjas. Tom en de

beterende alcoholist volgden hem naar beneden – blote voeten kletsend op de koude tegels – en voorts de woonkamer in. Lege flessen, volle asbakken, een troosteloze sfeer. Er lag iemand te slapen op een bank.

'Zou er een alarm op de deuren staan?' vroeg Malcolm terwijl hij ze toch maar openduwde. Hij liep met grote passen het grasveld af, Tom achter zich aan. Weer doorsneed een gil de lucht. Toms nekharen gingen rechtovereind staan. In de stafbungalow gingen lichten aan. Rowena kwam in een wit negligé naar buiten. Gevolgd door Angus, in een laken gehuld. Ze stonden allemaal stil te luisteren. Net toen ze begonnen te hopen dat het afgelopen was, scheurde er opnieuw een gil door het donker.

Rowena, haar temerige toontje plots koel en helder, zei: 'Het is een konijn. Die kunnen akelig menselijk klinken.'

'Moeten we het niet afmaken?' vroeg de beterende alcoholist.

'Nee, het komt van de overkant van het dal', zei Angus. 'Tegen de tijd dat we daar zijn is het al dood.'

'Jezusmina.'

'Hoor eens,' zei Malcolm, 'dat beest gaat dood en daar kunnen wij niets aan doen. Ik ga weer naar bed.'

Hij liep met grote passen het grasveld op. Heel verstandig, dacht Tom, maar toch. Een uur geleden was er saamhorigheid, geklets en gelach, licht, warmte, wijn en eten geweest en dat was allemaal weggeblazen door die kreten. Nu stond een ieder te huiveren, veroordeeld tot de isolatie van zijn eigen vel. Hoe breekbaar is het allemaal, dacht hij.

Hij voelde de zware hand van Angus op zijn schouder. 'Terug naar je bed', zei hij terwijl hij Tom zacht de kant van het huis op duwde. 'Er komt zo wel een vos langs.'

'Zien we je nog bij het ontbijt?' vroeg Rowena.

'Ik denk het niet', zei Tom boven een volgende gil uit. 'Ik moet bijtijds naar huis.'

17

Hij was even vergeten dat hij voor vervoer afhankelijk was van anderen. Pas tegen tienen had iemand tijd om hem naar het station te brengen, vervolgens had de trein vertraging en miste hij zijn aansluiting in York. Hij had thuis willen zijn voordat Lauren kwam, hoewel ze een sleutel had. Ze zou niet buiten op straat hoeven wachten.

Tussen Durham en Newcastle ging zijn mobiele telefoon. 'Tom, ben je daar?'

'Ja.'

'Luister, ik ben in het huis. Je weet toch nog wel dat ik mijn spullen zou komen halen? Je zei dat het vandaag schikte.'

Hij hoorde aan haar stem dat ze ongerust was. 'Wat is er aan de hand?'

'Je weet wel, die jongen die je uit de rivier gehaald hebt? Die is hier. Hij zegt dat hij een afspraak met je had. Ik dacht dat je misschien even een boodschap aan het doen was, vandaar dat ik hem binnengelaten heb.'

'Ben jij in orde?'

'Ik dacht van wel.'

'Wat doet hij?'

'Hij loopt heen en weer.'

Haar stemgeluid zakte weg tot een nauwelijks verstaanbaar gemurmel. De ontvangst was toch al niet best. Het volgende wat hij verstond was: 'Ik heb geprobeerd met hem te praten, maar het heeft geen zin.'

In de hele wagon kwamen mensen overeind en pakten hun bagage bij elkaar. Nog even en ze zouden in het gangpad in de rij staan. Dit was de eindbestemming van deze trein.

'Hoor eens, laat hem maar betijen. We rijden Newcastle al binnen, ik ben over een minuut of twintig thuis.'

Als hij meteen uit kon stappen, als er geen rij bij de taxi-standplaats stond. Hij greep zijn tas en drong zich naar de uitgang, waar hij wiebelend van zijn ene been op zijn andere op het groene licht wachtte. Toen holde hij zigzaggend tussen de zich voorthaastende mensen door, vloog het station uit om als eerste bij de taxistandplaats te zijn.

Eenmaal in de taxi trommelde hij met zijn vingers op zijn tas en negeerde de pogingen van de chauffeur om een praatje te beginnen. Het verkeer was redelijk, ze waren er binnen een kwartier.

Voor het huis stopte hij de chauffeur een handvol munten toe en wuifde het wisselgeld weg.

Hij ging zo zachtjes mogelijk naar binnen en bleef in de hal even staan luisteren. Stemmengerucht vanuit de keuken. Bij de trap stonden twee koffers, eentje open, halfvol met kleine, in krantenpapier gewikkelde voorwerpen. Tegen de muur stond een stapel in bruin papier verpakte schilderijen. Door de open deur van de woonkamer zag hij de grijze spookachtige plekken op de muren waar de schilderijen hadden gehangen. Enkele meubelstukken waren van hun plaats getrokken en midden in de kamer neergezet. Hij voelde een scheut van verdriet om het einde van zijn leven met Lauren, om de verenigde persoon die ze eens waren. En in dit intens persoon-lijke drama was Danny binnengewandeld, hij kon zijn stem beneden horen. Hij had zich tot op dit moment niet gerealiseerd hoe weinig hij Danny vertrouwde, hoewel zijn vrees ook een irrationeel element bevatte. De gillen van het gestrikte konijn waren in zijn hoofd blijven hangen en hij had niet meer kunnen slapen.

Hij liep langzaam de trap af. Tussen de spijlen door kon hij Danny's voeten in zwart met witte sportschoenen zien. Verder niets. Een tree kraakte en toen hoorde hij Lauren met opluch-ting in haar stem zeggen: 'Ha, daar is Tom.'

Ze stond op toen hij binnenkwam. Hij zou nooit weten hoe

ze elkaar begroet zouden hebben als ze alleen geweest waren. Ze liep de keuken door en hield haar wang op voor een kus. Hij zag het vocht op haar bovenlip waar speldenprikjes zweet door de make-up gedrongen waren, en haar lijf gaf een scherp luchtje af dat niet van een deodorant of een geurtje was.

'Hallo lieverd. Sorry dat ik zo laat ben.' Hij wendde zich tot Danny. 'En Ian, wat een verrassing.'

'Ik zal me wel in de dag vergist hebben.'

Danny bood hem een makkelijke uitweg, maar met een smekende blik. Lauren stond met haar rug naar de keukentafel, haar magere armen voor haar borst gekruist. Haar ondertanden knaagden aan haar bovenlip. Het was voor Tom alsof hij haar voor het eerst zag. Het was buitengewoon verwarrend, dit gevoel dat een cruciaal moment in zijn privéleven zich afspeelde voor een ongenood publiek. Danny's handen lagen in elkaar gewrongen in zijn schoot, een kluitje witte knokkels, net wormen.

'Ach, geeft niet, je bent er nu, al kan ik helaas niet het volle uur voor je vrijmaken. Maar we kunnen wel even praten.'

Hij nam Danny mee naar zijn spreekkamer. De hele weg daar naartoe was hij zich ervan bewust dat Danny nota nam van de stoffige rechthoeken waar de schilderijen hadden gehangen, een tafel die van de muur getrokken was, open plekken op de boekenplanken, de overgebleven boeken tegen elkaar gezakt in losse hoopjes. Danny's gezicht vertoonde enkel gêne, maar Tom wist dat er een grens overschreden werd. Danny was binnengedrongen.

Misschien uitte Toms angst zich via zijn stem. Zodra ze zaten zei hij scherp: 'Nou Danny, wat brengt je hier?'

'Heeft u het nieuws niet gezien?'

'Nee, dat heb ik niet.' Dit was niet het moment om over zijn bezoek aan Angus te beginnen. 'Wat is er aan de hand?'

Danny deed het kort uit de doeken. Twee jongetjes van elf en twaalf waren beschuldigd van moord op een oude vrouw.

Twee kranten en het late nieuws op de BBC hadden er uitgebreid over gefilosofeerd. Wat is er met onze kinderen aan de hand? Et cetera. En omdat de Kelsey-moord sub judice was en er dus nog geen beelden beschikbaar waren, hadden ze hun beweringen verduidelijkt met verwijzingen naar Danny's misdaad. En wat erger was, ze hadden zijn oude schoolfoto gebruikt.

'Het begint allemaal weer opnieuw', zei Danny, zijn stem verstikt door angst en pijn. Hij had op de televisie nu al dingen gezien die hem ook waren overkomen: beukende vuisten op de zijkanten van de politiebus, geschreeuwde bedreigingen, de oplaaiende publiciteit, nergens heen kunnen, je nergens kunnen verbergen.

'Wat hebben ze precies gedaan?'

Danny ontkende daar ook maar iets van te weten. Hij had de televisie afgezet zodra zijn foto in beeld kwam en was regelrecht naar bed gegaan, half en half verwachtend dat zijn hospita op de deur zou bonken en hem eruit zou gooien.

'Ik geloof echt niet dat iemand je zal herkennen van die schoolfoto', zei Tom. 'Ik tenminste niet.'

'Maar sommige mensen wel', hield Danny vol. 'Ik ben net als jij Tom. Ik onthoud stemmen, ik herinner me hoe mensen bewegen, maar je moet wel bedenken dat er echt mensen zijn die nooit een gezicht vergeten.'

Een huivering van onbehagen. Dat was een volkomen accurate beschrijving van hoe Toms geheugen werkte, maar hij kon zich geen enkel gesprek herinneren waarin Danny en hij hadden gepraat over de verschillende manieren waarop mensen het verleden opriepen.

Het was ook de eerste keer dat Danny hem Tom genoemd had. Dit was geen goed moment om te protesteren en Tom had trouwens enkele volwassen patiënten die hem tutoyeerden. Het maakte waarschijnlijk weinig uit. Toch stak het hem.

'Heb je Martha gebeld?' vroeg hij.

182

'Ik kan haar niet te pakken krijgen. Ik blijf het proberen.'

'Ik zal ook een poging wagen. Ik zal mijn secretaresse eens vragen.'

Hij belde. Martha was op het bureau voor sociale gezinszorg geweest, maar was net vertrokken met de mededeling dat ze de stad uit ging. Ze had niet gezegd voor hoelang. Tom probeerde haar mobieltje, maar dat stond niet aan. Hij wendde zich weer tot Danny en zei: 'Luister, we krijgen haar heus wel te pakken. Maak je geen zorgen.'

'Ik heb altijd geweten dat het niet zou werken. Te veel mensen zijn erop uit mij te grazen te nemen.'

Tom ging rustig zitten om hem aan te horen, zich bewust van Lauren die op de achtergrond een meubelstuk over de vloer sleepte. Danny was doodsbenauwd – niet voor geweld en zelfs niet voor de onthulling van zijn valse identiteit, al waren dat reële angsten – maar voor het oprakelen van het verleden. Iedere krant, iedere nieuwsuitzending. In de metro op weg naar Tom had hij mensen over de moord horen praten en dacht dat hij de naam Danny Miller hoorde vallen. Dat verontrustte hem zo dat hij bij het eerstvolgende station uitgestapt was en in een andere wagon was gaan zitten. 'Ik wil niet weten wat zij gedaan hebben. Ik ben in gedachten aldoor met Lizzie bezig. Ik kan dat er niet bij hebben.'

'Wil je dat we onze gesprekken een paar weken opschorten, tot dit allemaal overgewaaid is?'

Nee, dat wilde hij niet. Hij wilde precies het tegenovergestelde, hij wilde nu doordrukken, en snel. 'Ik moet het nu boven zien te krijgen', zei hij. 'Voordat dit gedoe het water vertroebelt.'

Tom kon de zin hiervan inzien. Hij geloofde niet dat Danny langs een kiosk kon lopen zonder een krant te kopen. Hij geloofde niet dat Danny de televisie uit zou zetten wanneer de zaak aan de orde kwam, en zijn verlangen om te doorgronden wat hij had gedaan was zo sterk, en de blokkades die hem dat verhinderden zo onoverkomelijk, dat de moge-lijkheid bestond dat onderdelen van misdaadverslagen zouden doorsijpelen in zijn herinnering aan de moord op Lizzie.

Er werd gebeld. Hij hoorde Lauren opendoen. Twee man-nenstemmen. Hij wilde zien wat er gebeurde.

'Goed', zei hij en hij stond op. 'Hoor eens, je hebt vast wel begrepen dat de toestand hier op dit moment onverkwikkelijk is. Kun je vanavond terugkomen? Om een uur of zeven?'

Danny bevochtigde zijn lippen. 'Ja, prima.'

'Er is heus geen gevaar, Danny.'

Danny schudde zijn hoofd. 'Jij hebt ze niet op het busje zien beuken. Die twee kunnen ze niet pakken, maar mij wel.'

Tom liet Danny uit en ging even met zijn rug tegen de deur staan om zich schrap te zetten. Lauren was in de woonkamer, ze zat op de leuning van de overgebleven bank. Die houding, alsof ze even neergestreken was en elk moment op kon vliegen, ergerde hem. Waarom kon ze verdomme niet gewoon gaan zitten?

Hij begon met de vraag: 'Hoelang denk je dat ze nog nodig hebben?' maar stopte halverwege de zin omdat hij schrok van de holle klank van zijn stem. De akoestiek was natuurlijk veranderd door het verwijderen van meubels en schilderijen. Het was zoiets als praten in de telefoon terwijl iemand op een andere verdieping vergeten was neer te leggen.

Ze beantwoordde de incomplete vraag. 'Niet zo lang meer. Een halfuurtje.'

Haar stem klonk ook anders. Hij besefte dat dit echokamer-gesprek hem bij zou blijven als de klank van zijn scheiding. Twee mensen die eens van elkaar hielden en die banaliteiten uitten in een lege doos.

'Wil je iets drinken?' vroeg hij, waarmee hij bedoelde dat hij zelf wel een drankje wilde.

Ze aarzelde. 'Ach, waarom niet?'

Hij ontkurkte een fles en kwam boven met twee glazen. Al

deze simpele handelingen waren zo beladen met herinneringen dat hij zich voelde als een priester die de mis celebreerde. Hij zocht naar een manier om het overhandigen van een glas rode wijn minder sacramenteel te maken, maar zonder succes. 'Nu dan', zei hij, moeite doend om de spot uit zijn stem te houden, weer zonder succes. 'Cheers.'

'Wie is die jongen?' vroeg ze, terwijl ze zich van hem afwendde en naar het raam liep.

'Ian Wilkinson.'

Ze keek peinzend voor zich uit. 'Hij komt me bekend voor.'

'Natuurlijk. Je hebt laatst op de kade met hem gepraat.'

'Nee, van daarvoor.'

Tom haalde zijn schouders op, maar zijn hartslag versnelde. Danny had gelijk, Lauren was sterk visueel ingesteld, veel sterker dan de meeste mensen, en iets in Danny's gezicht plukte aan haar geheugen. Zij zou hem zeker herkennen van de schoolfoto.

En als zij dat kon, konden anderen dat ook.

Om haar af te leiden zei hij: 'Weet je wat nog het onwezenlijkst is aan deze situatie? Een paar weken geleden deden we nog hard ons best om een kind te maken.'

'Ja, daar heb ik ook veel aan gedacht. God zij dank is dat niet gelukt.'

Dat was voor hem, en misschien ook voor haar, het moment waarop het afgelopen was. Ze waren inmiddels vreemden, niet intiem genoeg om aversief te zijn, ze probeerden zo goed en zo kwaad als het ging de financiële zaken op een rij te krijgen.

'Ga je het huis verkopen?' vroeg ze.

'Ik denk het niet. Misschien verhuur ik de zolderverdieping wel. Daar is gemakkelijk een zelfstandige woonruimte van te maken. En ik vermoed dat de notarissen wel uit zullen zoeken wat jouw rechtmatige afkoopsom is.'

'Ik wil geen eindeloos getouwtrek.'

'Ik ook niet. Het is eerder een kwestie van wat zij willen.'

Ze praatten een halfuurtje door en vonden het steeds moeilijker om het gesprek gaande te houden. Het onderwerp dat hij het liefst aan zou roeren – had ze al een ander? – was taboe. Het ging hem niet langer aan, al weerhield hem dat niet erover te speculeren. Hij speurde haar gezicht en lichaam af naar tekenen van een bevredigend seksleven, maar ze zag er net uit als anders, een elegante, koele verschijning.

Hij vroeg zich af hoe het voelde om voorgoed uit dit huis weg te gaan. Ze had het prachtig gevonden toen ze er pas woonden. Al die maanden dat ze de rivier bij iedere voorkomende lichtval had geschilderd, en toen opeens was ze uitgekeken op wat het ook was geweest dat haar eerst zo boeide. En daarna, dacht hij, had ze het huis ook maar zozo gevonden. Onlangs had ze op een natte dag door de beregende ramen naar buiten staan turen en gezegd dat ze verdomme net zo goed op een boot konden wonen.

Het was een opluchting toen de verhuizers binnenkwamen en zeiden dat ze klaar waren.

Ze stond meteen op en keek hem aan. 'Wel, Tom, vind je dat we elkaar veel geluk kunnen toewensen?'

Even stikte hij bijna van woede. Jij gaat weg en je wilt dat ik je geluk toewens? Maar toen nam hij haar stijfjes in zijn armen en klopte op haar rug. Zijn reactie verraste hem. Ze voelde niet goed tegen hem aan. De huid van zijn borst en armen zei: het verkeerde lijf, waardoor hij uiteindelijk, toen hij haar voor het laatst uitzwaaide en vervolgens de deur dichtdeed, in staat was te voelen dat deze scheiding deels zijn werk was.

Even later, terwijl hij zichzelf nog een glas wijn inschonk, bedacht hij dat er maar een kleine verschuiving van het perspectief nodig was om het helemaal zijn werk te maken. Hij had met haar mee naar Londen kunnen gaan en hoofdstukken van het boek naar Martha en Roddy kunnen e-mailen; ze hoefden het niet persoonlijk te bespreken. En hij had met haar kunnen vrijen en haar zwanger maken. Alleen had zijn lichaam het om onverklaarbare redenen laten afweten en dat weten te voorkomen, en wat zou het een ramp geweest zijn. Hij zou nooit meer het woord 'lul' gebruiken. Dat was uitgesproken onrechtvaardig. Zijn pik was het enige deel van hem dat het geringste greintje gezond verstand had getoond.

Dit alles was tot op zekere hoogte een troost. Het vijzelde zijn moraal op om zich niet langer als Laurens slachtoffer te beschouwen. Vastbesloten om weer aan het boek te gaan werken liep hij naar zijn werkkamer, maar hield in de deuropening plotseling halt. Want daar op zijn stoel stond, kennelijk niet vergeten maar expres achtergelaten, Laurens laatste rivierschildering.

De zon hing boven het water, dof rood, zonder stralen en zonder warmte, zo zou hij eruit kunnen zien in de laatste dagen van de planeet. Onder die zon een welhaast abstracte werveling van grijzen en bruinen en onderaan, rechts in de hoek, amper in het beeld, stond een donker figuurtje, hijzelf, over het water uit te kijken.

18

Gedurende zijn hele gesprek met Lauren was hij zich bewust geweest van het irritante gepiep van het antwoordapparaat. Toen hij de boodschappen eindelijk beluisterde, bleken er vijf verzoeken bij te zijn voor een interview over de Kelsey-moord. Omdat hij gespecialiseerd was in gedragsstoornissen werd zijn mening meestal gevraagd wanneer een misdaad waarbij kinderen betrokken waren in het nieuws kwam. Enkele van die interviews zou hij moeten doen, maar hij had nu geen zin om terug te bellen. Laurens vertrek was nog te vers, en hij moest zich bezinnen op zijn reactie op vragen over Danny.

De persoon met wie hij nu nodig moest praten, was Martha. Hij bereikte haar bij de derde poging. Ze zei dat ze eraan kwam en hij ging bij het raam op haar staan wachten. Beneden in de keuken klikte het antwoordapparaat weer aan. Hij verstond er niet veel van, maar dacht Danny's naam te horen. Terwijl hij over de trapleuning gebogen naar de stem luisterde, werd hij bevangen door een akelig voorgevoel en voor het eerst drong het tot hem door hoe belaagd Danny zich moest voelen.

Een windvlaag geselde de ruiten en regenspetters maakten donkere plekken op het plaveisel. Hij zag Martha haar auto neerzetten en naar het huis rennen. Ze stormde lachend naar binnen en haalde haar vingers door haar korte donkere haar. 'Ik hoop bij god dat het weer morgen beter is', zei ze, terwijl hij haar jas aannam.

'Wat heb je morgen dan?'

'Een trouwerij. Bovendien ben ik het eerste bruidsmeisje. Ik zal je niet vertellen voor de hoeveelste keer. Maar heel wat meer dan drie.'

Ze liepen de kamer in. Hij zag dat haar de lege plekken opvielen, dat er wat weg was.

188

'En nu wou ik natuurlijk dat ik niet weg hoefde. Ian', zei ze toen ze zijn vragende blik zag. 'De moord.'

'Je mag toch wel een privé-leven hebben?'

'Jawel.' Ze ging zitten en zei lachend: 'Ik wou alleen dat ik er beter in was.'

Hij blikte om zich heen naar de halflege kamer. 'Ja, ik ook.'

Het plensde inmiddels, de regen kletterde tegen de ruiten en sloot hen in. Het was donker in de kamer, maar Tom had geen zin in het felle schijnsel van elektrisch licht. Martha's gelaat was een bleke ovaal. Hij ging tegenover haar zitten, zeeg neer in de leunstoel. Dat was nog iets dat hij gemerkt had, hij bewoog zich als een oudere man, kwam wankelend zijn bed uit 's morgens, zocht steun bij de leuning als hij de trap opliep, alsof de wond lichamelijk was.

'Zoals je ziet,' zei hij stroef, 'is Lauren verhuisd.'

Ze verspilde geen tijd aan spijtbetuigingen en daar was hij haar dankbaar voor. 'En ik begrijp dat Danny midden in al dat gedoe kwam opdagen?'

Dat was de eerste keer dat ze zijn echte naam gebruikte. 'Ja, en daar zat ik echt niet op te wachten.'

'Hij is bang.'

'Vind je niet dat hij het risico overdrijft?'

In de keuken klikte het antwoordapparaat weer aan.

'Ik word achtervolgd', zei Tom.

'Is dat niet het antwoord op je vraag?'

'Ze zouden me toch wel bellen. Iedere keer als een kind betrokken is bij een zware misdaad…' Hij gebaarde naar de richting van het stemgeluid.

'Zo erg als nu?'

'Nee, niet zo erg als nu. Ik bel niet terug. Maar je hebt gelijk. Er gebeurde iets toen Danny hier was. Er waren veel spullen weg en het zag er leeg uit en ik weet niet of je het gemerkt hebt, maar het klinkt ook anders, hol, en Danny kwam daar ook nog eens bij. En opeens dacht ik, ik zou dit niet moeten doen.

Ik bedoel – wat ik probeer te zeggen is: je wilt geen lege ruimte in het centrum van je bestaan als je iemand als Danny aan de rand hebt snuffelen. Hij dringt zich op, verlangt altijd meer. En de leegte geeft hem de kans.'

'Dat klinkt alsof je het over een virus hebt.'

Tom haalde zijn schouders op. 'Hij is gevaarlijk.'

'Gewelddadig?'

'Weet ik niet. Waarschijnlijk niet.'

'Waarschijnlijk niet?'

'Ja. Waarschijnlijk. Ik weet het niet, jij weet het niet en de paroolcommissie wist het zeker niet. Ik vermoed dat ook Danny het niet weet.'

Ze luisterde aandachtig. Het was curieus dit gevoel van intimiteit in de steeds donker wordende kamer. 'Weet je zeker dat dit een eerlijke beoordeling is?' vroeg ze. 'Zou het niet een beetje zo kunnen zijn dat jij hem als bedreigend ervaart omdat je je… toch al bedreigd voelt? Ik weet hoe het is als een relatie stukloopt – mijn god, óf ik dat weet. Je voelt je echt bedreigd.'

'Je bedoelt, dat ik doordraai?'

'Natuurlijk niet.'

'Ach, ik weet het niet, je zou wel eens gelijk kunnen hebben. Weet je dat hij een docent op Long Garth heeft beschuldigd van verkrachting?'

Ze keek verbaasd. 'Weet je het zeker? Daar staat niets over in het dossier.'

'De directeur vond dat niemand gebaat zou zijn met een officieel onderzoek.'

'Die docent is dus vrijuit gegaan?'

'Of Danny.'

'Denk jij dan dat hij gelogen heeft?'

'Ik weet het niet. De docent had zich niet aan de regels gehouden wat Danny betreft, maar ja, dat doen meer mensen als het om Danny gaat.'

Martha was ongerust. 'Wil je het opgeven?'

'Nee, ik heb voor vanavond met hem afgesproken. Vermoedelijk zeg ik dit allemaal om mezelf er nog eens aan te herinneren dat ik voorzichtig moet zijn.'

'Hoe gaat het eigenlijk?'

'Het is nog te vroeg om daar iets over te zeggen. Danny's programma wordt gestaag afgewerkt. Alles wat ik over hem gezegd heb tijdens het proces is stelselmatig weerlegd.'

'Overtuigend?'

Tom aarzelde. 'Met overredingskracht. Maar hij is nog niet aan de moord toe, en pas dan zal de werkelijkheid greep op hem krijgen. En op het ogenblik is hij natuurlijk afgeleid door die nieuwe zaak.'

'Nou ja, het moet ook een rotschok zijn om de krant open te slaan en je eigen foto te zien staan. Na al die jaren.'

'Ik heb voorgesteld om het even te laten rusten, maar hij zegt dat hij door wil gaan.'

'Hij heeft het nodig. En je hebt best kans dat jullie niet veel tijd meer hebben. Ze zijn vast naar hem op zoek.'

'Denk je dat ze hem kunnen vinden?'

'Ze kunnen iedereen vinden. Als ze dat echt graag willen. En dit is een prachtverhaal. Daar heb je die twee kleine boeven – en goh, kijk eens. Daar is dat andere kleine boefje dat ze onlangs vrijgelaten hebben. Zijn we te slap als het om misdaden gaat? Zou levenslang niet levenslang moeten zijn? Het is een topper.'

'Het is ontmoedigend.'

'Tja… en ik wou dat ik niet weg hoefde.'

'Naar de bruiloft?'

'Ja. Ook al is het niet zo ver. York.' Ze zat te peinzen. 'Als het erg benauwd wordt, zullen we hem moeten verplaatsen.'

'Wat heeft een valse identiteit voor zin als hij zo makkelijk doorgeprikt kan worden?'

'Het is gewoon pech. Het had wel tien jaar kunnen duren voordat zoiets gebeurde.'

Tom dacht even na. 'Goed. Stel dat het uitkomt terwijl jij weg bent.'

'Hij heeft het nummer van mijn mobieltje. Ik kan het natuurlijk niet overal aan laten, maar ik zal steeds checken. En hij heeft twee noodnummers die hij kan bellen, maar alleen voor het geval de bom werkelijk barst. Enfin, hij weet wanneer hij die moet gebruiken. Het moet te doen zijn, en mochten zich problemen voordoen dan hoef jij er nog niet bij betrokken te zijn.'

'Mooi.' Hij keek om zich heen. 'Ik probeer te bedenken of we nog iets vergeten zijn.'

'Nee hoor, alles is onder controle, Tom. Maak je geen zorgen.'

'Goed.'

Ze keek op haar horloge. 'En nu moet ik maken dat ik weg kom. Ik heb beloofd dat ik er bijtijds zou zijn, voor een laatste pasbeurt.'

'Ga je met de auto?'

'Natuurlijk. Voor het geval ik eerder terug moet.'

Ze namen afscheid op de stoep. Martha zette haar kraag op tegen de wind en de regen.

'Stel de juiste prioriteiten, Martha.'

'Ja, ik weet het. Ik moet me amuseren.'

'Nee. Vang dat verdraaide bruidsboeket!'

'O, pleit je dan toch nog voor het huwelijk?'

Hij glimlachte. 'Ja-a.'

Ze legde haar hand op zijn arm en gaf hem een kus op zijn wang. 'Dag, Tom. Je ziet me wel als ik terug ben.'

19

De telefoon bleef de hele middag rinkelen. Na zijn moeder en zijn secretaresse te hebben gebeld om de situatie uit te leggen, liet Tom het antwoordapparaat aanstaan en deed de keukendeur dicht om de boodschappen niet te hoeven horen. Hij was drie uur bezig met het verschuiven van het meubilair om de kamer minder leeg te laten lijken. Hij haalde van de logeerkamer boven een tafel en twee stoelen en van de zolder een paar schilderijen. Toen besliste hij dat het koud en zeker nat genoeg was om een excuus te hebben de open haard aan te steken. De briketten waren vochtig en spetterden en rookten miserabel, maar hij hield vol en kreeg er met moed en beleid de vlam in. Toen het vuur lekker brandde, schonk hij zich een borrel in. Hij zou eigenlijk iets te eten moeten maken, maar dat betekende de keuken en de keuken betekende het antwoordapparaat, dus at hij maar niet.

Met het brandende vuur en de lampen aan, zag de kamer er minder troosteloos uit dan hij een paar uur geleden voor mogelijk had gehouden. Het klonk er nog steeds hol en de manier waarop de meubels rond de open haard gerangschikt stonden deed een beetje aan een kampvuur denken, maar toen hij om zich heen keek had hij een licht gevoel van opwinding, bijna niet te onderscheiden van een gevoel van angst. Hij was vrij. Misschien zou hij een paar dagen weg moeten gaan om zijn gevoelens te ontwarren, maar daar tegenover stond een sterk verlangen om te aarden, om de flarden van zijn leven om zich heen te trekken. De koude buiten te houden. En ondertussen, over nog geen uur, zou Danny er zijn, bij wiens problemen de zijne in het niet verzonken.

Hij zette het nieuws aan. De Kelsey-moord was het tweede onderwerp. Close-ups van de bloemen op de plaats van het misdrijf, verregende chrysanten, 'Liefs' in uitlopende blauwe inkt op een natte kaart. Toen beelden van een wit busje dat snel optrok, achtervolgd door een woedende menigte.

Er werd gebeld. Danny. Tom liep door zijn holle huis, zijn voetstappen, zelfs zijn ademhaling klonken anders in de veranderde ruimte, en deed hem open.

'Heb je Martha kunnen bereiken?' vroeg Danny.

'Ja, ze is langs geweest.'

'Weet je dat ze vanavond weggaat?'

'Ja.'

'Ik snap niet waarom ze het niet af kan zeggen.'

'Het is een trouwerij. Ze is bruidsmeisje.'

'Ze had dit aan moeten zien komen.'

'Ik zie niet in hoe ze dat had gekund. De jongens zijn gisteren pas gearresteerd. Hoe dan ook, kom verder.'

'Heb je het nieuws gezien?' vroeg Danny onderweg naar de spreekkamer.

'Ja. Jij werd dit keer niet genoemd.'

'Maar ze zijn me wel op het spoor. Ik weet zeker dat ik gevolgd werd.'

Het kostte Danny moeite om rustig te zitten, hij wreef de ruggen van zijn handen tegen elkaar, zat te draaien op zijn stoel. Het was niet mogelijk erachter te komen of zijn overtuiging dat hij achtervolgd werd paranoïde was of niet. Het kón waar zijn.

'Tussen haakjes', zei Tom, terwijl hij ging zitten. 'Ik ben bij Angus MacDonald geweest.'

Danny zei niets, staarde hem botweg aan.

'Hij vroeg of ik je zijn adres wilde geven.'

Tom krabbelde 'Scarsdale Schrijverscentrum' en het adres op een envelop en gaf die aan Danny, die hem zwijgend aanpakte, bekeek en in zijn zak stopte.

'Hoor eens,' zei Tom, 'laten we het vandaag maar een beetje kalm aan doen.'

Danny schudde zijn hoofd. 'Nee, het is nu of nooit.'

Hij reikte naar zijn sigaretten terwijl hij dat zei. Tom bespeurde een nieuwe spanning in hem, een nieuw doel. Vertrouwde geluiden, het kraken van een stoel, het ploppen van de gaskachel; vertrouwde geuren, boenwas, natte wol, de sigarettenlucht van Danny's kleren en zijn haar; vertrouwde aanblikken, de cirkel van roodachtig licht op het bureau, Danny's linkerwijsvinger die aan een gescheurde nagelriem pulkte.

'Lizzie', zei Danny.

'Haast je niet.'

Tom leunde achterover, liet de stilte de ruimte om hen heen herscheppen. Danny zat met zijn sigaret te tikken, terwijl hij zich, dacht Tom, beraadde over de kortste route. De sfeer was vanavond anders. Deels omdat Danny wanhopig was en het gevaar van een persoffensief van zich af probeerde te zetten, maar deels ook omdat Toms recente gesprek met Angus hem attent had gemaakt op de mogelijkheid dat Danny misschien wel loog. Misschíén. Tom wist nu niet meer wie van hen hij geloven moest. Angus had zijn eigen redenen om te liegen.

Merkwaardig genoeg begon Danny, alsof hij zijn gedachten kon lezen, over Angus. 'Toen ik op Long Garth was, heb ik een tweelingbroer in het leven geroepen. Ik vertelde iedereen dat ik de helft van een tweeling was en dat mijn broer gestorven was. Ik denk dat het... nou, het is wel duidelijk wat het was, maar niemand zei tegen me: 'Nee, dat is niet waar. Je hebt nooit een tweelingbroer gehad.' Omdat het verleden geen rol speelde. Angus was de enige die zei: 'Nee, sorry hoor, Danny. Geen tweeling. Alleen jijzelf.' Hij lachte. 'En dat was wel even een flinke ruk aan de teugels. Opeens was er die objectieve waarheid, en daar kon ik niet omheen. Hij liet dat niet toe.'

'Heb je met Angus wel eens over Lizzie gepraat? Ik bedoel niet over de moord, maar...'

'Geschreven. Niet gepraat.'

'Denk je dat je het nu kan proberen?'

Een diepe trek aan de sigaret, opengesperde neusgaten, hij leek wel een atleet die zich schrap zette voor een sprong die hij waarschijnlijk niet zou halen.

'Ze was een oude vrouw', zei hij op het laatst met een zucht. 'Ik weet dat het vreemd klinkt dat ik haar Lizzie noem, eh, een beetje oneerbiedig, maar zo noemden we haar nu eenmaal. Ze was de plaatselijke zonderling, altijd dezelfde jas, dezelfde boodschappentas. Ze had van die heel dikke brillenglazen omdat ze grauwe staar had gehad. Mijn moeder maakte altijd een praatje met haar en een van de dingen die je opviel was dat Lizzie geen gesprek kon voeren zonder haar lippen te bewegen als de ander sprak. Alsof zij als het ware voor de ander praatte. Iemand moet haar daarop attent gemaakt hebben, want ze had de gewoonte een hand naar haar mond te brengen en te proberen haar lippen stil te houden. Een hele dunne geplooide bovenlip. Kunstgebit, tanden te gelijkmatig, maar geel, ouderdomsvlekken op haar handen, een trouwring, opgezwollen knokkels. Ik weet nog dat ik naar die ring keek en dacht, hoe krijgt ze die van haar vinger? Hij was ingesloten, weet je, hij zat wel los, maar liep vast tegen die opgezette knokkel.'

Tom herinnerde zich een foto van Lizzies linkerhand, een close-up van de verwondingen die waren toegebracht toen de moordenaar had geprobeerd de ring af te wrikken.

'Ze had enorme pupillen, ze veranderden niet van grootte, ze reageerden niet op het licht, en ze bukte zich altijd naar me toe en vroeg hoe het op school ging, en haar adem rook naar pepermunt. O, en de tas rook naar vis. Het was een oude canvas boodschappentas en hij zwaaide altijd heen en weer en sloeg tegen haar benen.'

'Hoe oud dacht je dat ze was?'

'Ze was achtenzeventig.'

'Nee. Hoe oud dácht jij dat ze was?'

'O, oud. Stokoud.'

'Wat was het voor iemand?'

'Een eenzame oude vrouw, weduwe, woonde alleen, hield katten, ontfermde zich over zwerfkatten, er kon er altijd nog wel eentje bij. Ze was overdreven beschermend waar het om die katten ging. Op een keer waren Paul en ik – een schoolvriendje van me – met een van de kleintjes aan het spelen en toen kwam ze naar buiten stormen en joeg ons weg. Ze nam gewoon aan dat we het plaagden.'

'Deden jullie dat dan niet?'

'Nee.' Een pauze. 'Ik denk dat het korte antwoord is: ik weet niet wat voor iemand ze was. Want "oude vrouw die katten hield" is gewoon een stereotype, nietwaar? Ze kon van alles geweest zijn.'

'Kunnen we nu naar de dag dat het gebeurd is gaan? Kun je je herinneren hoe je je die dag voelde?'

'Raar. Het was de dag nadat de pastoor geweest was en mam haar verwoede poging deed mij af te tuigen met pa's riem. Ik rende het huis uit. Ik liep een heel end.'

'En de volgende ochtend?'

'Ik lag in bed. Ze riep niet: "Sta je nog op?" of zoiets. Ik wist dat alles veranderd was. Ik had de grond onder mijn voeten weggeschopt. Ik stond op, ze was niet thuis en ik ging aan de wandel. Het leek wel of ik zweefde en toen ik bij m'n positieven kwam was ik bij het straatje naar Lizzies huis en kwam zij net naar buiten om boodschappen te doen. Ze had die grote boodschappentas bij zich. Ik bespiedde haar. Waarom weet ik ook niet, ik deed het gewoon. Ze liep tot de hoek van de straat, keerde zich om, liep terug, voelde nog eens goed aan de deurknop en vertrok weer. Ik vermoed dat haar geheugen haar een beetje in de steek begon te laten. Ze liep vlak langs me heen, maar in plaats van "hallo" te zeggen, deed ik een stapje terug, het achterstraatje in en ze zag me niet.'

'Wist je wat je ging doen?'

'Ja. Ik wist waar de sleutel was. Al die poespas van teruglopen om te kijken of de voordeur wel op slot zat, terwijl ze een reservesleutel onder een bloempot bij de achterdeur had liggen. Zodra ze de hoek om was, liep ik achterom, pakte de sleutel en ging naar binnen.'

Het bleef lang stil, maar de tijd voor aangeven was voorbij.

'Ik was wel eerder binnen geweest. Toen ze een paar dagen naar het ziekenhuis moest voor die staaroperatie, zei mijn moeder dat zij de katten wel te eten zou geven, en dat gingen we samen doen. Ik nam een kijkje in de huiskamer. Geen kat te zien. Toen zag ik een rode kater boven aan de trap, maar hij sloeg op de vlucht toen hij me zag. Er deden allemaal praatjes de ronde over hoeveel geld ze wel niet verstopt had, massa's. Toen ik met moeder mee was keek ze in de koelkast, en daar lagen al die moten kabeljauw, maar m'n moeder zei dat die niet voor haarzelf waren maar voor de katten. Ik denk dat ze haar hele pensioentje aan die katten spendeerde. Zelf at ze altijd een handje droge cornflakes voor haar ontbijt, meer niet. Als je naar school liep zag je haar op de stoep bij de voordeur staan en die droge cornflakes eten, en m'n moeder zei altijd: "Dat is alles wat ze naar binnen krijgt, ze eet niet goed."' Hij zweeg even. 'Het was een klein mager wijffie. Vel over been.'

Danny leek de draad kwijt te raken. Toch vond Tom die gedetailleerde geheugentekening van Lizzie op zich wel nuttig. Hij wachtte, maar er kwam niets meer. 'Je was dus in het huis', zei Tom. 'Wat gebeurde er toen?'

'Ik ging op zoek naar geld. Ik vond wat kleingeld op de schoorsteenmantel, een paar piek voor de verzekeringsagent, en toen ben ik naar boven gegaan en heb haar slaapkamer doorzocht. Er hing een muf luchtje, en op de kaptafel lag een of ander roze poeder. Ik wreef het tussen mijn vingers en...' Hij leek verbaasd over de banaliteit, de leegte van zijn eigen herinneringen. 'Ik stond daar stomweg in de spiegel te kijken, en dat gezicht leek niet op het mijne.'

Onder zijn normale stem begon vaag een schril kinderstemmetje door te klinken, dat met de minuut helderder werd. Danny produceerde dit geluid zo te zien moeiteloos, zonder een zweem van falset en leek zich niet bewust dat hij het deed. Tom voelde een prikkeling in zijn nek.

'Ik weet niet waarom ze terugkwam, want ze had al gekeken of de deur wel op slot zat. Misschien kwam ze kijken of ze het gas wel uitgedraaid had. Wat dan ook, ik hoorde de sleutel in het slot en ze kwam binnen. Ik kijk om me heen waar ik me verstoppen kan...' Zijn ogen gingen dicht. 'Het bed is een divan, daar kan ik niet onder, ik moet de klerenkast in. Ik duw de kleren opzij, ga achterin staan en doe de deur dicht. Het is pikkedonker, alles stinkt naar motteballen en bont. Mijn gezicht drukt tegen bont aan en er komt iets tegen mijn wang. Het is een vossenneus, een echte vos met glazen ogen en bengelende poten.'

Danny's haar was nat van het zweet. Tom zei: 'Danny, het gebeurt niet nu.'

Zijn ogen gingen open, enorme pupillen, uitgezet door het donker. 'Nee, ik weet het. Ik duwde dat ding van me af en de kast bonkte tegen de muur. En ik maar denken: niet bovenkomen, niet bovenkomen, maar ze moet de klap hebben gehoord. De huiskamerdeur gaat open – ging open – en ik weet dat ze onder aan de trap staat te luisteren. Ik hou me heel stil. Ik kan niet ademen, mijn neus zit in het bont, en ik... ik kan niet, ik kan niet, ik moet lucht hebben, dus ik schuif die kast uit en zij is al op weg naar boven. Ik hol naar de trap, ze hoort me niet, ze kijkt niet naar boven. Ze heeft een scheiding in haar haar, een roze streep, en ik weet dat ze elk moment omhoog kan kijken en mij zal zien. Ik moet maken dat ik weg kom. Dus ren ik de eerste vier treden af, tot op de overloop... En dan ziet ze me. Ze weet van geen wijken en zegt: "Wat moet je daar, schoffie?" Ik moet langs haar heen, dus zet ik mijn handen op de leuningen en geef haar een schop tegen haar borst en ze valt achterover. Langzaam, o zo langzaam, maar dat kan niet, hè? Het kan niet langzaam gegaan zijn.'

Hij staart Tom aan alsof het antwoord op die vraag alles anders zou kunnen maken.

'En dan ligt ze opeens onder aan de trap. Met een rood hoofd, want haar benen liggen omhoog op de trap en al het bloed is naar beneden, naar haar hoofd gezakt. Haar ogen zijn dicht, alleen twee smalle witte spleetjes en ik... Ik weet niet wat ik dacht. Ik kon niet meer denken, m'n hoofd stond stil.'

'Danny', zei Tom weer. 'Het gebeurt niet nu.'

Danny sperde zijn ogen wijd open als iemand die uit een diepe slaap komt en hij knipperde een paar keer.

'Wil je ophouden?' vroeg Tom.

Een diepe zucht. Toen hij weer ging praten was zijn stem laag, maar die schoot al gauw weer de hoogte in. 'Nee. Ik sta naar haar te kijken. Ze heeft een schoen verloren en die ligt naast haar gezicht. Ze beweegt niet, ik kijk zo haar neusgaten in en ik probeer langs haar heen te komen zonder haar aan te raken.'

'Is ze bewusteloos?'

'Ja, dat zal wel.' Hij klonk verwezen. 'Ik was bang dat ze me beet zou pakken toen ik langs haar liep, maar dat deed ze niet.'

'Wat gebeurde er toen?'

'Ik zit op mijn knieën naast haar, ik doe het kussen...'

'Waar kwam dat kussen vandaan?'

Een wezenloze blik. 'Uit de woonkamer. Dat moet wel, hè? Ik moet de kamer ingelopen zijn en het gepakt hebben. Ik legde het kussen op haar gezicht en drukte...'

'Weet je ook waarom je dat deed?'

Hij was doodsbleek geworden. 'Ik wil haar ogen niet zien. Ik wil niet dat ze naar mij kijkt.'

'Je kon weggaan.'

Geen antwoord.

'Ben je bang omdat je weet dat ze het aan je moeder zal vertellen?'

Danny's duim verhuisde naar zijn mond en onder het mom op zijn nagel te bijten, zoog hij erop. 'Zal wel.'

'Wat voor gevoel had je toen je daarmee bezig was? Kun je je dat herinneren?'

'Alleen maar rustig. Diep water, niet in paniek. Kalm.'

'Was er geen enkel moment waarop je dacht dat je op moest houden?'

'Nee.'

'En je was niet bang? Of boos?'

'Nee. Later was ik wel bang, maar niet op dat moment. Ik tilde het kussen op en ze had overgegeven. Ik meen me te herinneren dat ze spartelde want ik weet nog dat ik dacht dat ze probeerde weg te komen en ik harder ging drukken, maar dat kan het niet geweest zijn, hè? Ze was natuurlijk...'

Tom wachtte geduldig af totdat het woord eindelijk uit Danny's mond floepte, als een verdwaalde pad.

'...stervende.'

'En hoe voelde je je toen?'

'Leeg. Alleen maar moe.'

'Wanneer begon je je... wanneer besefte je wat je gedaan had?'

'Weet ik niet. Misschien wel helemaal niet. Ik was versuft.'

'Bang?'

'Dat zal wel, ik weet het niet. Ik weet niet of ik nu soms denk dat ik wel bang geweest moet zijn, dus... dat weet ik niet. Maar nu ben ik doodsbenauwd.'

Hij stonk naar angstzweet. Tom begon zich af te vragen hoever hij dit door kon laten gaan. Hij moest een evenwicht zoeken tussen Danny's verlangen om door te drukken en de wetenschap dat het ergste nog moest komen. 'Wat ben je toen gaan doen?'

'Ik ben de stad in gegaan en heb *Space Invaders* gespeeld.'

'Met het geld voor de verzekering?'

'Ja.'

'Begrijp je wat voor indruk dat op andere mensen maakte?'

'Jawel. Smerig psychopatisch rotjoch, het laat hem koud. Laten we hem verrot slaan.' Danny schudde zijn hoofd. 'Maar zo was het niet.'

'Hoe voelde je je dan?'

'Als een kip zonder kop.'

'En ben je toen naar huis gegaan?'

'Ja, ik at en kotste, wat goed uitkwam, want toen dacht mijn moeder dat ik ziek was en kon ik vroeg naar bed en me onder de dekens verstoppen. Ik bleef van die flitsen zien, weet je, Lizzies gezicht en ik hoorde haar weer de trap opkomen, maar dit keer was het onze trap. En ze sprong als het ware de kamer door, regelrecht naar mijn gezicht. En ik plaste in bed. Ik prikte mezelf telkens met een scherpe potloodpunt om wakker te blijven, want ik durfde niet te gaan slapen. En toen ik 's ochtends opstond dacht ik dat iedereen het wel zou weten, ik dacht dat het op de een of andere manier wel uitgelekt zou zijn, maar alles was normaal. Niemand wist ervan.'

'En toen ben je teruggegaan?' zei Tom botweg, zelf verbaasd over zijn brute terugkeer naar de feiten.

'Ja', zei Danny op een uitgaande ademtocht.

'Waarom? Als je zo bang was om te slapen dat je jezelf met potloden prikte om wakker te blijven?'

'Ik wilde kijken of ze nog steeds dood was.'

Een pauze. Tom overwoog de verschillende opties die hij tot zijn beschikking had. De waarheid, besloot hij. 'Nee Danny, dat gaat niet op. Je wist dat ze dood was.'

'Ik was tien jaar oud.'

Geen schril kindertoontje nu, maar een zwaar, knarsend, boos volwassen stemgeluid.

'Ja', zei Tom kalm. 'En ik denk dat er inderdaad niet veel tienjarigen zijn die begrijpen wat dood is. Niet beseffen dat het blijvend is. Maar volgens mij wist jij dat wel.'

'Je wilt gewoon niet toegeven dat je het mis had.'

'Wanneer had ik het mis?'

'Toen je voor de rechtbank verklaarde dat ik wist wat ik had gedaan. Heb je wel eens bij een basisschool gestaan en de jongetjes gezien die naar buiten kwamen? De grootste jongens, de "grote jongens"? Dat zijn ukkies. En dat was ik ook.'

'Ja. Dat weet ik heus nog wel. Maar ik blijf erbij dat jij wist dat dood een permanente toestand was.'

Een schel lachje. 'Door die verdomde kip?'

'Omdat je op een boerderij woonde. Omdat je dieren dood had zien gaan, omdat je geholpen had ze dood te maken, omdat je opa dood was gegaan en je donders goed wist dat hij niet teruggekomen is, omdat je bang was toen je moeder naar het ziekenhuis moest voor haar tweede borstamputatie. Je was bang dat ze dood zou gaan en je wist donders goed dat dat niet betekende dat ze met het eten weer thuis zou zijn. Je was bang dat je haar zou verliezen. Je was bang dat ze nooit meer terug zou komen.'

Danny zei behoedzaam: 'Toen ik terugging naar Lizzies huis, verwachtte ik half en half dat ze daar niet meer zou zijn.'

Tom knikte. 'Ga door.'

'Ze lag er nog. Ze zag er anders uit, haar huid had een andere kleur, donkerder en de katten liepen door het hele huis te mauwen.'

'Dus wat deed je?'

'Ik heb de katten te eten gegeven.'

Tot nu toe had Tom zijn kennis van het forensisch bewijsmateriaal buiten beschouwing kunnen laten en naar Danny's verhaal kunnen luisteren alsof het zijn enige informatiebron was. Nu was er opeens een koor van gedempte stemmen op de achtergrond. Dertien jaar geleden had iedereen die Tom over het voeden van de katten vertelde dat gedaan op een toon die uitdrukte dat de afschuw er alleen maar door versterkt was: en toen ging hij de katten eten geven!

'Waarom?'

'Ze verrekten van de honger.'

Huisdieren vielen binnen Danny's morele cirkel, dacht Tom, zoals dat ook bij zijn vader het geval was. 'Je hebt dus de katten eten gegeven. En toen?'

'Niks.'

'Herinner je je wat er toen gebeurde?'

'Er gebeurde niets. Ik gaf de katten eten en ging naar huis.'

'Je bent daar vijf uur geweest. Je bent gezien toen je naar binnen ging en toen je naar buiten kwam.'

Deze vijf uren waren voor de politie die de zaak onderzocht, voor iedereen die bij de zaak betrokken was, de kern van de verdorvenheid, de oorzaak van die ijzige blik van walging die Tom zich zo levendig herinnerde van het proces. Nigel Lewis die Tom foto's liet zien van de slijtsporen op het tapijt waar Lizzie over de grond gesleept was, zei: 'Hij heeft met haar gespeeld.' Bij de herinnering aan het afgrijzen in Nigels stem gingen Toms nekharen na dertien jaar nog overeind staan.

'Je hebt haar verplaatst, Danny.'

'Ik heb haar met geen vinger aangeraakt.'

'Dat heb je wel. Hoor eens, als je dit niet wilt doen, dat is prima. Misschien zijn er dingen die je beter niet kunt zeggen, misschien zijn er dingen die je niet kúnt zeggen. Maar het heeft geen zin om te liegen. Het heeft geen zin om, nu je zover bent gekomen, leugens te vertellen. Dat is een verspilling van wat je hebt doorgemaakt om tot dit punt te komen.'

Het bleef lang stil. Geen enkel geluid behalve hun ademhaling die plotseling heel luid klonk.

'Er zit een groot gat', zei Danny. 'Ze zeggen dat het vijf uur was. Goed, dat moet ik aannemen, maar wat ik me herinner bestrijkt ongeveer tien minuten. Ik heb naar haar gekeken, ik heb de katten eten gegeven, ik heb gecontroleerd of de deuren open waren zodat de moederpoes erin en eruit kon, ik ben naar huis gegaan. Ik weet wel wat de politie dacht, ze dachten dat ik haar aangerand had. Ook al was daar geen bewijs voor, ook al was ik pas tien, dat dachten ze toch.' Hij leunde naar voren. 'Maar jij weet dat ik niet seksueel mishandeld was. Dat soort bewustzijn had ik niet. Ik had verdomme niet eens een geslachtsdrift. Bovendien was ze achtenzeventig.'

'En dood.'

'En dood.'

'Hoe zag ze eruit? Probeer je voor de geest te halen dat je naar haar staat te kijken. Wat zie je dan?'

'Het is net een pop. Ze kan niets doen. Ze kan me geen pijn doen, ze kan niet roepen, niks. Het is stom om bang voor haar te zijn. Al dat gedoe dat ze de trap opkomt...'

'De trap bij je thuis?'

'Ja... Dat is flauwekul. Ze kan zich niet eens bewegen.'

Stilte. Danny leek zichzelf van heel ver terug te slepen. 'Je hebt het over dat het zinloos was dat ik mezelf dit heb aangedaan. Nou, het is zinloos. Ik weet niet waarom ik haar heb vermoord. Ik wist het toen niet en ik weet het nu nog niet. En ik weet niet hoe ik ermee leven moet.'

Ze hielden op. Danny's stem had het begeven. Tom gaf hem een kop koffie en was de volgende twintig minuten bezig hem te kalmeren. Danny zag vreselijk op tegen de reis naar huis. Op de stoep draaide hij zich om en zei: 'Ik weet dat je me niet gelooft, maar ik word wel achtervolgd.'

Tom was zich bewust, haast telepathisch, van elk stadium van Danny's tocht naar huis: het heen en weer schommelen in de metro met een lege blik op de reclames tegenover hem, terwijl buiten de grijze muren met de bundels vastgesnoerde kabels langsrazen. Dan komt de trein tot stilstand tussen met graffiti bekladde muren. Danny stapt uit, duwt zijn kaartje in het draaihek dat hem uitspuugt in een nacht met regen en wind, met vuile straten besmeurd door oranje licht en dan, zijn kraag opgezet tegen de kou, is hij weg van het licht en de drukte, loopt met grote passen door donkere straten waar eens imposante huizen boven hem uittorenen, tot hij een trap

20

Tom gaf een kranteninterview in verband met de Kelsey-moord. Toen de journaliste op het punt stond om te vertrekken, informeerde ze tussen neus en lippen door naar Toms connectie met Danny Miller en zag Tom, toen hij haar openstaande tas inkeek, dat het rode lampje op haar recorder nog brandde. Hij glimlachte en ontkende dat hij ook maar iets wist over Danny's huidige verblijfplaats.

Vrijdagavond en het grootste deel van de zaterdag was hij bij zijn moeder. Ze vond het jammer dat zijn huwelijk stukgelopen was, maar het verbaasde haar niet. Ze zei niet: 'Dat heb ik je toch gezegd.' Ze kwam niet tot de ontdekking dat ze Lauren nooit gemogen of vertrouwd had. Ze deed eigenlijk niets verkeerds, maar toch was hij blij dat hij weer weg kon.

Weer thuis zat hij met dat merkwaardige zweverige gevoel dat je kunt hebben als je een nachtje in je ouderlijk huis hebt doorgebracht, het gevoel dat je volwassen leven even stilgestaan heeft. Alles was ontregelend geweest. Het eenpersoonsbed, zo smal dat hij midden in de nacht wakker was geworden met zijn arm buiten boord, het krakkemikkige hoofdeinde, de patronen van de gordijnen en het vloerkleed die op mysterieuze wijze het zweet en de nachtmerries van zijn kinderkoortsen opgezogen leken te hebben en die nu weer uitademden terwijl hij lag te woelen en te draaien en in slaap trachtte te komen.

Ondanks zijn slechte nachtrust was hij ongedurig, vol energie. Maar goed ook, want hij had erin toegestemd om later op de avond deel te nemen aan een televisiediscussie. Hij had eerst nee willen zeggen, maar ja, het leveren van een bijdrage aan de politieke discussie over hoe jeugdige criminelen behandeld zouden moeten worden, hoorde nu eenmaal bij zijn werk.

Hij speelde zijn antwoordapparaat af, maakte notities over de berichten en ging toen een uurtje voor de buis hangen. Hij was liever gaan joggen om te kalmeren, maar het was de hele dag al benauwd en broeierig geweest, en het zag er inmiddels naar uit dat er elk moment een onweer kon losbarsten. Door het erkerraam zag hij een opeenstapeling van zwarte wolken als een dekzeil vol water boven de daken hangen, hoewel het nog niet regende, er was alleen maar die warme, broeierige intensiteit. Toen plotseling een bliksemflits en de eerste regenspetters tegen het raam.

Hij wilde net een borrel inschenken toen de telefoon ging. 'Met Danny', fluisterde een stem.

Tom had zijn mond al open om te antwoorden, maar iets vreemds aan de stem weerhield hem. Hij zweeg, zich bewust van zijn ademhaling die aan de andere kant te horen moest zijn. Gesprek met hijger in omgekeerde richting. Bespottelijk gewoon. Een minuut, twee minuten, toen werd de hoorn zachtjes op de haak gelegd.

Iemand die het gewoon probeerde, dat was duidelijk. God zij dank had hij het benul gehad zijn mond te houden. Hij sloot de gordijnen, maakte de open haard aan, stapelde houtblokken op het vuur met de gedachte dat het prettig thuiskomen zou zijn met een lekker vuurtje. Hij miste Lauren het meest als hij thuiskwam in een leeg huis, hoewel hij dat al meer dan een jaar had gedaan en eraan gewend zou moeten zijn. Maar een vuur hielp.

Hij keek naar de tweede helft van een thriller en hij begreep allang niet meer waar het allemaal om draaide, maar het vuur loeide, zijn gezicht was opgezwollen en als verdoofd door de hitte en de wind huilde nog steeds om het huis. Ergens klapperde een tuinhek. De studenten die naast hem woonden hadden zeker weer vergeten het hek op de klink te doen. Hij stond op om te kijken. Toen hij het gordijn een eindje opzijschoof, dacht hij eerst de weerspiegeling van zijn eigen gezicht in de ruit te zien, maar een plotse beweging maakte een eind aan het gezichtsbedrog. Bleke trekken, lang sluik haar, vervormd door regenstroompjes.

Ze staarden elkaar even aan, en toen draaide de insluiper zich om en rende de glimmende straat in. Tegen de tijd dat Tom bij de voordeur was, was hij verdwenen. Hij zou waarschijnlijk de politie moeten bellen, maar daar was geen tijd voor. Over twintig minuten moest hij de deur uit, naar de televisiestudio. Hij kon beter controleren of de tuindeur aan de achterkant op de knip zat en of alle deuren en ramen afgesloten waren. Het kon wel een gluurder zijn of iemand op zoek naar een leeg huis om in te breken. Niet direct reden om het met Danny in verband te brengen.

Voordat hij het huis verliet zette hij het inbraakalarm op scherp en keek naar links en rechts de straat in, die er net zo verlaten bij lag als altijd op dit uur.

Tom had een hekel aan studiogesprekken. Zwetend en wel zat hij onder de warme lampen, eraan denkend op de zoom van zijn jasje te zitten, overgeleverd aan camera's die ten behoeve van de avant-garde journalistiek inzoomden op neusgaten en oren, en dat alles ter wille van een debat dat al gauw verzandde in de kwalijke gevolgen van richt-en-vuur videogames. Een van de twaalfjarigen beschuldigd van de moord op mevrouw Kelsey was verslaafd geweest aan zulke spelletjes, althans volgens de kranten – evenals een paar duizend andere kinderen die nog nooit iemand vermoord hadden. Na afloop begaven ze zich naar de Groene Kamer, waar een veel belangwekkender en eerlijker discussie plaatsvond bij een glas lauwe witte wijn. Ze boden Tom aan zijn make-up te verwijderen, maar omdat hij regelrecht naar huis zou rijden, liet hij dat maar zitten. Hij verliet de studio met het gevoel dat er niets nieuws naar voren was gebracht – in elk geval niet voor de camera's – en dat dat net zo goed aan hem lag als aan de anderen.

De mensen snakten naar een verklaring – wat voor verklaring dan ook, zolang hij maar eenvoudig was – en het was
ontzettend moeilijk die te leveren. Nee, niet moeilijk, ondoen-
lijk. Hij dacht terug aan die keer dat Lauren en hij betrokken
waren geraakt bij de productie van Benjamin Brittens *The
Turn of the Screw* door een plaatselijk operagezelschap. Ze
hadden Lauren gevraagd de decors te ontwerpen, een taak die
haar op het lijf geschreven was. Reusachtige, lichtende achtergronden van lucht en riviermond, de toren, het meer, het
kreupelbos met kale takken en zwarte nesten als bloedstolsel in
aderen. Hij was erbij gehaald als productieassistent en hij
moest bij repetities iedere noot van de partituur, ieder woord
van het libretto tientallen keren hebben aangehoord, maar
alles wat hij er nu nog van wist was het lied van Miles, zijn
Latijnse geheugensteuntje.

Malo: I would rather be
Malo: in an apple tree
Malo: than a naughty boy
Malo: in adversity

Geen dieren in de opera, om voor de hand liggende redenen,
al moesten kinderen die op een buitengoed woonden door
dieren omringd zijn geweest. Maar dieren zouden de plot
verklappen. Zijn de kinderen werkelijk slecht? Of is de gou-
vernante niet goed bij haar hoofd? Een willekeurige halfbak-
ken dierenarts kon dat in een paar tellen uit de doeken doen.
Gestoorde kinderen zijn dierenbeulen.

Danny niet. Dat was Tom van het begin af aan opgevallen.
Al die verwaarloosde, gebruikte, misbruikte, dode of stervende
dieren, maar Danny had er niet een mishandeld. Dat zei
Danny tenminste. Maar ja, Danny's verhaal, ook al was
Tom ervan overtuigd dat hij meestal de waarheid vertelde,
was toch niet helemaal wat het leek te zijn. Zijn ogenschijnlijk

onsamenhangende excursies in het verleden waren allesbehalve onsamenhangend. Hij was een systematisch tegenbewijs aan het samenstellen van de getuigenis die Tom bij het proces had afgelegd. Uit dit alles bleek behoorlijk wat antagonisme. Meer dan Tom zich in het begin had gerealiseerd.

Het kostte hem tien minuten om naar huis te rijden en nog eens vijf minuten om een plek voor zijn auto te vinden in een zijstraat, een paar honderd meter van zijn voordeur. De straat was verlaten, de lantaarns een rij oranje bloemen die bloeiden in de plassen. Hij liep snel terug naar de hoofdstraat, zijn voetstappen weerkaatsend tegen de lege pakhuizen die aan weerszijden hoog en zwart oprezen tot in de nachtelijke hemel; vleugjes van goederen die hier ooit opgeslagen lagen – pikant, zoet, zuur – vervliegend in de lucht. Hij kwam de hoek om en zag een eenzame figuur bij zijn huis, die een paar stappen zijn kant op kwam en zich toen weer terugtrok in de schaduw van het portiek.

Tom versnelde zijn pas. 'Danny', zei hij, toen hij dichtbij genoeg was om zonder stemverheffing verstaanbaar te zijn. 'Wat doe jij hier in godsnaam?'

'Er zit iemand achter me aan.'

Hij zag er ontredderd uit, zijn mond hing slap en hij zweette, maar aan de echtheid van de angst viel niet te twijfelen. Tom kon het ruiken. 'Kom maar gauw binnen', zei hij, terwijl hij de deur ontsloot en snel naar binnen stapte om het alarm uit te schakelen. Hij liep voor Danny uit naar de woonkamer zonder het ganglicht aan te doen.

'Kun je de gordijnen dichtdoen?' vroeg Danny, die in de deuropening bleef staan.

Tom verzekerde zich ervan dat de stofplooien in het midden overlapten zodat er geen straaltje licht door kon schijnen en ging toen naar het tafeltje met de drank. Normaal zou hij een cliënt nooit een borrel aanbieden, maar dit was geen echte sessie en hij had zelf een borrel nodig. Hij voelde zich opgefokt door het tv-optreden, een afgezaagde kletsmeier, een geestelijke windbuil, en hij wantrouwde zichzelf intens. Met de pers praten geeft je precies hetzelfde soort onbestemde onlustgevoelens als een avond doordrinken. Hij bracht zijn hand naar zijn gezicht en zijn vingers gleden af van een huid die vet was van de make-up en het zweet, alsof hij een snel ontbindend masker op had. En tot overmaat van ramp, was daar nu ook nog de ongewone aanwezigheid van een nerveuze, angstige Danny in zijn halflege, galmende zitkamer in wat voor zijn gevoel midden in de nacht was. Maar zo laat kon het niet zijn, bedacht hij zich met een blik op zijn horloge. Nog twintig minuten te gaan voor middernacht.

'Whisky?' vroeg hij.

Danny ging zitten, of liever gezegd, viel neer in een van de leunstoelen. Hij keek op en zei: 'Ja, graag.'

Tom gaf hem een glas vol en nam plaats aan de andere kant van de open haard. Het vuur was niet veel meer en hij hield zich enkele minuten bezig met het voeren van kooltjes in de gloeiende holtes. Een huiselijk tafereeltje, dacht hij terwijl hij langs de muren keek, die nu minder kaal leken dan overdag, nu de lege plekken van Laurens schilderijen verdoezeld werden door springerige schaduwen.

'Nu dan, wat is er allemaal gebeurd?'

'Ik ben gevolgd.' Danny's stem had het schelle toontje van iemand die niet verwacht geloofd te worden. 'Ik had wat gewerkt in de bibliotheek en toen ik buiten kwam stond er een man aan het eind van de straat, in Grey Street viel hij me weer op en toen nam hij dezelfde trein als ik. Hij zat aan het andere eind van de wagon.'

'Kwam hij je bekend voor?'

'Nee.'

'Is het niet mogelijk dat hij toevallig dezelfde kant op moest?'

Een kort, driftig hoofdschudden.

'Stapte hij ook op hetzelfde station uit?'

'Dat heb ik niet afgewacht. Ik ben een halte eerder uit-gestapt, wachtte tot het allerlaatste moment, spurtte naar de deur en rende de loopbrug over naar de andere kant en ben daar in een trein terug, richting centrum gesprongen.'

'Denk je dat je hem van je hebt afgeschud?'

'Ik weet het niet.'

'Wie denk je dat het was?'

'Een journalist. Of iemand die me graag verrot wil slaan, ik weet het niet. Ik durf niet terug naar de flat.'

'Ik zal Martha even bellen.'

Martha stond op haar antwoordapparaat. Hij sprak een boodschap in, herinnerde zich de bruiloft, probeerde haar mobiele nummer en sprak nog een boodschap in. 'Is er nie-mand anders die we kunnen bellen?'

'Niet echt.'

'Martha zei dat je nummers had die je kon bellen.'

'Ja, maar die liggen in de flat.'

Dat was het dan wat betreft Martha's bewering dat alles onder controle was. 'En de politie?'

'Nee. Nog niet. Ze weten van niks. Alleen de hoofdagent weet het. En wat moet ik tegen ze zeggen? Dat iemand me achtervolgt? Nee, we kunnen beter op Martha wachten. Ze zal nu wel op het bruiloftsfeest zijn.

Tom schonk hem en Danny nog een royale whisky in en gooide een blok hout op het vuur, dat inmiddels lekker brandde. 'Jammer dat we onze sessies niet opgenomen heb-ben', zei hij. 'Dan had je de banden kunnen verbranden.'

'Dat is een loos gebaar. Je weet net zo goed als ik dat je de dingen daarmee niet achter je laat. Trouwens, dan zou ik jou ook moeten verbranden.'

'Mag ik je wat vragen?' zei Tom. 'Was het toeval dat jij toen de rivier in sprong?'

'Nog geen honderd meter van je huis? Nee, natuurlijk niet.

Ik had je al dagen lang gevolgd.'

'Waarom?'

Een schouderophalen. 'Ik wilde praten. En iedere keer dat ik niet aanbelde, werd ik depressiever, en bozer, niet op jou, maar op mezelf. Het was geen…' Hij probeerde het nog eens. 'Het was geen geweldig plot. Ik dacht niet: o, als ik in de rivier spring en hij komt achter me aan dan verdrinken we allebei en dan heeft hij zijn verdiende loon. Dat soort gedachten had ik helemaal niet. Ik dacht helemaal niets. Ik wilde alleen dat de pijn ophield.'

Tom sloeg met bevreemding Danny's bewegingen gade. Het leek een merkwaardig mengsel van agitatie en onmacht. Het waren geen tics, daar waren ze niet snel genoeg voor, maar hij keek telkens schichtig de kamer rond, wierp vluchtige blikken achterom en naar opzij. Zijn blikken, zijn gebaren, waren aanzienlijk gestoorder dan zijn manier van praten.

'Waar kijk je naar, Danny?'

'Nergens naar.'

Geen oogcontact, en toen, heel verontrustend, richtte zijn blik zich op iets een tikkeltje rechts achter Toms hoofd.

'Zie je haar nog wel eens?' vroeg deze zacht.

'Nee, ik ben niet vlug genoeg.'

'Je bedoelt dat ze wel geweest is, maar…'

'Ik ben altijd net te laat.'

'Zegt ze wel eens wat?'

'Nee.'

'Hoe weet je dan dat ze er is?'

'Omdat ze dingen achterlaat.'

'Zoals?'

'Haar. Er ligt altijd een haarbal in de badkamer.'

Tom vermoedde dat Danny's huidige stemming waarschijnlijk zijn gemoedstoestand ten tijde van de vijf uur die hij alleen had doorgebracht met Lizzies lijk het dichtst benaderde. 'Wat heb je met haar gedaan, Danny?'

Hij murmelde. 'Heb haar dingen laten doen.'

'Wat voor soort dingen?'

'Dingen.'

Tom zag de foto's weer voor zich. De sporen van kwetsuren aan Lizzies enkel, polsen en boezem die volgens de patholoog na haar dood waren toegebracht.

Hij heeft met haar gespeeld.

Het had geen zin om te proberen er meer uit te krijgen, nu niet en misschien wel nooit. Als Tom nu nog verder aandrong kon hij hem wel eens over de rand duwen.

Stilte. Danny's oogleden waren opgezwollen, hij leek bijna in slaap te vallen, maar toen zei hij opeens: 'Geloof jij in het kwaad?'

Een volkomen normale vraag. Heel wat makkelijker om op in te gaan dan haarballen in de badkamer. Tom, die in zijn achterhoofd naarstig zon op alternatieve mogelijkheden om Martha te bereiken – zou Mike Freeman haar logeeradres soms weten? – antwoordde haast afwezig: 'In metafysische zin? Nee. Maar als een woord om bepaalde soorten gedrag te beschrijven, heb ik er geen moeite mee. Het is gewoon het woord dat we gebruiken voor de omschrijving van bepaalde soorten gedrag. En ik geloof niet dat het een synoniem is voor andere woorden die dezelfde dingen beschrijven. Er is geen logische reden waarom "gek" en "slecht" synoniemen zouden zijn.'

'En mensen? Denk je dat mensen het kwaad zelf kunnen zijn?'

'Indien iemands hele leven erop gericht is om kwaad te bedrijven, ja. Maar als je jezelf bedoelt... Lizzie vermoorden was kwaad doen, maar ik geloof niet dat jíj het kwaad zelve was toen je dat deed, en ik geloof zeker niet dat je dat nu bent.'

'Er is iets dat ik nog nooit aan iemand verteld heb. Nou ja, ik heb het jou wel verteld, maar ik geloof niet dat je het opgepakt hebt. Weet je nog dat ik me in de kast verstopte?

Het was er pikkedonker, nergens een straaltje licht.' Hij fluisterde. 'Maar ik zag de vos.'

Tom zei behoedzaam: 'Het geheugen speelt ons allemaal parten, Danny. Je wist wat er in de kast was. Je had hem gezien toen je de deur opendeed en toen voelde je hem, je voelde hem in het donker en je hebt de aanraking als de aanblik onthouden.'

'Tja, dat zal wel.'

Hij klonk niet overtuigd en Tom was blij dat hij even weg kon om zijn zoektocht naar telefoonnummers te hervatten. Hij vond het nummer van Mike Freeman, maar het was inmiddels diep in de nacht en wat voor verklaring moest hij geven voor zijn bellen? Misschien was het verstandiger Danny op de bank te laten slapen en het morgen verder uit te zoeken.

Hij legde het telefoonboek neer. 'Hoor eens, we kunnen beter wat slaap zien te krijgen. Martha belt nu heus niet meer en jij moet nodig tot rust komen.'

'Ik slaap vast niet.'

'Ga dan in elk geval een poosje liggen. Ik zal wat kussens halen.'

Boven in de badkamer, terwijl hij een paar kussenslopen uit de droogkast pakte, zag hij zichzelf plotseling in de spiegel en schrok hevig. Zweet, wegsmeltende make-up, kringen onder zijn ogen, niet om aan te zien. Een douche was wat hij nodig had, en slaap. Alsjeblieft God, laat me slapen. De adrenalineroes van het tv-debat was weggeëbd en terwijl hij kussens en beddengoed naar beneden sleurde, wankelde hij op zijn benen.

Danny had zich niet bewogen. 'Wil je wat slaappillen?' vroeg Tom.

'Nee, beter van niet. Ik probeer er af te komen.'

Tom spreidde een provisorisch bed op de bank en ging een glas water halen in de keuken.

Toen hij terugkwam had Danny de lamp uitgedaan en lag onder een deken in het licht van het vuur. Een arm en een kant van zijn hals en gezicht waren getekend in trillend goudgeel. Arme Angus, dacht Tom, terwijl hij op hem neerkeek, je had geen schijn van kans.

'Welterusten', zei hij, toen hij op punt stond de deur dicht te doen. 'Maak je niet ongerust, ik heb een telefoon naast mijn bed, ik hoor het dus wel als Martha belt.'

21

Tom lag in het donker, te moe om te denken, te moe om het te laten. Hij had al de fysieke symptomen van angst en dat verbaasde hem, want er was niets om bang voor te zijn. Hij maakte zich zorgen om Danny's gemoedstoestand, maar dat was iets anders. Het had geen zin daar nu over te piekeren. Hij draaide zich resoluut op zijn zij en even later had de slaap hem overmand.

Zijn droom-ik was minder meegaand. Hij stond bij een vuurtje op een sloopterrein en een man die hij niet herkende kwam op hem toelopen van de andere kant van het vuur, een donkere figuur glinsterend in de hitte. De man, nog steeds gezichtsloos, kwam dichterbij en begon banden op het vuur te gooien. Geen cassettes, maar de tape zelf, massa's bruine krullen die op het gloeiende brandhout lagen en niet in een plotselinge vlammenzee verschrompelden – zoals Tom zelfs in zijn droom wist dat moest gebeuren – maar die lagen te kronkelen in wat wel een langdurige doodstrijd leek.

Hij werd wakker, in het zweet, hij haalde de rug van zijn hand over zijn hals, was ervan overtuigd dat hij een brandlucht rook, maar een tel later kon hij het thuisbrengen als een illusionair overblijfsel van de droom. Toen hij zich vervolgens omdraaide om verder te slapen, hoorde hij Danny beneden rondscharrelen, iets zwaars over de grond slepen.

In de context van hun laatste sessie was dat het afschuwelijkste geluid dat hij kon horen – *hij heeft met haar gespeeld.*

Hij greep zijn ochtendjas en holde naar de trap. De gangloper beneden had een oranje gloed in het flikkerende licht dat onder de kamerdeur doorkwam. Het zou niet zo licht moeten zijn. Hij rende de trap af en had nog net het benul om aan de deur te voelen of die niet warm was, alvorens hij de kamer in stormde.

De open haard brandde als een gek, er lag een hoge stapel blokken op. Danny had de mand met de houtblokken op het haardkleed gesleept en zat er op zijn knieën naast met in elke hand een blok en zijn blik op het vuur gericht. Tom liep naar hem toe en zag wat tot nu toe achter de mand verborgen was geweest. Een brandend blok was van het rooster op het haardkleed getuimeld. Snel, zonder erbij te denken, pakte Tom het op en wierp het terug in het vuur. Een tel later stond hij dubbelgevouwen over zijn verbrande hand en stampte met zijn pantoffelvoeten op het verschroeide kleed. Het had geen vlam gevat en zou dat nu ook niet meer doen. Voor alle zekerheid pakte hij de waterkan die hij met de whisky mee naar boven had gebracht en goot water op de geblakerde plek. Er hing een akelige lucht van verschroeide wol. Hij probeerde zich op te richten, maar de pijn dwong hem weer naar beneden. Het leek er meer dat op hij buiten adem was dan verbrand. 'Waar ben jij in godsnaam mee bezig?' zei hij.

Danny hief zijn slaapwandelaarsogen op. 'Ik ben zeker even in slaap gevallen.'

Op je knieën op de grond, zou Tom willen zeggen, met houtblokken in je handen? Maar hij zei het niet.

Ze staarden elkaar een tijdje aan zonder iets te zeggen.

'Het is hier vreselijk warm', zei Tom toen, als terloops. 'Ik geloof niet dat er meer blokken op het vuur hoeven.'

Hij wrikte Danny's vingers los en wierp de blokken terug in de mand. Toen zei hij: 'Zullen we de stoelen wat verder naar achteren schuiven?' Zacht en langzaam spreken. Hem niet overvoeren. Hem niet onder druk zetten. Hij gaf Danny de ruimte. Maar die stoelen moesten daar weg. De hele kamer stonk naar verschroeide stoffen – het rook anders dan de brandplek in het wollen kleed – en dit waren oude stoelen. Wat voor spul er ook gebruikt was als vulling van de kussens, het zou niet brandvertragend zijn.

Toen de bank en de stoelen eindelijk weer op hun plaats

stonden, leek de kamer minder op een vreugdevuur dat erom vroeg aangestoken te worden. Danny zat op een hoekje van de bank, zijn handen tussen zijn knieën geklemd, en staarde nog steeds naar het vuur. Hij had geen woord gezegd en geen hand uitgestoken om Tom te helpen met het meubilair. Hij scheen zich nauwelijks van Toms aanwezigheid bewust.

Tom deed een raam open en leunde nog steeds half naar Danny gekeerd naar buiten, volle teugen koude lucht inhalerend. Daarginds, onzichtbaar, al was hij maar een paar honderd meter verwijderd van deze broeikist met zijn dansende vlammen, stroomde de rivier langs rottende steigers en afbrokkelende trappen naar de zee.

Het was inmiddels wat koeler in de kamer. Gezeten in een leunstoel begon Tom rustig en langzaam te praten. De woorden deden er niet toe. Eerst gleed alles wat hij zei langs Danny af, maar de versufte, opgeblazen trekken in zijn gezicht trokken geleidelijk bij. Hij schraapte zelfs even zijn keel alsof hij wat wilde zeggen, maar er kwam geen woord uit.

'Waarom ga je niet lekker liggen?' zei Tom. 'Ook al kan je niet slapen, het zal je goed doen wat te rusten.'

Danny leek het te begrijpen en strekte zich uit op de bank. Tom zou het vuur graag getemperd hebben, as op de vlammende blokken hebben gegooid, maar dat durfde hij nog niet te riskeren. Danny's ogen waren nog onafgebroken op de vlammen gericht.

Tom had net het voetenbankje dichter bij zijn stoel gezet toen er gebeld werd. Wie kon dat in vredesnaam…? Het was twee uur in de nacht. Het kon maar één iemand zijn. 'Martha!' zei hij, en hij deed geen moeite om zijn opluchting te verbergen en ging haar gauw opendoen.

Hij werd blootgesteld aan een batterij camera's. Een regen van blauwe flitslichten. Vlekken van handen, geklik, gezoem, vragen, stemmen die zijn naam riepen, deze kant op, die kant op, boven zijn hoofd hing als een dood dier een buitenmicrofoon. Hij smeet de deur dicht eer de voorste zijn voet ertussen zette, en schoof rinkelend de ketting in de gleuf.

Danny was naar de kamerdeur gekomen. 'Terug naar binnen, jij', zei Tom. 'Ik ga de achterkant checken.'

Hij rende de trap af en de keuken in, voelde zich akelig te kijk staan in het verlichte vertrek. Maar de deur zat op slot, en voorzover hij kon zien met zijn wang tegen de koude ruit gedrukt, was er geen mens in de tuin of op het rivierpad. Hij deed de gordijnen dicht en bleef even met gesloten ogen staan. De camera's waren een schok geweest. Dat gezoem en geklik, het leken wel de dekschilden van kevers die tegen elkaar wreven. En de lenzen. Alsof je omringd was door insecten. Het was makkelijker te geloven dat er een zwerm killer bees daarbuiten was, dan te geloven dat het menselijke wezens waren.

De telefoon ging. Hij pakte hem meteen op met de gedachte dat dit eindelijk Martha zou zijn, maar nee, een onbekende mannenstem vroeg vleierig en gladjes of hij niet aan de deur wilde komen om een interview te geven. Tom legde neer zonder te antwoorden en de telefoon ging meteen weer. Hij kon de stekker er niet uittrekken vanwege Martha. Langzaam liep hij weer naar boven, met het gevoel dat hij voor de eerste keer in zijn leven begreep wat het betekende om opgejaagd te worden. De pijn in zijn hand was niet te harden, maar hij probeerde toch kalm te blijven en helder na te denken. Hij mocht niet aannemen dat ze wisten dat Danny hier was. Wel was duidelijk dat ze een sterk vermoeden hadden, anders zouden ze er niet zijn, maar wéten? En totdat hij zeker wist dat Danny's alias als Ian Wilkinson doorgeprikt was, kon hij niets doen om dat op het spel te zetten. Hij moest met Martha praten.

Danny stond bij de open haard toen hij binnenkwam.

'Hoeveel?' vroeg hij.

'Tien, vijftien? Geen idee.'

Danny wist een lachje op te brengen. 'Ik denk niet dat Ian Wilkinson een lang leven beschoren is, jij?'

'Nee, waarschijnlijk niet.'

Danny haalde zijn schouders op. 'Geeft niet. Ik heb die vent toch nooit gemogen.'

Hij leek aardig bij te komen. Tom vroeg zich af hoeveel hij zich herinnerde – of hij zich überhaupt iets herinnerde. 'Ik ga koffiezetten', zei hij.

De telefoon ging. Ze keken elkaar aan, wachtten op het klikje van het antwoordapparaat.

Bij het horen van Martha's stem greep Tom naar de telefoon en deed ratelend verslag van de situatie.

'Waarom bel je de politie niet?' zei ze. 'Het heeft geen zin meer om iets over Danny stil te houden. Die lui moeten een opstopping veroorzaken en ook als dat niet zo is, kun je dat gerust zeggen.' Ze klonk volkomen kalm. 'Ik ben zo gauw mogelijk bij jullie.'

'Hoe gauw?'

'Twintig minuten.'

Ze hing op, en liet Tom achter met het gevoel dat zijn reactie schromelijk overdreven was. Hij belde de politie en legde de situatie uit aan een lethargische brigadier die de neiging vertoonde een lange telefonische verklaring op te gaan nemen. Tom hield het kort en hing op met zeer weinig hoop op daadwerkelijke actie. 'Ze komen er zo aan.'

En omdat hij het gevoel een rat in de val te zijn niet langer kon verdragen, liep hij naar het andere eind van de woonkamer en trok het gordijn een eindje open. Heel even bleef het rustig, maar toen kreeg hij weer de volle lading van blauwe flitslichten. Hij overdreef? Om de donder niet. Ze waren het hek over en stonden nu in de voortuin met de lenzen tegen het raam gedrukt. Hij keek naar Danny die achter hem aan door de kamer gelopen was. 'Nou ja,' zei hij in een poging grappig te zijn, 'het zijn tenminste geen benzinebommen.'

Danny was wit weggetrokken. 'Dat komt nog wel voordat ze klaar zijn.' Hij zag Tom kijken. 'Ja toch? Er zijn mensen zat die mijn bloed wel kunnen drinken.'

Een kwartier later arriveerde Martha, ze bonsde met haar vuisten op de deur en riep haar naam. Ze struikelde naar binnen en hielp Tom de deur dicht te duwen. Nog nooit was de geur van sigaretten en sterke pepermunt zo welkom geweest.

'En, Danny, wat heeft dit allemaal te betekenen?' vroeg ze streng.

Danny's stem schoot weer omhoog naar het puberregister. 'Ik kon er niets aan doen. Ik werd achtervolgd. Ik ben hier teruggekomen omdat ik ze niet naar huis wou leiden.'

'Heb je je mond voorbijgepraat?'

'Néé.'

Martha gooide haar tas neer. 'Iemand moet dat gedaan hebben.'

'Jij gelooft niet dat het gewoon giswerk is?' zei Tom.

'Nee. Die horde staat daar niet op goed geluk. Ze wéten het.'

'Het doet er niet toe hoe ze erachter zijn gekomen', zei Danny. 'Ze zijn er nu eenmaal.'

'Dat doet er verdomme wel degelijk toe', zei Martha. 'Heb je enig idee hoeveel moeite het gekost heeft om jou van een nieuwe identiteit te voorzien?'

Ze wil hem niet kwijt, dacht Tom. En ze weet dat het niet anders kan.

'Heb je de politie gebeld?' vroeg Martha.

'Ja. Ik heb ze over Danny verteld. Als het goed is, zijn ze onderweg.'

De volgende twintig minuten deden denken aan het afscheidnemen op een perron. Die onzekere fase waarin niets zinnigs kan worden gezegd of gedaan, daarvoor is het te laat, maar de ander is er nog wel en je verlangt naar en vreest tegelijkertijd het moment van de daadwerkelijke scheiding. Tom en Martha konden geen van beiden het gesprek met Danny voeren dat ze zouden willen, maar ze konden ook niets zinnigs tegen elkaar zeggen waar hij bij was.

'Waar brengen ze me heen?' vroeg Danny.

'Naar een plek waar je vannacht veilig bent en dan waarschijnlijk naar het Zuiden.'

'Londen?'

'Wie weet. Ik heb geen idee.'

'Je schrijft me toch wel, hè?'

'Ja hoor, waarschijnlijk via je nieuwe reclasseringsambtenaar. Ik zal uiteraard je nieuwe naam niet kennen. Maar het komt heus wel goed met je, met je overplaatsing naar een andere universiteit en zo als ze de papierwinkel eenmaal hebben uitgezocht.'

Een korte stilte. 'Danny, vind je het erg als ik even alleen met Martha praat?' vroeg Tom.

'Nee, natuurlijk niet.'

Martha keek verbaasd, maar ze stond onmiddellijk op en liep naar de gang. Ze lieten de deur openstaan.

'Hoor eens, Martha, al dat gedoe over overhevelen naar een andere universiteit is een wassen neus. Hij hoort in het ziekenhuis.'

Ze tuurde de kamer in. 'Hij ziet er prima uit. Nou ja; gezien de omstandigheden.'

'Hij trekt nu weer een beetje bij, maar hij is heel ver heen geweest, hij mag niet aan zichzelf worden overgelaten.'

'Vannacht is hij in elk geval niet alleen, want ik blijf bij hem. En ik zal doorgeven wat je hebt gezegd. Meer kan ik ook niet doen, en ik kan je niet garanderen dat iemand zal luisteren.'

'Dat moet dan maar. Maar het is niet genoeg.'

Het was niet genoeg omdat hij niet genoeg verteld had. Hij was bezig Danny in bescherming te nemen en had geen tijd om zich te bezinnen op het hoe en waarom.

'Tom, wil je zeggen dat hij opgenomen moet worden in een gesloten afdeling? Je weet toch wel wat dat betekent, hè? Dan trekt Binnenlandse Zaken zijn voorwaardelijk in.'

'Ja, ik weet het.' Hij wierp een blik op Danny, die scheen te voelen dat hij geobserveerd werd en zich omdraaide om hem aan te kijken. 'Nee', zei hij. 'Dat wil ik niet zeggen.'

In de stilte die daarop volgde hoorden ze de sirene van de politiewagen loeien, Martha zei: 'Daar heb je ze. We moeten een jas of zoiets hebben om over zijn hoofd te doen.'

Tom ging zijn jas uit de bijkeuken halen. Het was de jas die hij gedragen had toen Lauren en hij die wandeling langs de rivier maakten, en toen hij hem van de haak pakte vulde de ruimte zich met de sterke lucht van de rivier en het slijk. Hij was vergeten hem naar de stomerij te brengen. Hij nam hem mee naar boven. 'Hier', zei hij. 'Deze kan er wel mee door.'

Er werd op de deur gebonkt en Martha ging opendoen. Plotseling was de gang vol politieagenten met krakende radio's op hun heup.

'Maakt u zich geen zorgen om die lui daar, meneer', zei een hoofdagent die zich naar voren werkte. 'We kunnen ze niet helemaal wegsturen, maar we zullen zorgen dat ze zich terugtrekken naar het eind van de straat. En als ze u blijven lastigvallen, belt u maar.'

Een agent stond te wachten met zijn hand op de klink van de halfopen deur en keek telkens achterom.

'Ik moet gaan, Tom', zei Martha en ze hief haar gezicht voor een kus.

'Veel succes, Danny', zei Tom en hij overhandigde hem de jas.

Danny glimlachte. 'Ik schijn er een gewoonte van te maken met je jas aan de haal te gaan.'

'Hou hem dit keer maar.'

Martha holde weg om haar tas te pakken en hees hem over haar schouder, ze zag bleek en opgewonden op een ietwat beschaamde wijze. Tom keek toe terwijl een agent Danny's hoofd in de zwarte plooien van de jas wikkelde. 'Maak je niet ongerust', zei hij. 'Het is maar tot ze je in de auto hebben.'

'Vooruit dan maar!'

De inspecteur knikte naar de man bij de deur. En toen stormden ze allemaal naar buiten in een wirwar van geklik, gezoem, geschreeuw en geflits. Martha liep achter ze aan. Tom zag haar om de auto heen lopen en instappen aan de andere kant, terwijl een van de agenten ter bescherming zijn hand op Danny's hoofd legde en hem op de achterbank duwde.

De wagen baande zich voorzichtig een weg, de journalisten draafden mee, riepen vragen en hielden camera's tegen de raampjes. De overgebleven politieagenten drongen ze terug. Getart kwamen ze terugrennen naar Tom, die naar binnen schoot en de deur voor hun neus dichtsmeet. Hij zag de auto niet optrekken, wegrijden en om de hoek van de straat verdwijnen.

Kreten van de straat, waar de politie de pers overreedde verderop te gaan staan. Tom leunde tegen de deur met zijn verbrande hand in zijn oksel, happend naar lucht alsof hij net thuiskwam van het hardlopen en hij staarde naar de plek waar Danny had gestaan.

22

Na een paar minuten vermande hij zich, ging naar boven naar de badkamer en hield zijn hand tien minuten onder het koude water. Dat had hij natuurlijk meteen moeten doen, maar nu kon het ook nog wel helpen om de schade te beperken. Met zijn linkerhand stuntelig de kraan dichtdraaiend, inspecteerde hij de verbrande plekken.

De vingers waren dik en glimmend, maar de enige echte verwonding zat op handpalm, die onder de blaren zat. Voorzover hij kon zien waren alle blaren intact. Hij kon onmogelijk naar het ziekenhuis gaan. Hij zag de krantenkoppen al, als hij op dit moment bij de eerste hulp verscheen. Er zat niets anders op dan het zelf te doen. Het was een lastig karwei alleen met zijn linkerhand, maar hij pakte het verbrande gedeelte goed in en speelde het klaar om doorzichtig kleefband om zijn hand te wikkelen dat het pluksel en de gaasjes op hun plaats moest houden. Vervolgens slikte hij een paar pijnstillers en slaaptabletten en ging plat.

Hij werd laat in de ochtend wakker. Nadat hij even knipperend was blijven liggen, kroop hij moeizaam zijn bed uit en hij liep, zijn verbrande hand zorgvuldig koesterend, naar het raam waar hij door een kier in het gordijn naar buiten tuurde om te zien of de verslaggevers verdwenen waren of zich alleen maar teruggetrokken hadden naar het eind van de straat. Hij zag geen mens, behalve mevrouw Broadbent, op weg naar de winkels, ze leunde zwaar op haar boodschappenkarretje, dat eigenlijk een met een Schotse ruit beklede rollator was. Nadat ze een paar meter de straat in gerold was, draaide ze om, ging terug en voelde aan de deurknop om te controleren of hij wel op slot zat. En op slag moest Tom aan een andere oude dame denken, die precies hetzelfde had gedaan en het met de dood had moeten bekopen.

De rest van de ochtend en het grootste deel van de middag sloop hij door het huis of luisterde naar de boodschappen op het antwoordapparaat. De telefoon ging om de twee, drie minuten, journalisten die met hem wilden praten over Danny of vrienden die gehoord hadden dat Lauren en hij uit elkaar waren. Hij zou die mensen terug moeten bellen, maar daar had hij nu geen zin in. De enige van wie hij graag zou willen horen was Martha, maar die belde niet, te druk met het overdragen van Danny aan wie het ook was die hem ging begeleiden in de volgende fase van zijn leven. Zijn volgende identiteit.

Na de lunch probeerde hij wat aan zijn boek te werken, maar hij kon geen pen vasthouden en ook niet lang typen. Waar hij echt behoefte aan had, was om eruit te gaan. Tegen de avond verliet hij het huis door de achterdeur, liep via het pad langs de rivier de stad in en nam de trein naar Alnmouth, waar hij overnachtte. De volgende ochtend huurde hij een auto en zette koers naar de Muur van Hadrianus.

Hij was van plan om over de Muur van Housesteads naar het westen te lopen, over Cuddy's Crags, Hotbank Crags, Milking Gap, hoog boven het staalblauwe water van Crag Lough en dan verder naar Peel Crags en Winshields. Maar tegen de tijd dat hij bij Vindolanda was, stormde het. Hij zette een tijdje door, wankelend in de windstoten, maar de wind dreigde hem van de Muur te blazen en hij moest, samen met een paar andere teleurgestelde wandelaars, wel terug.

Als alternatief reed hij naar de kust, parkeerde de auto en liep over de verhoogde weg naar Holy Island. Het was eb. De glinsterende zandvlakten strekten zich mijlenver uit aan beide zijden van de weg. Haast niet te geloven dat de grond waarop hij liep bij vloed vijf meter onder water zou staan.

De weg was langer dan in zijn herinnering. Hij transpireerde tegen de tijd dat hij bij het bord langs de kant van de weg kwam. WELCOME TO THE HOLY ISLAND OF LINDIS-

FARNE. Hij beklom de steile heuvel aan de overkant en volgde een pad door de duinen die bekroond werden door strogele helmpluimen.

Hij liep het hele eiland om, keek naar de aalscholvers die op de rotsen aan de zeekant zaten en hun gespreid neerhangende vleugels droogden. Dertienhonderd jaar geleden hadden Eadfrith en Billfrith, scribenten uit de duistere Middeleeuwen, deze vogels gebruikt om de bijbelboeken van Lindisfarne te verluchten, dikke, soepele slangachtige nekken die rond de beginpagina's van Mattheüs en Johannes kronkelden. Toch moesten die tegen de lucht afstekende donkere vormen toen even onheilspellend geleken hebben als nu: voorboden van de dood.

Rond het middaguur ging hij de eerste de beste pub in, at sandwiches, dronk te veel bier en bleef bij het haardvuur hangen, kletste een poosje met een echtpaar van middelbare leeftijd dat een wandelvakantie hield. Net als hij hadden ze hun oorspronkelijke plan om een eind langs de Muur te lopen moeten laten varen. Toen ze uiteindelijk vertrokken zeiden ze dat ze het morgen weer gingen proberen. Hij bleef bij het vuur zitten en verviel in een sloom gemijmer terwijl de warmte de pijn in zijn hand in slaap suste.

Toen hij de pub ten slotte verliet kwam hij tot de ontdekking dat er een zeemist over het eiland was komen binnenwaaien en dat de duinen deels gehuld waren in zwevende vochtsluiers. Hij kwam maar langzaam vooruit. Zijn gewrichten waren verstijfd door de lange zit bij het vuur en bij tijden leek hij slechts te strompelen. De zeemist had een flinke temperatuurdaling met zich meegebracht en zijn handpalm tintelde en jeukte.

Hij was nog niet eens op de helft van de verhoogde weg toen de mist dichter werd. Om zich heen kijkend zag hij dat het eiland verdwenen was en dat de kust die voor hem lag niet meer dan een donkere veeg was in het allesomvattende wit. Alleen de schuilhut halverwege, zo'n honderd meter verderop, was nog zichtbaar. Hij vroeg zich af of hij niet beter terug kon gaan, maar dat betekende op het eiland overnachten, en al kon je in deze tijd van het jaar makkelijk een kamer vinden, dat vooruitzicht gaf hem een opgesloten gevoel. Hij tuurde over het water om in te kunnen schatten hoelang het zou duren tot het vloed was. De zee moest nog een meter of drie stijgen voordat ze ook maar aan de wegkanten kon kabbelen. Tijd zat.

Het was een natte mist. De haartjes op zijn wollen trui waren gematteerd met vochtdruppels al had het niet geregend. Af en toe tilde een golf de massa blaaswier van het strand en liet die weer vallen, waarbij een penetrante geur van zout water en verrotting vrijkwam. Zijn voetstappen echoden, leken te weerkaatsen tegen de muur van mist. Je kon je makkelijk voorstellen dat er nog iemand liep, iemand die zijn kant op kwam. Dit was een plek voor het onverwachte, voor die bijna-miraculeuze ontmoeting. Het zou hem niet verbaasd hebben Danny uit de mist te zien opdoemen met dat typische loopje van hem, hoofd gebogen, handen diep in zijn zakken, voort-benend alsof hij alle ruimte in de wereld had. Alsof hij door een innerlijk landschap liep, want waar in de enge ruimten van zijn opvoeding, had hij ooit zo kunnen leren lopen?

Tom bleef even over het water staan kijken. Hij vond dat Danny gewonnen had. Dat hij, net zo goed als Angus en ongetwijfeld vele anderen van wie hij de naam niet wist, de regels met voeten getreden had voor Danny. Twee nachten geleden – twee nog maar, het leek veel langer – had hij Danny in een dubieuze psychotische toestand zien raken, en Toms vage waarschuwing aan Martha was lang niet ver genoeg gegaan. Hij wist dat als Danny op een toekomstig tijdstip een brand zou stichten waarbij iemand omkwam, zijn zwijgen in die nacht hem zou blijven achtervolgen. Hij wist wat hij had moeten doen. Maar ja, op het cruciale moment had Danny zich omgekeerd en hem aangekeken, en toen had hij hem onmogelijk kunnen verraden.

Een golf kolkte door het blaaswier aan zijn voeten. Hij keek in het rond en zag het getij razendsnel binnenstromen, de laatste paar meter zand verdwenen sneller dan hij voor mogelijk had gehouden. Het was te laat om terug te gaan naar de schuilhut, veel te laat om naar het eiland terug te gaan. Er zat niets anders op dan verder gaan. Met een bonzend hart zette hij het op een lopen. Voor hem werd de weg overspoeld door schuimgerande golven. Hij plaste er doorheen, misselijk van de inspanning.

Toen opeens was de grond weer droog. Hij vertraagde zijn pas, liep te trillen op zijn benen en had het gevoel dat hij ten onrechte in paniek was geraakt. Maar toen hij omkeek, zag hij de weg regelrecht de zee inlopen. Het hele middendeel van de verhoogde weg stond onder water. Alleen de schuilhut op zijn hoge palen, met de minuut duidelijker zichtbaar waar de nevelen rond Lindisfarne optrokken, stond nog over de woelige vloedstroom uit te kijken.

Hij was alweer een week thuis toen hij wakker geschud werd door nieuwe geluiden. De lamp in de keuken schommelde heen en weer aan het snoer. Hij ging naar de voordeur en keek naar buiten, maar zag niets bijzonders.

Na het ontbijt waagde hij zich in het in verval geraakte achterland van pakhuizen, schuren en fabrieken en zag een felgele hijskraan en aan de zwaaiarm hing een reusachtige metalen kogel. Terwijl hij toekeek, draaide de kraan, zwaaide de kogel en sloeg tegen de muur van een gebouw, de klap stuwde een geratel van spastische zenuwtrekkingen omhoog door de ketting. Pleisterkalk en steengruis liepen uit de open wond. De kraan draaide log terug. Weer een dreun, weer een reeks opwaartse sidderingen door de ketting. Dit keer was een heel stuk muur ingestort.

De daaropvolgende weken woonde hij aan de rand van een bouwterrein, hield deuren en ramen dicht tegen het lawaai en het stof. Merkwaardig genoeg scheen de bedrijvigheid om hem heen hem te stimuleren. Hij werkte gestaag aan het boek, verbaasd dat hij überhaupt kon werken, want iedere keer dat hij opkeek van het scherm was hij zich bewust van Laurens afwezigheid. Hij zou binnenkort moeten beslissen wat met het huis te doen – wat met zichzelf te doen – maar eerst het boek.

Martha las het hoofdstuk voor hoofdstuk, gaf commentaar, gaf commentaar op de volgende versie. Ze zagen elkaar nu een paar keer per week en hadden een gewoonte gemaakt van kant-en-klaarmaaltijden met blikjes bier. Als zij er was leek het huis minder leeg. Zodra hij alleen was sloeg het gevoel van gemis nog altijd toe, hoewel het na een poosje moeilijker werd om uit te maken of dat gevoel van gemis Lauren of Martha gold.

Lauren, hoorde hij van Roddy en Angela die contact met haar hielden, woonde samen met ene Francis. Dit was zo snel gegaan dat het duidelijk was dat Francis in de coulissen had staan wachten. Maar Laurens verlangen om onbekommerd van haar nieuwe leven te genieten had in elk geval de scheidingsprocedure versneld. Pas toen hij de papieren in zijn hand had, begon Tom zich vrij te voelen.

Het werd winter, ijzige winden bliezen bijtende sneeuwvlagen van de rivier. Het werd iedere avond vanzelfsprekender om een lekkere warme oude trui aan te trekken. De tijd brak aan dat ze na een avond praten geleidelijk in stilzwijgen vervielen en dat het dwaas leek dat Martha nog naar huis zou gaan. Ze liepen niet te hard van stapel, namen geen van beiden als vanzelfsprekend aan dat het een relatie voor het leven zou zijn, al pasten ze wonderlijk goed bij elkaar, fysiek en in alle andere opzichten.

Stukje bij beetje nam het leven andere vormen aan. Overal rondom Toms straat werden winkels, restaurants en hotels opgetrokken. Zelfs de rivier veranderde. De krakkemikkige steigers en kaden werden gesloopt, er werden paden aangelegd en bomen geplant. Toen hij op een avond over de reling leunde bij de plek waar winkelwagentjes aan hun einde plachten te komen, dacht Tom dat hij een grote rat langs de oever zag huppelen. Maar besefte dat het dier te groot was voor een rat, trouwens, ratten huppelen niet. Een tweede schimmig schepsel voegde zich bij het eerste. Hij ving een glimp op van nat haar in ongelijke pieken, vochtige, de lucht aftastende neusvleugels. Otters. Hij kon het haast niet geloven. Otters langs de Tyne.

In al die tijd geen woord van Danny, geen brief, geen telefoontje. Martha hoorde af en toe iets van hem, maar alleen indirect, via zijn nieuwe reclasseringsbeambte. Tom was niet verbaasd over zijn stilzwijgen. Dit, meer dan het 'loze gebaar' van cassettes in het vuur gooien, was Danny's manier om de banden te verbranden.

Maar op zekere dag, geheel onverwacht, kwam hij hem weer tegen. Tom was naar de universiteit van Wessex gegaan om een lezing te geven over het Jeugd en Geweld Project. Hij kwam laat in de middag aan, bracht zijn tas naar het studentenhuis waar hij zou slapen, en werd gelijk meegetroond naar het academiegebouw.

De aula was groot en het podium verhief zich hoog boven het gehoor. De verlichting was te fel naar Toms smaak en eerst zag hij de toehoorders helemaal niet, alleen een waas van gezichten. Zijn ogen wenden geleidelijk aan het felle schijnsel en hij meende een bekend gezicht te zien aan het eind van de tweede rij links.

Danny. Of een jongen die op Danny leek. Hij kon het niet goed zien.

Hij zat te luisteren naar de inleiding, nam slokjes water en probeerde er ondertussen achter te komen hoe goed de akoestiek was en of de microfoons deugden. Toen hij opstond om te spreken, liet hij zijn blik welbewust rondgaan, probeerde iets te ontwaren in de donkere zaal, maar zag niets. De gestalte bleef schimmig, moeilijk te definiëren. Zodra hij begon te spreken, vergat hij hem in de noodzaak contact te maken met dit grote, aandachtige, maar om halfacht 's avonds onvermijdelijk uitgebluste gehoor.

Hij sprak goed. Hij had dergelijke lezingen dikwijls gehouden en kon het inmiddels zowat op de automatische piloot. Toen het tijd was voor de vragen vroeg hij of de lichten in de zaal aan mochten, en ja hoor, daar zat Danny. Hij was bijna zeker geweest, toch was het zien van hem een schok. Hij haperde bij het antwoord op de eerste vraag, maar herstelde zich snel.

Na de vragen waren er glazen wijn op een tafel in de foyer. Tom praatte met diverse mensen die vragen stelden of opmerkingen maakten en was zich de hele tijd bewust van Danny, die tegen een prikbord geleund stond, een achtergrond van veelkleurige papiertjes die een legpuzzel vormden rond zijn hoofd. Een nogal agressieve jongedame met dofzwart haar beschuldigde Tom ervan dat hij neerbuigend deed over de mensen waarover hij sprak. Ze zei dat hij zijn hele praatje had gehouden zonder zich er ook maar een moment rekenschap van te geven dat er wel eens mensen in de zaal konden zitten die in jeugdgevangenissen hadden gezeten. Tom legde beleefd uit dat hij absoluut niet speculeerde over zijn toehoorders, alleen over hun bereidheid te luisteren.

'U maakt gewoon misbruik van ze', zei ze en haar neusknopje schoot te voorschijn door de kracht van haar overtuiging.

'Ik geloof niet dat hij misbruik van ze maakt', zei Danny, die bij hen kwam staan.

'Wat weet jij daar nou van?' Ze staarde Danny indringend aan, maar toen hij geen spier vertrok, maakte ze rechtsomkeert en liep weg.

'Ze heeft zes maanden gezeten voor dealen', zei Danny. 'Dat is haar voornaamste aanspraak op roem hier.'

234

Tom keek om zich heen en merkte dat het publiek geleidelijk verdween. Hij nam afscheid van zijn gastheer, die bang was dat hij de weg terug naar het gastenverblijf niet zou kunnen vinden.

'Geen probleem', zei Danny. 'Ik wijs hem de weg wel even.'

Ze gingen naar buiten en liepen het park in. Een paar honderd meter verderop was het studentencafé vol licht en muziek. Mensen gingen aan tafeltjes buiten zitten of strekten zich uit op het grasveld, na gevoeld te hebben of het wel droog was.

Het had eerder op de avond kort geregend, genoeg om de seringen achter hen te doen geuren. Danny strekte zich, greep een tak en kreeg een waterval van regendruppels over zijn gezicht en haar.

'Hoe gaat het met je?' vroeg hij voor Tom iets kon zeggen.

'Redelijk goed, en met jou?'

'Niet slecht.'

Geen verklaring voor zijn lange stilzwijgen, maar dat hoefde ook niet. Ze waren weer vervallen in de vertrouwelijkheid van hun eerste ontmoeting.

'Hoe staat het ervoor met je studie?'

'Kandidaats dit jaar.'

'En dan?'

'Ga ik het doctoraal schrijven doen. Het was nogal een heisa om op tijd een portfolio samen te stellen, maar ik heb veel aan Angus gehad.'

'Angus MacDonald? Heb je contact met hem opgenomen?'

Een steek van jaloezie die hem verbaasde. Hij zou gezegd hebben dat hij niet in staat was tot een dergelijke reactie, maar het was wel degelijk jaloezie wat hij voelde. Net zoals Martha jaloers zou zijn wanneer hij haar over deze ontmoeting vertelde. Hij dacht er over na en besloot erom te lachen. Het was Danny's talent.

'Ik heb een cursus bij hem gevolgd', was Danny aan het

zeggen. 'Heel heilzaam.' Hij zei er niet bij in wat voor zin.

Tom keek om naar waar ze vandaan kwamen. De lampen in het academiegebouw werden een voor een uitgedraaid. Tegen de nachtelijke hemel leek het wel een reusachtig zinkend schip waarvan de lichten doofden, het ene dek na het andere, tot alles donker was.

'Ik zal maar niet vragen hoe je nu heet', zei hij met een lachje.

'Nee, doe maar niet. Maar één ding heb ik me vast voorgenomen.' Hij keek naar het café met de gezellige drukte en de muziek. 'Als het nog eens gebeurt, loop ik niet weg. Er moet een moment komen waarop je zegt: "Nee, ik verdom het gewoon om nog eens op de loop te gaan."'

Tom knikte. 'Dat lijkt me heel verstandig.'

'Nou.' Een vluchtige glimlach. 'Het was leuk om je weer eens te zien.'

'Hoe gaat het echt met je?'

'Ik red het wel.' Hij aarzelde. 'Ik vecht niet meer tegen haar. Ze heeft wel recht op een paar van mijn hersencellen.'

Ze waren bij een driesprong in het pad beland. 'Jij zit daarginds', zei Danny. 'Hou dat pad maar aan, dan kom je vanzelf bij de ingang.'

Ze gaven elkaar een hand. Tom keek hem na toen hij over het grasveld naar het café liep. Toen hij bij het terras kwam, riep een groepje mensen aan een van de tafeltjes een naam die Tom, zo overtuigde hij zichzelf, niet had verstaan, en Danny ging bij ze zitten. Een van de meisjes gaf hem een zoen. Een jongen sloeg bezitterig een arm om zijn schouder. Tom vroeg zich af of een van die twee wist wie hij was.

Maar nee. Danny zou ondertussen wel geleerd hebben om te pakken wat hij wilde en op veilige afstand te blijven. Voor Danny waren de mogelijkheden tot zelfontplooiing onbeperkt.

En zo hoorde het ook, dacht Tom. Hij keek naar een succes.

Precair, beschaduwd, ambigu, maar toch de moeite waard. De enig mogelijke goede uitkomst.

De seringenlucht was overweldigend. Tom sloot even zijn ogen, bande de aanblik van Danny en zijn vrienden uit en zag in plaats daarvan met bijna visionaire helderheid een vrouw met grijs haar op een tuinpad lopen met vijf, zes poezen achter zich aan, staarten omhoog als groet. Ze bracht een handvol droge cornflakes naar haar mond en at ze op, ze tuurde naar de zon die ze nauwelijks kon zien en genoot van de warmte op haar gezicht.

Daar, onder de seringen, waar het niemand interesseerde en geen mens ervan wist, hield Tom een ogenblik stilte ter nagedachtenis aan Lizzie Parks.

Pat Barker bij Uitgeverij De Geus

Blaas je huis op

In een Noord-Engelse stad heeft een seriemoordenaar het vooral op prostituees gemunt. Toch gaat het leven door voor Brenda, Audrey en de anderen die, gedwongen om in voortdurende angst hun werk te doen, ieder voor zich een manier vinden om met die angst om te gaan.

Dochter van de eeuw

Tussen een juridisch hulpverlener en de 84-jarige Lisa, die haar leven lang heeft moeten vechten om uit de ellende te raken, ontstaat een bijzondere vertrouwensrelatie.

De man die er niet was

Colin, een intelligente, gevoelige scholier uit een armoedig milieu, raakt verstrikt in het raadsel van zijn afkomst. Is zijn vader, die hij nooit heeft gekend, werkelijk gesneuveld in de Tweede Wereldoorlog? Wat betekenen Colins angstaanjagende fantasieën?

Union Street

In haar debuutroman portretteert Pat Barker zeven meisjes en vrouwen die in een afbraakbuurt in een Noord-Engelse industriestad wonen. In Union Street is het leven bikkelhard!

Weg der geesten-trilogie

Pat Barkers veelgeprezen drieluik over de Eerste Wereldoorlog. In *Niemandsland* komt het tot een treffen tussen dichter-legerofficier Sassoon, die de zinloosheid van de oorlog proclameert, en dr. Rivers, de legerarts die mannen als Sassoon van hun oorlogstrauma's moet bevrijden. In *Het oog in de deur* raakt luitenant Prior in ernstig conflict met zichzelf als zijn superieuren hem dwingen te kiezen tussen loyaliteit voor de vrienden uit zijn jeugd en solidariteit met zijn oud-kameraden in de loopgraven. In *Weg der geesten* (Booker Prize 1995) keert Prior terug naar het Franse front, maar realiseert zich terdege dat 'de levenden enkel geesten in de maak zijn'.

Een andere wereld

Nick en zijn hoogzwangere vrouw Fran wonen met hun drukke gezin in een troosteloze buurt in het Noord-Engelse Newcastle. Problemen met de kinderen verhogen de onderlinge spanningen. Midden in een hectische verhuizing en op een moment dat Nick zijn handen vol heeft aan de verzorging van zijn doodzieke opa, doen ze een griezelige ontdekking, die een waarschuwing lijkt voor wat het gezin te wachten staat.